中國語言文字研究輯刊

二五編

許學仁 主編

第 22 冊

《大正藏》異文大典
（第十五冊）

王閏吉、康健、魏啟君 主編

花木蘭文化事業有限公司

國家圖書館出版品預行編目資料

《大正藏》異文大典（第十五冊）／王閏吉、康健、魏啟君
主編 -- 初版 -- 新北市：花木蘭文化事業有限公司，2023〔
民 112 〕
目 2+280 面；21×29.7 公分
（中國語言文字研究輯刊　二五編；第 22 冊）
ISBN 978-626-344-443-0（精裝）
1.CST：大藏經　2.CST：漢語字典
802.08　　　　　　　　　　　　　　　　112010453

中國語言文字研究輯刊
二五編　　第二二冊　　　　　　ISBN：978-626-344-443-0

《大正藏》異文大典（第十五冊）

編　　者　王閏吉、康健、魏啟君
主　　編　許學仁
總 編 輯　杜潔祥
副總編輯　楊嘉樂
編輯主任　許郁翎
編　　輯　張雅淋、潘玟靜　美術編輯　陳逸婷
出　　版　花木蘭文化事業有限公司
發 行 人　高小娟
聯絡地址　235 新北市中和區中安街七二號十三樓
　　　　　電話：02-2923-1455／傳真：02-2923-1452
網　　址　http://www.huamulan.tw 信箱 service@huamulans.com
印　　刷　普羅文化出版廣告事業
初　　版　2023 年 9 月
定　　價　二五編 22 冊（精裝）新台幣 70,000 元

《大正藏》異文大典
（第十五冊）

王閏吉、康健、魏啟君　主編

目

次

筆畫索引

2956, 3014, 3043, 3157

乂, 191, 2605, 2725

乃, 83, 87, 104, 127, 157, 173, 271, 385, 406, 512, 518, 576, 588, 688, 783, 892, 899, 930, 977, 1012, 1151, 1155, 1163, 1202, 1222, 1279, 1337, 1447, 1451, 1454, 1471, 1489, 1500, 1521, 1607, 1619, 1621, 1636, 1652, 1655, 1695, 1707, 1831, 1869, 1873, 1913, 1997, 2017, 2028, 2141, 2195, 2229, 2304, 2313, 2474, 2477, 2531, 2553, 2588, 2613, 2710, 2761, 2781, 2819, 2830, 2868, 2915, 2956, 3007, 3039, 3123

九, 23, 87, 308, 349, 416, 525, 570, 597, 917, 1089, 1092, 1161, 1222, 1287, 1395, 1558, 1706, 1721, 1753, 1787, 1859, 2001, 2005, 2133, 2136, 2194, 2258, 2265, 2313, 2531, 2552, 2661, 2696, 2790, 2914, 2971, 2988, 3056, 3161

了, 35, 90, 100, 108, 157, 335, 341, 490, 518, 521, 604, 662, 729, 735, 782, 809, 862, 892, 927, 932, 977, 1017, 1076, 1105, 1133, 1151, 1200, 1201, 1228, 1254, 1453, 1470, 1488, 1568, 1591, 1607, 1644, 1648, 1721, 1787, 1892, 1923, 1942, 1957, 2002, 2015, 2095, 2097, 2258, 2376, 2407, 2434, 2477, 2522, 2531, 2574, 2646, 2661, 2710, 2722, 2737, 2829, 2956, 2971, 3011, 3054, 3123, 3134

二畫

二, 13, 23, 41, 74, 126, 154, 266, 270, 307, 315, 347, 384, 396, 416, 423, 505, 511, 518, 524, 556, 596, 620, 675, 686, 693, 709, 776, 803, 871, 891, 897, 949, 1040, 1090, 1096, 1107, 1206, 1224, 1238, 1248, 1287, 1393, 1459, 1557, 1564, 1566, 1600, 1647, 1659, 1687, 1721, 1741, 1786, 1799, 1830, 1859, 1876, 1891, 1910, 1928, 1999, 2004, 2026, 2078, 2094, 2096, 2114, 2142, 2144, 2207, 2246, 2257, 2264, 2313, 2338, 2391, 2475, 2499, 2515, 2531, 2543, 2547, 2573, 2587, 2607, 2618, 2624, 2630, 2661, 2708, 2727, 2732, 2751, 2790, 2828, 2849, 2900, 2913, 2939, 2954, 2995, 3002, 3060, 3062, 3074, 3123, 3128

人, 24, 83, 132, 158, 191, 199, 214, 227, 246, 249, 255, 257, 294, 308, 350, 381, 397, 406, 424, 491, 506, 513, 517, 526, 552, 560, 578, 588, 597, 604, 614, 622, 633, 644, 678, 680, 712, 740, 741, 743, 747, 759, 780, 829, 869, 894, 900, 917, 952, 961, 977, 1013, 1049, 1054, 1067, 1090, 1092, 1107, 1136, 1156, 1189, 1222, 1225, 1280, 1288, 1291, 1303, 1389, 1396, 1426, 1454, 1471, 1474, 1496, 1501, 1558, 1569, 1612, 1635, 1661, 1679, 1687, 1688, 1696, 1707, 1718, 1721, 1753, 1767, 1775, 1780, 1787, 1799, 1818, 1827, 1831, 1856, 1861, 1866, 1870, 1889,

1895, 1914, 1929, 1972, 2020, 2029, 2037, 2066, 2079, 2111, 2145, 2157, 2229, 2241, 2247, 2259, 2272, 2273, 2307, 2313, 2316, 2341, 2392, 2408, 2477, 2501, 2531, 2553, 2557, 2568, 2575, 2603, 2631, 2706, 2711, 2752, 2761, 2811, 2869, 2873, 2916, 2928, 2956, 3007, 3035, 3065, 3075, 3085, 3124, 3135, 3144, 3159, 3161

儿, 510, 570, 883

入, 20, 25, 71, 158, 191, 239, 267, 280, 308, 316, 350, 397, 437, 455, 497, 513, 522, 597, 604, 685, 751, 780, 834, 894, 900, 977, 1026, 1030, 1049, 1050, 1054, 1090, 1202, 1206, 1222, 1225, 1280, 1288, 1358, 1387, 1396, 1466, 1486, 1569, 1586, 1639, 1677, 1682, 1701, 1708, 1719, 1753, 1780, 1787, 1832, 1864, 1866, 1877, 1883, 1885, 1929, 1933, 1943, 1974, 2037, 2079, 2195, 2212, 2229, 2247, 2313, 2365, 2408, 2553, 2589, 2662, 2723, 2738, 2852, 2951, 2957, 3007, 3035, 3086, 3095, 3098, 3143, 3162

八, 23, 35, 41, 89, 140, 154, 304, 345, 453, 524, 586, 602, 619, 827, 867, 1032, 1089, 1123, 1286, 1364, 1557, 1647, 1679, 1719, 1740, 1858, 2004, 2192, 2254, 2264, 2492, 2530, 2546, 2585, 2617, 2661, 2720, 2781, 2894, 2912, 3042

冂, 1163, 2096, 2168

冖, 49, 385

冫, 1247

几, 249, 510, 570, 883, 884, 916, 1090, 2819

刀, 265, 319, 384, 389, 445, 587, 891, 991, 1220, 1451, 1611, 1689, 1690, 1817, 2264, 2937

刁, 384, 445

刂, 186

力, 349, 385, 413, 559, 576, 587, 597, 604, 688, 712, 739, 746, 892, 947, 1008, 1090, 1162, 1166, 1200, 1207, 1220, 1224, 1229, 1251, 1257, 1278, 1287, 1334, 1342, 1365, 1453, 1466, 1493, 1500, 1568, 1600, 1607, 1641, 1648, 1662, 1681, 1689, 1696, 1763, 1818, 1827, 1889, 1895, 1902, 1920, 1934, 2028, 2095, 2139, 2165, 2194, 2214, 2272, 2340, 2366, 2391, 2407, 2531, 2658, 2689, 2706, 2710, 2727, 2729, 2756, 2767, 2809, 2915, 2995, 3006, 3021, 3034, 3123, 3144

匕, 74, 77, 1932

匚, 687, 2305

十, 25, 35, 71, 102, 152, 158, 271, 309, 335, 351, 425, 437, 464, 537, 588, 592, 622, 663, 896, 1034, 1091, 1189, 1249, 1288, 1484, 1493, 1501, 1559, 1595, 1612, 1649, 1684, 1723, 1754, 1790, 1799, 1826, 1858, 1870, 1877, 1889, 1934, 1943, 1972, 2007, 2037, 2073, 2095, 2116, 2140, 2141, 2267, 2314, 2554, 2711, 2733, 2752, 2831, 2917, 2968, 3004, 3036, 3044, 3051,

3065, 3124

卜, 74, 152, 1392, 1720, 1785, 1858

卪, 1017

厂, 217

厶, 1355, 1434, 1995

又, 4, 26, 85, 163, 191, 200, 215, 240, 255, 272, 314, 318, 359, 445, 516, 546, 564, 571, 578, 615, 634, 645, 651, 677, 686, 704, 715, 808, 870, 875, 895, 918, 931, 941, 948, 1050, 1068, 1093, 1153, 1176, 1262, 1290, 1314, 1367, 1454, 1685, 1711, 1724, 1735, 1882, 1893, 1917, 1931, 1933, 1960, 1967, 2004, 2046, 2081, 2135, 2147, 2200, 2213, 2224, 2231, 2244, 2262, 2269, 2284, 2315, 2410, 2535, 2556, 2601, 2605, 2606, 2610, 2623, 2629, 2634, 2700, 2715, 2720, 2726, 2727, 2741, 2826, 2834, 2849, 2895, 2897, 2903, 2942, 2961, 2965, 3058, 3124, 3135

巛, 186

三畫

夂, 2232

万, 588, 1018, 1152, 1454, 2139, 2140, 3051

丈, 107, 165, 255, 359, 624, 634, 660, 1000, 1524, 1686, 1863, 1890, 2232, 2460, 2726, 2894, 2897, 2965

三, 25, 77, 158, 164, 180, 199, 280, 323, 344, 351, 373, 397, 425, 483, 491, 513, 526, 561, 622, 685, 713, 736,

780, 807, 851, 900, 917, 933, 1013, 1034, 1090, 1217, 1225, 1249, 1288, 1310, 1372, 1460, 1475, 1534, 1558, 1569, 1595, 1723, 1740, 1767, 1775, 1776, 1780, 1787, 1832, 1861, 1895, 1914, 1934, 1972, 2005, 2024, 2079, 2115, 2142, 2145, 2196, 2259, 2266, 2305, 2314, 2392, 2415, 2496, 2553, 2575, 2616, 2626, 2711, 2723, 2738, 2752, 2791, 2812, 2831, 2917, 2940, 2957, 3007, 3022, 3044, 3065, 3075, 3150

上, 6, 12, 60, 71, 74, 77, 101, 137, 152, 158, 183, 207, 214, 239, 258, 267, 271, 280, 287, 309, 316, 327, 351, 390, 417, 425, 451, 452, 468, 513, 537, 597, 611, 660, 687, 689, 713, 770, 834, 862, 869, 1080, 1092, 1151, 1159, 1162, 1189, 1219, 1225, 1251, 1332, 1397, 1534, 1559, 1569, 1601, 1610, 1632, 1635, 1644, 1649, 1669, 1683, 1696, 1708, 1723, 1754, 1760, 1769, 1775, 1780, 1785, 1795, 1799, 1819, 1832, 1841, 1843, 1845, 1847, 1856, 1861, 1889, 1895, 1914, 1929, 1943, 2029, 2079, 2107, 2111, 2115, 2118, 2135, 2142, 2145, 2196, 2217, 2229, 2259, 2267, 2305, 2314, 2318, 2365, 2367, 2392, 2408, 2415, 2453, 2532, 2554, 2575, 2631, 2652, 2655, 2662, 2678, 2711, 2727, 2738, 2752, 2762, 2831, 2852, 2940, 2957, 2995, 3012, 3035, 3050, 3065, 3075, 3081, 3099, 3154,

3008, 3012, 3040, 3132, 3147

仝, 1041

兀, 917, 1170, 1348, 2133, 2271, 2272, 2820

凡, 23, 76, 510, 570, 582, 583, 608, 613, 720, 776, 828, 883, 916, 1090, 1104, 1146, 1175, 1360, 1632, 1680, 1730, 1855, 1894, 1910, 2026, 2078, 2133, 2134, 2136, 2264, 2427, 2573, 2708, 2828, 2840, 3140

刃, 191, 265, 385, 991, 999, 1222, 1688, 1689, 1690, 2392

刄, 265, 385, 1688, 1690, 1753, 2082

勺, 122, 783, 1107, 1798, 2281

千, 35, 152, 308, 335, 350, 440, 520, 604, 622, 662, 751, 783, 1017, 1090, 1240, 1482, 1493, 1534, 1558, 1594, 1604, 1612, 1681, 1783, 1860, 1934, 2005, 2141, 2229, 2259, 2266, 2270, 2313, 2603, 2733, 2738, 3064, 3124

刄, 1017

叉, 190, 192, 196, 346, 489, 573, 776, 890, 949, 999, 1092, 1413, 1446, 1581, 1679, 1689, 1690, 1720, 1770, 1774, 1882, 1932, 2021, 2076, 2428, 2502, 2605, 2707, 2720, 2877, 2902, 2964

口, 32, 187, 256, 518, 778, 960, 1107, 1111, 1161, 1162, 1340, 1380, 1389, 1437, 1465, 1558, 1634, 1640, 1696, 1767, 1802, 1849, 1853, 1863,

1936, 2072, 2265, 2349, 2391, 2412, 2477, 2574, 2588, 2646, 2668, 2727, 2767, 2811, 2971, 3000, 3034

囗, 2168

土, 14, 222, 268, 278, 281, 358, 418, 426, 472, 476, 492, 538, 562, 588, 623, 647, 674, 687, 704, 707, 743, 829, 1013, 1035, 1113, 1172, 1225, 1230, 1383, 1397, 1454, 1476, 1560, 1563, 1594, 1649, 1684, 1688, 1757, 1790, 1799, 1833, 1889, 1896, 1978, 2030, 2057, 2114, 2118, 2142, 2146, 2268, 2314, 2532, 2706, 2759, 2762, 2771, 2831, 2853, 2879, 2918, 2941, 2958, 2997, 3012, 3036, 3076, 3162, 3167, 3170

士, 60, 171, 268, 280, 351, 425, 537, 687, 704, 743, 917, 961, 1101, 1152, 1223, 1501, 1560, 1576, 1649, 1684, 1790, 1819, 1833, 1856, 1862, 1888, 1892, 1897, 1902, 2095, 2111, 2116, 2142, 2146, 2227, 2478, 2831, 2895, 2917, 2940, 3012, 3036, 3076, 3124

夂, 1093, 2994

夕, 122, 491, 678, 1108, 1398, 1697, 1799, 2281, 2284, 2539, 2649, 2714, 3036

大, 1, 23, 30, 69, 80, 102, 138, 141, 154, 164, 171, 172, 190, 202, 206, 232, 235, 238, 247, 266, 301, 307, 341, 345, 360, 361, 416, 422, 489, 505, 524, 549, 587, 601, 613, 617, 633, 639, 675,

688, 709, 732, 742, 799, 867, 871, 891,
897, 956, 989, 993, 999, 1012, 1025,
1071, 1092, 1104, 1109, 1187, 1199,
1220, 1224, 1261, 1269, 1287, 1297,
1371, 1381, 1393, 1410, 1436, 1520,
1525, 1557, 1565, 1594, 1611, 1647,
1660, 1665, 1679, 1704, 1717, 1720,
1741, 1786, 1798, 1823, 1829, 1844,
1849, 1855, 1859, 1885, 1888, 1909,
1928, 1936, 1976, 1977, 2004, 2035,
2043, 2046, 2071, 2076, 2114, 2130,
2131, 2134, 2144, 2166, 2168, 2228,
2246, 2256, 2270, 2317, 2390, 2405,
2447, 2451, 2475, 2497, 2511, 2547,
2607, 2616, 2618, 2707, 2721, 2726,
2731, 2736, 2751, 2775, 2828, 2851,
2865, 2894, 2895, 2913, 2953, 2995,
3005, 3011, 3020, 3033, 3042, 3046,
3049, 3061, 3083, 3122, 3128, 3140,
3143, 3144, 3156

女, 13, 87, 207, 350, 435, 613,
637, 818, 894, 994, 1222, 1362, 1382,
1435, 1457, 1474, 1500, 1558, 1569,
1681, 1707, 1717, 1779, 1845, 1889,
1895, 1913, 1969, 2145, 2392, 2706,
2752, 2767, 2915, 3123, 3161

子, 12, 72, 86, 164, 186, 302, 315,
382, 427, 517, 524, 569, 571, 589, 617,
687, 702, 748, 771, 772, 808, 811,
1017, 1153, 1198, 1200, 1202, 1207,
1209, 1306, 1401, 1435, 1457, 1468,
1493, 1501, 1576, 1597, 1613, 1637,
1687, 1765, 1777, 1794, 1821, 1827,

1838, 1863, 1873, 1891, 1935, 1936,
1953, 1974, 2000, 2019, 2151, 2213,
2269, 2270, 2274, 2281, 2286, 2287,
2315, 2411, 2413, 2421, 2424, 2460,
2469, 2556, 2602, 2634, 2719, 2734,
2745, 2757, 2765, 2772, 2838, 2870,
2899, 2923, 2963, 2968, 2970, 3011,
3014, 3028, 3046, 3122, 3136

孑, 917, 1017, 1201, 3123

宀, 49

寸, 185, 254, 335, 422, 1859,
2134, 2465, 3056

小, 26, 128, 152, 162, 237, 239,
268, 313, 358, 426, 491, 517, 523, 539,
598, 645, 1039, 1101, 1202, 1257,
1289, 1437, 1501, 1530, 1685, 1723,
1775, 1799, 1834, 1846, 1862, 1892,
1979, 2053, 2074, 2117, 2135, 2163,
2314, 2381, 2393, 2555, 2592, 2609,
2847, 2997, 3029, 3037, 3135

尸, 191, 255, 425, 820, 917, 1101,
1163, 1223, 1475, 1684, 1804, 1819,
1825, 1848, 1853, 1855, 1856, 1898,
1902, 1930, 1999, 2001, 2002, 2557,
2575, 2964, 3003

屮, 224, 1039

山, 165, 186, 267, 280, 285, 291,
308, 351, 452, 664, 695, 740, 743, 783,
820, 848, 1159, 1165, 1260, 1291,
1321, 1466, 1606, 1649, 1769, 1774,
1787, 1832, 1843, 2010, 2024, 2029,
2079, 2115, 2292, 2314, 2316, 2392,
2469, 2508, 2517, 2532, 2692, 2703,

2723, 2782, 2807, 2812, 2821, 2940, 2995, 3035

巛, 285

川, 285, 786, 1181, 1364, 1774, 2114, 2461, 2586, 2606, 2688, 3053

工, 39, 511, 525, 665, 686, 687, 688, 689, 998, 1287, 1381, 1607, 1786, 2115, 2144, 2939, 3144

己, 121, 307, 334, 570, 621, 806, 909, 917, 976, 1696, 1763, 1786, 1928, 2002, 2037, 2142, 2144, 2246, 2531, 2573, 2574, 2587, 2843, 2955, 3129, 3144

已, 26, 47, 54, 77, 88, 91, 92, 93, 107, 163, 214, 227, 269, 282, 317, 369, 382, 419, 515, 551, 571, 581, 624, 634, 656, 686, 695, 714, 730, 736, 747, 752, 757, 784, 808, 830, 917, 918, 928, 931, 932, 935, 982, 1049, 1076, 1093, 1101, 1190, 1202, 1281, 1337, 1387, 1389, 1399, 1439, 1472, 1475, 1505, 1571, 1581, 1586, 1588, 1592, 1615, 1653, 1664, 1685, 1697, 1710, 1718, 1758, 1764, 1767, 1782, 1792, 1821, 1835, 1849, 1872, 1881, 1887, 1899, 1917, 1991, 2002, 2003, 2009, 2017, 2031, 2122, 2143, 2154, 2161, 2163, 2183, 2199, 2213, 2215, 2261, 2269, 2290, 2319, 2394, 2420, 2465, 2529, 2534, 2539, 2555, 2573, 2592, 2603, 2605, 2610, 2612, 2613, 2620, 2633, 2683, 2702, 2740, 2764, 2778, 2815, 2853, 2870, 2942, 2960, 2985, 2997, 3000,

3012, 3133, 3145

巳, 26, 74, 417, 523, 571, 644, 663, 664, 713, 900, 917, 918, 931, 979, 1059, 1225, 1269, 1397, 1544, 1574, 1670, 1696, 1764, 1790, 1849, 1871, 2002, 2142, 2161, 2212, 2275, 2366, 2381, 2532, 2575, 2590, 2609, 2612, 2958, 3132

巾, 164, 720, 1039, 1136, 1978, 2531, 2843, 3034

干, 16, 41, 283, 451, 659, 660, 662, 764, 809, 820, 1493, 1533, 1595, 1603, 1676, 1859, 2269, 2270, 2435, 2732, 2736, 3123

乏, 3143

廾, 692, 1150

弋, 670, 1149, 2270, 2606, 2612

弓, 385, 603, 687, 989, 1099, 2433

扌, 1437

才, 69, 171, 172, 173, 174, 204, 436, 670, 1024, 1028, 1092, 1220, 1227, 1436, 1526, 1594, 1817, 1858, 1879, 2018, 2465, 2607, 3033

氵, 1247

四畫

叉, 2903

不, 5, 23, 35, 39, 65, 69, 79, 87, 102, 120, 126, 154, 165, 172, 197, 298, 301, 306, 346, 376, 401, 422, 436, 453, 482, 489, 510, 520, 524, 551, 556, 573, 581, 587, 595, 602, 612, 617, 620, 628,

634, 639, 646, 660, 684, 709, 744, 776,
781, 794, 809, 820, 822, 834, 847, 870,
890, 896, 975, 983, 1011, 1028, 1032,
1039, 1057, 1092, 1149, 1158, 1215,
1227, 1234, 1248, 1287, 1311, 1393,
1410, 1424, 1429, 1436, 1451, 1458,
1468, 1473, 1492, 1518, 1531, 1533,
1565, 1587, 1594, 1600, 1620, 1633,
1642, 1667, 1679, 1687, 1700, 1704,
1720, 1729, 1740, 1762, 1768, 1785,
1794, 1798, 1858, 1863, 1891, 1894,
1906, 1928, 1941, 1976, 1983, 2025,
2134, 2139, 2142, 2144, 2152, 2192,
2208, 2228, 2239, 2245, 2254, 2264,
2271, 2282, 2286, 2288, 2312, 2337,
2349, 2380, 2390, 2400, 2414, 2515,
2521, 2530, 2538, 2546, 2557, 2558,
2573, 2585, 2606, 2622, 2624, 2629,
2661, 2676, 2682, 2696, 2707, 2720,
2731, 2734, 2735, 2749, 2750, 2775,
2823, 2827, 2846, 2850, 2865, 2912,
2939, 2953, 2970, 2984, 2994, 3005,
3020, 3033, 3039, 3049, 3083, 3115,
3122, 3128, 3144, 3151, 3159

丐, 657, 1150, 1634, 2760, 2811

丑, 265, 1689, 1894, 2082, 2264,
2658

中, 42, 58, 72, 85, 129, 168, 184,
207, 215, 221, 224, 227, 237, 259, 260,
262, 270, 272, 282, 297, 314, 318, 359,
399, 410, 427, 438, 467, 516, 524, 547,
565, 589, 590, 624, 716, 723, 740, 748,
753, 808, 811, 825, 856, 905, 952, 964,

983, 1010, 1014, 1035, 1039, 1068,
1081, 1153, 1161, 1163, 1170, 1191,
1218, 1219, 1223, 1290, 1321, 1367,
1401, 1428, 1437, 1465, 1467, 1473,
1483, 1492, 1493, 1532, 1534, 1573,
1602, 1654, 1687, 1714, 1724, 1768,
1776, 1794, 1801, 1808, 1816, 1821,
1836, 1857, 1863, 1867, 1873, 1878,
1883, 1886, 1897, 1898, 1904, 1918,
1932, 1935, 1936, 1964, 1979, 2010,
2014, 2032, 2039, 2081, 2083, 2107,
2117, 2135, 2148, 2164, 2191, 2202,
2213, 2215, 2232, 2249, 2263, 2281,
2315, 2320, 2350, 2376, 2396, 2411,
2420, 2437, 2442, 2451, 2465, 2473,
2485, 2503, 2536, 2558, 2585, 2621,
2629, 2634, 2651, 2668, 2701, 2719,
2745, 2753, 2765, 2826, 2838, 2891,
2922, 2930, 2932, 2963, 2980, 2999,
3011, 3033, 3038, 3040, 3046, 3052,
3053, 3072, 3080, 3092, 3095, 3125,
3134, 3136, 3139, 3146, 3165, 3168,
3171

丰, 608, 2732

丹, 186, 366, 367, 1465, 2096,
2101, 2819, 2883, 3053

之, 56, 72, 77, 85, 88, 91, 99, 121,
164, 186, 200, 215, 221, 240, 253, 255,
269, 272, 276, 282, 314, 325, 345, 359,
361, 399, 410, 419, 427, 438, 457, 461,
484, 492, 516, 520, 546, 552, 565, 589,
605, 624, 634, 677, 679, 682, 689, 695,
698, 736, 744, 760, 771, 817, 825, 853,

865, 870, 905, 918, 928, 948, 950, 964,
983, 1010, 1014, 1018, 1027, 1050,
1054, 1060, 1077, 1085, 1093, 1108,
1130, 1145, 1153, 1156, 1161, 1163,
1170, 1172, 1191, 1202, 1216, 1226,
1227, 1248, 1260, 1290, 1291, 1310,
1315, 1345, 1363, 1367, 1383, 1388,
1400, 1412, 1421, 1428, 1437, 1440,
1467, 1480, 1524, 1526, 1532, 1573,
1592, 1599, 1636, 1639, 1650, 1657,
1670, 1673, 1686, 1701, 1711, 1724,
1759, 1782, 1793, 1801, 1821, 1836,
1842, 1852, 1857, 1863, 1867, 1873,
1878, 1882, 1890, 1894, 1897, 1905,
1918, 1931, 1935, 1947, 1952, 1972,
1979, 1993, 2004, 2010, 2032, 2039,
2068, 2073, 2081, 2141, 2144, 2148,
2201, 2215, 2232, 2238, 2249, 2251,
2263, 2269, 2304, 2320, 2348, 2350,
2368, 2384, 2395, 2402, 2411, 2414,
2432, 2442, 2443, 2454, 2484, 2510,
2530, 2536, 2540, 2556, 2558, 2561,
2571, 2585, 2602, 2604, 2611, 2621,
2622, 2629, 2634, 2651, 2660, 2665,
2668, 2672, 2683, 2691, 2701, 2706,
2719, 2726, 2745, 2757, 2765, 2770,
2774, 2779, 2783, 2789, 2792, 2810,
2817, 2836, 2855, 2863, 2921, 2944,
2952, 2953, 2965, 2976, 2983, 2999,
3004, 3009, 3013, 3019, 3023, 3037,
3045, 3048, 3052, 3053, 3071, 3079,
3107, 3119, 3120, 3125, 3134, 3143,
3146, 3165

予, 172, 446, 842, 1352, 1433,
2734, 2757, 2765, 3125

云, 36, 72, 85, 88, 91, 120, 124,
163, 224, 230, 237, 269, 314, 345, 359,
373, 382, 427, 438, 456, 486, 516, 523,
546, 564, 589, 624, 634, 635, 646, 687,
704, 716, 728, 798, 815, 830, 858, 896,
983, 1050, 1059, 1068, 1091, 1093,
1120, 1153, 1202, 1226, 1250, 1281,
1290, 1315, 1399, 1406, 1412, 1455,
1534, 1544, 1561, 1572, 1579, 1646,
1650, 1670, 1686, 1699, 1711, 1735,
1759, 1765, 1775, 1793, 1863, 1881,
1890, 1893, 1904, 1918, 1931, 1958,
1960, 1977, 1982, 1992, 2009, 2032,
2051, 2092, 2117, 2144, 2183, 2201,
2224, 2232, 2249, 2263, 2269, 2320,
2348, 2395, 2426, 2448, 2449, 2473,
2483, 2536, 2556, 2568, 2570, 2585,
2602, 2603, 2611, 2629, 2634, 2651,
2653, 2663, 2668, 2701, 2716, 2726,
2744, 2757, 2765, 2770, 2783, 2792,
2815, 2821, 2827, 2839, 2881, 2921,
2923, 2942, 2961, 2975, 2985, 2998,
3009, 3037, 3079, 3091, 3146, 3165

互, 41, 126, 140, 289, 437, 438,
448, 518, 587, 675, 682, 693, 809, 815,
820, 897, 905, 1090, 1158, 1224, 1351,
1482, 1533, 1566, 1609, 1632, 1731,
1753, 1817, 1890, 1891, 1934, 1942,
1965, 2094, 2265, 2447, 2465, 2467,
2552, 2608, 2661, 2677, 2824, 2851,
2939, 2955, 2984, 3006, 3129, 3140,

3156

五, 3, 26, 32, 36, 88, 161, 265, 313, 317, 538, 581, 598, 605, 680, 687, 747, 764, 821, 870, 1091, 1113, 1190, 1225, 1289, 1493, 1560, 1571, 1610, 1632, 1649, 1703, 1710, 1757, 1764, 1791, 1806, 1834, 1862, 2008, 2030, 2081, 2117, 2141, 2146, 2199, 2214, 2230, 2253, 2261, 2264, 2270, 2271, 2479, 2576, 2609, 2627, 2659, 2662, 2714, 2725, 2753, 2762, 2769, 2772, 2792, 2832, 2928, 2941, 2959, 2984, 2997, 3000, 3009, 3015, 3036, 3069, 3073, 3145

井, 135, 336, 463, 663, 1071, 1259, 1534, 1680, 1934, 1978, 2364, 3034, 3053

亢, 732, 885, 1146, 1591, 2271, 2696, 2791

什, 14, 635, 678, 1548, 1806, 1825, 1861, 1930, 2298, 2968, 3073

仁, 259, 267, 373, 522, 526, 622, 1144, 1382, 1389, 1490, 1681, 1687, 1688, 1690, 1718, 1723, 1889, 2214, 2392, 2401, 2408, 2852, 2925, 2957, 3161

仂, 592, 1200, 1222

仃, 1597

仄, 578, 848, 2873

仆, 497, 618, 628, 730, 1548, 1826, 2249

仇, 262, 265, 883, 1641, 3146

仉, 262

今, 70, 136, 156, 213, 308, 328, 343, 380, 424, 521, 603, 611, 644, 675, 711, 761, 772, 777, 782, 809, 857, 862, 892, 899, 994, 1020, 1039, 1050, 1053, 1065, 1092, 1151, 1162, 1207, 1224, 1271, 1402, 1410, 1470, 1484, 1567, 1588, 1598, 1643, 1654, 1680, 1695, 1706, 1721, 1731, 1787, 1807, 1818, 1865, 1912, 1942, 1986, 2027, 2047, 2139, 2194, 2209, 2229, 2247, 2253, 2258, 2283, 2313, 2334, 2391, 2407, 2447, 2476, 2574, 2588, 2657, 2702, 2722, 2733, 2734, 2737, 2749, 2751, 2757, 2761, 2829, 2868, 2914, 2940, 2955, 2971, 2984, 3039, 3050, 3156

介, 290, 603, 675, 678, 1017, 1028, 1032, 1033, 1036, 2134

仍, 87, 364, 712, 783, 1365, 1396, 1404, 1438, 1454, 1694, 1899, 1902, 2494, 2559, 2647, 2702, 2818

从, 321, 322

仐, 1051

允, 259, 571, 1091, 1146, 2263, 2497, 2604, 2792, 2840

元, 72, 272, 359, 388, 571, 734, 808, 845, 846, 902, 983, 1091, 1093, 1136, 1146, 1290, 1406, 1428, 1483, 1581, 1604, 1793, 1888, 1969, 2081, 2232, 2253, 2262, 2319, 2427, 2447, 2535, 2558, 2683, 2696, 2790, 2793, 2798, 2834, 2840, 2961, 3009, 3099

內, 1465

公, 147, 307, 557, 633, 686, 687,

703, 704, 1145, 1161, 1304, 1566, 1648, 1680, 1855, 2244, 2447, 2587, 2654, 2828, 3033, 3038

六, 24, 35, 61, 229, 267, 280, 308, 316, 349, 506, 525, 550, 576, 588, 694, 1053, 1090, 1111, 1165, 1224, 1286, 1301, 1532, 1558, 1666, 1688, 1753, 1787, 1859, 1880, 1892, 1956, 2005, 2028, 2079, 2141, 2142, 2203, 2265, 2313, 2328, 2447, 2477, 2499, 2511, 2553, 2588, 2662, 2710, 2737, 2752, 2791, 2829, 2915, 2927, 3000, 3007, 3043, 3063, 3134, 3144, 3161

兮, 772, 1017, 1269, 2281, 2287, 2305, 2787, 3124

内, 32, 133, 157, 214, 247, 350, 417, 430, 442, 481, 512, 633, 759, 869, 1034, 1039, 1098, 1100, 1182, 1188, 1217, 1219, 1222, 1248, 1345, 1403, 1438, 1449, 1450, 1465, 1471, 1489, 1617, 1633, 1644, 1681, 1703, 1717, 1721, 1775, 1787, 1869, 1978, 2005, 2097, 2135, 2151, 2157, 2195, 2241, 2259, 2273, 2340, 2365, 2559, 2647, 2689, 2697, 2727, 2759, 2797, 2995, 3034, 3095, 3098, 3131

冈, 664

冗, 739, 1702

尤, 2657

凶, 517, 896, 1108, 1172, 1775, 1781, 2009, 2282, 2426, 2427, 2503

刅, 1689

分, 13, 23, 41, 72, 121, 126, 130,

152, 155, 167, 174, 199, 238, 254, 266, 279, 321, 437, 490, 521, 557, 587, 602, 605, 606, 607, 611, 675, 678, 687, 688, 710, 776, 797, 967, 1028, 1032, 1040, 1064, 1092, 1123, 1201, 1215, 1222, 1224, 1248, 1255, 1269, 1283, 1351, 1381, 1394, 1401, 1410, 1484, 1516, 1530, 1532, 1583, 1612, 1639, 1643, 1654, 1661, 1703, 1721, 1786, 1817, 1830, 1845, 1868, 1965, 1976, 2026, 2072, 2094, 2134, 2193, 2220, 2228, 2257, 2273, 2328, 2391, 2406, 2414, 2557, 2624, 2630, 2645, 2708, 2721, 2800, 2828, 2851, 2865, 2902, 2955, 2964, 2970, 3118, 3123

切, 24, 73, 109, 196, 202, 237, 271, 316, 335, 385, 386, 417, 483, 512, 526, 560, 576, 588, 604, 622, 688, 696, 698, 712, 1017, 1167, 1259, 1389, 1396, 1474, 1486, 1562, 1595, 1607, 1611, 1614, 1653, 1681, 1707, 1770, 1831, 1870, 1880, 1895, 2005, 2029, 2125, 2141, 2214, 2259, 2272, 2273, 2289, 2341, 2355, 2365, 2392, 2415, 2477, 2553, 2662, 2697, 2738, 2971, 3022, 3047, 3056, 3135

刈, 1546, 1564, 1776, 1933, 2606, 2778, 2869

匀, 2838

勾, 385, 696, 700, 1107

勿, 161, 281, 321, 515, 784, 813, 874, 1100, 1108, 1358, 1430, 1501, 1799, 2199, 2205, 2238, 2261, 2271,

2274, 2613, 2714, 2903, 3132

句, 657, 894, 1108, 2427

勻, 122, 1108, 2838

化, 55, 61, 76, 104, 121, 235, 247, 307, 362, 416, 558, 581, 596, 618, 621, 634, 690, 711, 782, 825, 826, 827, 841, 858, 864, 875, 892, 929, 931, 932, 976, 1007, 1036, 1064, 1127, 1219, 1222, 1271, 1470, 1558, 1581, 1584, 1598, 1643, 1786, 1817, 1830, 1865, 1879, 1911, 1948, 1984, 2001, 2002, 2005, 2027, 2036, 2214, 2271, 2289, 2316, 2331, 2339, 2400, 2407, 2461, 2485, 2559, 2574, 2587, 2677, 2682, 2702, 2709, 2851, 2914, 2936, 3021, 3082, 3115, 3144, 3160

匹, 77, 308, 525, 581, 1053, 1074, 1090, 1504, 1524, 1526, 1544, 1954, 2005, 2079, 2940, 3161

区, 1637, 1639

卅, 1753

升, 58, 256, 463, 464, 815, 927, 1034, 1039, 1071, 1141, 1827, 1839, 1845, 1955, 2135

午, 114, 227, 663, 1482, 1493, 1534, 1937, 2269, 2314, 2733, 3036

卝, 1178

卞, 102, 171

卬, 18, 896

厄, 347, 503, 504, 552, 824, 976, 1164, 1165, 1219, 1459, 1473, 1762, 1852, 2001, 2073, 2164, 3062

及, 5, 13, 23, 65, 82, 121, 135,

136, 156, 237, 254, 316, 360, 390, 424, 475, 490, 511, 525, 574, 580, 584, 597, 603, 633, 675, 678, 693, 711, 751, 777, 820, 828, 873, 890, 896, 898, 906, 908, 1012, 1015, 1017, 1033, 1041, 1053, 1064, 1087, 1092, 1165, 1201, 1224, 1271, 1287, 1346, 1357, 1385, 1395, 1452, 1454, 1470, 1521, 1522, 1566, 1643, 1664, 1668, 1680, 1703, 1706, 1721, 1731, 1772, 1817, 1895, 1911, 1942, 2095, 2112, 2134, 2193, 2220, 2233, 2246, 2258, 2282, 2391, 2407, 2429, 2442, 2472, 2476, 2531, 2538, 2587, 2646, 2671, 2689, 2706, 2721, 2737, 2761, 2851, 2858, 2865, 2889, 2955, 2964, 2971, 3006, 3016, 3034, 3039, 3063, 3123, 3129, 3144

友, 10, 27, 388, 409, 551, 578, 589, 645, 801, 895, 1000, 1099, 1191, 1517, 1594, 1685, 1782, 1881, 1890, 1982, 2262, 2511, 2512, 2539, 2663, 2670, 2705, 2706, 2715, 2725, 2741, 2964, 2969, 3164

双, 1249, 1975

反, 5, 100, 108, 120, 155, 190, 205, 217, 307, 359, 371, 475, 524, 550, 569, 570, 572, 579, 639, 684, 756, 776, 891, 999, 1092, 1174, 1341, 1344, 1437, 1451, 1512, 1521, 1566, 1611, 1695, 1805, 1859, 2078, 2140, 2152, 2228, 2313, 2331, 2377, 2472, 2531, 2538, 2706, 2721, 2873, 2891, 2955, 2964, 3002, 3043, 3105, 3128, 3150

收, 28, 153, 1442, 1635, 1645, 1813, 1864, 1932, 1937, 2191, 2238, 2442

壬, 133, 1687, 2145

天, 71, 95, 159, 191, 207, 255, 268, 281, 344, 355, 398, 425, 435, 456, 491, 562, 588, 595, 614, 618, 633, 677, 692, 732, 740, 858, 870, 894, 919, 955, 961, 1035, 1049, 1082, 1101, 1165, 1240, 1289, 1291, 1383, 1389, 1404, 1411, 1424, 1428, 1490, 1493, 1501, 1560, 1571, 1576, 1596, 1601, 1622, 1684, 1688, 1709, 1718, 1723, 1757, 1764, 1790, 1820, 1827, 1833, 1851, 1871, 1883, 1896, 1923, 1930, 1933, 1946, 1978, 2002, 2008, 2045, 2063, 2067, 2076, 2080, 2122, 2141, 2146, 2212, 2230, 2248, 2253, 2260, 2268, 2325, 2403, 2511, 2555, 2603, 2668, 2712, 2723, 2733, 2783, 2812, 2895, 2906, 2918, 2941, 2958, 2964, 3008, 3012, 3015, 3053, 3067, 3124, 3132

太, 71, 261, 351, 595, 612, 614, 1289, 1458, 1518, 1615, 1684, 1723, 1799, 2043, 2046, 2067, 2080, 2101, 2124, 2135, 2146, 2341, 2375, 2683, 3157

夫, 80, 156, 227, 347, 413, 511, 596, 613, 615, 619, 633, 637, 687, 693, 809, 869, 951, 1199, 1224, 1287, 1360, 1361, 1424, 1434, 1500, 1521, 1561, 1566, 1583, 1648, 1660, 1680, 1849, 1901, 1928, 2078, 2096, 2209, 2228,

2246, 2257, 2317, 2391, 2443, 2552, 2602, 2721, 2760, 2790, 2847, 2913, 2995, 3021, 3123

夭, 21, 27, 29, 30, 358, 615, 1661, 1851, 2081, 2503, 2511, 2847

孔, 165, 567, 800, 1159, 1161, 1219, 1307, 1437, 1715, 1719, 1986, 2956, 3034

少, 41, 87, 128, 158, 165, 207, 309, 351, 491, 552, 561, 719, 732, 818, 869, 918, 1257, 1381, 1383, 1501, 1559, 1576, 1606, 1635, 1733, 1769, 1790, 1798, 1799, 1832, 1842, 1861, 1863, 1895, 1933, 1943, 2029, 2314, 2326, 2373, 2377, 2447, 2589, 2662, 2711, 2729, 2738, 3035

尤, 72, 107, 200, 359, 734, 1091, 1093, 1467, 1536, 2136, 2680, 2694, 2696, 2701, 2703, 2730, 2792, 3151, 3157

尹, 265, 1136, 1216, 2480, 2556, 2660

尺, 254, 255, 256, 335, 346, 393, 975, 1126, 1473, 1679, 1882, 1928, 2076, 2106, 2894, 3004, 3056

屯, 252, 313, 487, 928, 2122

巴, 26, 917, 1762, 2002, 2573

帀, 1898, 2843

幻, 307, 490, 813, 828, 841, 842, 1007, 1255, 1607, 1687, 1706, 2151, 2272, 2273, 2447, 2465, 2467, 2709, 2729, 2817

廿, 1071, 1484, 1500

686, 714, 780, 858, 874, 885, 911, 1000, 1006, 1049, 1067, 1092, 1124, 1160, 1162, 1231, 1235, 1314, 1346, 1359, 1365, 1398, 1421, 1432, 1472, 1501, 1536, 1597, 1601, 1605, 1628, 1632, 1685, 1791, 1851, 1882, 1916, 1930, 1946, 1972, 1982, 1990, 2080, 2217, 2227, 2233, 2236, 2242, 2253, 2261, 2268, 2314, 2375, 2378, 2412, 2447, 2479, 2512, 2532, 2555, 2592, 2603, 2606, 2609, 2626, 2632, 2679, 2706, 2713, 2723, 2740, 2753, 2791, 2832, 2891, 2895, 2897, 2918, 2958, 2964, 3008, 3036, 3048, 3057, 3079, 3115, 3124, 3135, 3145, 3157

斗, 463, 815, 908, 926, 1482, 1493, 1838, 1859, 1955

斤, 256, 603, 1039, 1528, 1690, 2284, 2407, 2663, 3117

方, 13, 61, 136, 155, 171, 270, 347, 367, 380, 384, 413, 423, 511, 524, 557, 586, 589, 590, 591, 592, 603, 648, 675, 703, 710, 725, 732, 743, 772, 803, 819, 897, 1017, 1025, 1032, 1040, 1064, 1150, 1198, 1221, 1287, 1345, 1451, 1533, 1590, 1595, 1616, 1648, 1689, 1817, 1830, 1847, 1852, 1855, 1859, 1868, 1901, 1910, 1927, 1928, 2046, 2078, 2114, 2139, 2140, 2228, 2239, 2257, 2264, 2313, 2391, 2406, 2447, 2475, 2502, 2608, 2624, 2630, 2661, 2677, 2708, 2727, 2736, 2774, 2790, 2804, 2828, 2913, 2939, 2955,

3001, 3028, 3047, 3075, 3123, 3134, 3156, 3160

无, 503, 2253

旡, 919, 2001, 2079, 2790

日, 32, 35, 37, 41, 73, 207, 222, 227, 229, 233, 341, 370, 385, 561, 622, 659, 869, 961, 1094, 1163, 1202, 1282, 1310, 1361, 1438, 1466, 1482, 1586, 1610, 1632, 1677, 1695, 1696, 1707, 1818, 1832, 1863, 1866, 1870, 1877, 1895, 1914, 2001, 2005, 2019, 2082, 2097, 2241, 2283, 2341, 2365, 2403, 2458, 2477, 2539, 2553, 2575, 2588, 2647, 2665, 2811, 2819, 2822, 2823, 2830, 2872, 2909, 2916, 3035, 3058, 3131, 3156

曰, 33, 36, 95, 110, 163, 206, 227, 233, 257, 314, 318, 335, 345, 370, 410, 617, 624, 687, 716, 808, 811, 839, 875, 918, 952, 983, 1051, 1071, 1094, 1099, 1108, 1160, 1163, 1183, 1367, 1389, 1399, 1439, 1467, 1483, 1532, 1587, 1589, 1611, 1613, 1633, 1697, 1711, 1735, 1759, 1765, 1857, 1992, 2009, 2083, 2096, 2100, 2143, 2147, 2168, 2201, 2224, 2232, 2244, 2282, 2376, 2395, 2403, 2481, 2539, 2556, 2585, 2602, 2650, 2668, 2700, 2705, 2716, 2770, 2783, 2810, 2818, 2820, 2823, 2834, 2910, 2921, 2961, 3003, 3037, 3045, 3091, 3133, 3135, 3165

月, 67, 215, 294, 385, 564, 734, 744, 800, 964, 1136, 1406, 1439, 1467,

1092, 1199, 1434, 1668, 1680, 1830, 1850, 2079, 2144, 2157, 2228, 2244, 2721, 2955

爻, 656, 2512, 2959

片, 17, 101, 135, 256, 518, 1039, 1053, 1107, 1172, 1528, 2284, 2407, 2465, 2819

牙, 335, 437, 519, 747, 776, 821, 824, 1091, 1152, 1267, 1352, 1820, 1892, 1965, 2002, 2147, 2413, 2465, 2467, 2471, 2733, 2764, 2903

牛, 41, 207, 224, 239, 464, 604, 662, 1437, 1442, 1482, 1493, 1500, 1533, 1681, 1763, 1831, 1934, 2118, 2396, 2504, 2689, 2747, 2750, 3035

犬, 350, 601, 613, 698, 814, 869, 1298, 1660, 1889, 2045, 2229, 2511, 3143

王, 26, 84, 132, 165, 178, 227, 237, 281, 358, 381, 426, 436, 467, 538, 589, 615, 623, 627, 632, 633, 663, 667, 687, 713, 723, 732, 821, 826, 829, 845, 894, 896, 1021, 1067, 1092, 1136, 1159, 1173, 1174, 1291, 1321, 1404, 1435, 1467, 1495, 1501, 1518, 1571, 1677, 1685, 1687, 1697, 1757, 1775, 1780, 1791, 1820, 1827, 1833, 1848, 1857, 1890, 1896, 1916, 1935, 2008, 2030, 2046, 2080, 2117, 2142, 2144, 2153, 2196, 2236, 2248, 2253, 2260, 2268, 2303, 2314, 2341, 2370, 2393, 2409, 2421, 2465, 2479, 2532, 2555, 2576, 2652, 2678, 2723, 2739, 2771,

2813, 2831, 2853, 2918, 2925, 2941, 2946, 2958, 3008, 3036, 3051, 3067, 3076, 3087, 3095, 3124, 3167

艹, 599

五畫

钜, 1764

仚, 2413, 2491

叽, 2795

囡, 1489

屶, 853, 896

㠯, 227

且, 12, 32, 62, 137, 271, 308, 327, 367, 368, 370, 373, 509, 613, 677, 685, 712, 831, 851, 1112, 1151, 1382, 1438, 1454, 1608, 1612, 1783, 1787, 1870, 1913, 1997, 2050, 2051, 2053, 2095, 2169, 2221, 2266, 2281, 2553, 2566, 2647, 2771, 2811, 2860, 2916, 2928, 2940, 2984, 2995, 3000, 3131, 3144, 3148, 3149

丕, 157, 613, 1518

世, 14, 35, 71, 137, 239, 268, 309, 316, 351, 362, 425, 506, 514, 561, 588, 604, 622, 659, 685, 690, 743, 807, 874, 894, 896, 900, 939, 961, 1018, 1034, 1084, 1100, 1170, 1225, 1288, 1383, 1411, 1435, 1484, 1570, 1596, 1612, 1627, 1639, 1649, 1684, 1709, 1718, 1754, 1775, 1790, 1819, 1833, 1847, 1853, 1870, 1889, 1894, 1915, 1923, 1924, 2007, 2019, 2029, 2045, 2063, 2080, 2117, 2142, 2146, 2153, 2259,

仟, 1597

仡, 244, 670, 671

代, 222, 257, 266, 347, 360, 361, 363, 365, 438, 553, 617, 827, 871, 1482, 1507, 1582, 1699, 1890, 1894, 2192, 2272, 2841, 2848, 3160

令, 13, 71, 83, 104, 267, 293, 316, 323, 349, 380, 405, 512, 521, 550, 604, 675, 678, 685, 712, 717, 723, 761, 778, 843, 857, 892, 899, 911, 967, 977, 994, 1008, 1012, 1034, 1041, 1050, 1111, 1151, 1188, 1207, 1216, 1222, 1248, 1266, 1267, 1269, 1281, 1312, 1410, 1470, 1485, 1568, 1581, 1594, 1606, 1655, 1681, 1706, 1721, 1804, 1865, 1869, 1885, 1892, 1986, 2028, 2047, 2159, 2161, 2194, 2298, 2391, 2407, 2412, 2477, 2553, 2574, 2588, 2704, 2710, 2737, 2752, 2761, 2767, 2809, 2829, 2904, 2915, 2956, 3011, 3039, 3063, 3083, 3143

以, 26, 77, 88, 91, 107, 135, 163, 242, 252, 263, 269, 278, 313, 317, 321, 325, 358, 362, 382, 399, 409, 481, 486, 494, 515, 546, 564, 589, 598, 612, 615, 624, 689, 690, 695, 714, 736, 739, 757, 784, 808, 810, 830, 841, 843, 875, 895, 901, 917, 918, 931, 948, 1014, 1021, 1049, 1068, 1082, 1093, 1104, 1105, 1109, 1147, 1152, 1160, 1163, 1176, 1220, 1226, 1242, 1256, 1259, 1281, 1290, 1367, 1383, 1387, 1399, 1454, 1472, 1530, 1546, 1571, 1587, 1597,

1610, 1646, 1685, 1691, 1695, 1697, 1710, 1718, 1724, 1765, 1770, 1798, 1821, 1835, 1854, 1857, 1872, 1886, 1893, 1897, 1899, 1917, 1933, 1947, 1952, 1976, 1979, 1991, 2003, 2031, 2099, 2107, 2165, 2168, 2183, 2190, 2199, 2204, 2215, 2224, 2237, 2243, 2261, 2284, 2298, 2329, 2348, 2370, 2376, 2394, 2410, 2425, 2426, 2439, 2454, 2488, 2535, 2539, 2555, 2558, 2560, 2567, 2576, 2585, 2603, 2610, 2613, 2620, 2628, 2642, 2649, 2663, 2668, 2679, 2690, 2698, 2715, 2725, 2733, 2741, 2746, 2759, 2764, 2778, 2785, 2802, 2815, 2818, 2826, 2834, 2869, 2942, 2960, 2975, 3009, 3037, 3057, 3079, 3133, 3164, 3170

仭, 1690, 1693, 1694, 2273

兄, 435, 571, 740, 1176, 1718, 2003, 2427, 2489, 2959

充, 47, 235, 259, 609, 612, 689, 732, 1109, 1154, 1424, 1468, 1762, 1894, 2103, 2136, 2137, 2256, 2316, 2491, 2797, 2840, 2939, 3049

冉, 1447, 1671, 1672, 2097, 2323, 2849, 3053

冊, 186, 187, 670, 1139, 2849

冋, 1088

册, 186, 187, 442, 2849

冬, 295, 458, 675, 763, 1050, 1092, 1633, 2721

凼, 1171

凸, 19, 1173, 2107, 2126, 2472,

2511

凹, 19, 1637, 1700, 2107

出, 23, 69, 126, 136, 164, 165, 219, 225, 235, 255, 257, 262, 266, 278, 293, 306, 322, 346, 401, 436, 468, 482, 492, 510, 524, 556, 569, 596, 602, 620, 666, 688, 692, 707, 750, 756, 827, 867, 871, 910, 975, 1011, 1158, 1215, 1224, 1255, 1282, 1287, 1357, 1384, 1465, 1468, 1551, 1583, 1587, 1590, 1638, 1647, 1679, 1717, 1720, 1729, 1774, 1786, 1805, 1843, 1849, 1865, 1888, 1891, 1894, 1977, 1983, 2004, 2051, 2053, 2093, 2114, 2117, 2142, 2152, 2192, 2250, 2264, 2286, 2313, 2327, 2331, 2379, 2390, 2404, 2414, 2475, 2495, 2514, 2521, 2530, 2546, 2573, 2641, 2645, 2661, 2676, 2692, 2697, 2707, 2721, 2735, 2760, 2771, 2790, 2828, 2850, 2913, 2939, 2953, 2970, 2994, 3005, 3011, 3033, 3061, 3075, 3083, 3094, 3115, 3126, 3159, 3166

刊, 1143, 1228, 1255, 1776, 2403, 2606

功, 61, 257, 270, 396, 413, 574, 591, 621, 629, 686, 687, 689, 690, 696, 710, 745, 822, 897, 992, 1017, 1064, 1161, 1217, 1222, 1607, 1612, 1827, 1868, 1968, 2026, 2140, 2165, 2273, 2364, 2391, 2429, 2587, 2667, 2729, 2736, 2862, 2955, 3062, 3082

加, 126, 307, 364, 424, 482, 653, 671, 685, 711, 730, 769, 782, 785, 791, 797, 873, 892, 943, 950, 951, 953, 954, 1012, 1107, 1222, 1287, 1584, 1706, 1889, 1971, 2005, 2193, 2286, 2301, 2318, 2339, 2588, 2697, 2971, 3082, 3161

匄, 657, 1581, 2032, 2427

包, 47, 48, 697, 1514, 1582, 1762, 2093, 2103, 2530, 2546, 2573, 2612

北, 60, 74, 77, 148, 304, 415, 458, 587, 595, 827, 1002, 1457, 1533, 2114, 2125, 2281, 2585, 2994

匜, 2565

匝, 110, 165, 820, 851, 1527, 1898, 2191, 2672, 2843, 3048, 3054

卉, 186, 848, 853

半, 38, 41, 42, 89, 134, 154, 223, 489, 744, 776, 1107, 1344, 1482, 1493, 1512, 1533, 1594, 1642, 1728, 1798, 1933, 1966, 2015, 2166, 2288, 2312, 2404, 2413, 2504, 2546, 2556, 2731, 3005, 3033, 3170

占, 34, 226, 443, 670, 704, 983, 1636, 1776, 2320, 2585, 2886, 2888, 2889, 3003

卬, 1631, 2668

卯, 18, 759, 899, 1306, 1353, 2574, 2668, 2720, 2940

厇, 2133

去, 165, 191, 206, 207, 267, 271, 274, 280, 308, 323, 467, 480, 512, 519, 560, 604, 613, 622, 636, 637, 668, 677, 712, 757, 807, 896, 977, 1018, 1049, 1101, 1167, 1189, 1218, 1225, 1345,

1569, 1584, 1593, 1601, 1638, 1639,
1647, 1651, 1664, 1681, 1696, 1718,
1753, 1787, 1831, 1841, 1850, 1861,
1889, 1895, 2079, 2115, 2118, 2122,
2142, 2153, 2161, 2195, 2212, 2259,
2266, 2313, 2318, 2334, 2389, 2408,
2428, 2447, 2477, 2588, 2603, 2619,
2652, 2662, 2682, 2697, 2738, 2767,
2830, 2852, 2916, 2956, 2971, 3007,
3012, 3016, 3065, 3085, 3143

叐, 27, 890

古, 70, 437, 701, 702, 703, 705,
706, 710, 814, 821, 896, 897, 1017,
1025, 1098, 1166, 1287, 1648, 1730,
1802, 1863, 2115, 2193, 2283, 2317,
2476, 2557, 2689, 2708, 2727, 2730,
2828, 2851, 2889

句, 24, 32, 41, 47, 320, 443, 512,
518, 525, 604, 657, 696, 697, 751, 778,
782, 841, 936, 969, 976, 1090, 1099,
1104, 1107, 1116, 1123, 1151, 1287,
1364, 1395, 1532, 1558, 1641, 1703,
1753, 1787, 1859, 2005, 2027, 2097,
2194, 2229, 2240, 2265, 2272, 2273,
2365, 2391, 2427, 2447, 2458, 2476,
2552, 2559, 2631, 2646, 2654, 2697,
2767, 2781, 2811, 2838, 3001, 3034,
3129, 3134

另, 1269

叨, 385, 866, 1200, 1208, 1401

叩, 899, 1005, 1163, 1164, 2661,
2935

只, 370, 374, 695, 780, 905, 1434,

1532, 1576, 1611, 1714, 1794, 1918,
1932, 2183, 2611, 2945, 2981, 2983,
2986, 2999, 3004

叫, 19, 126, 218, 772, 812, 1005,
1010, 1163, 1409, 1589

召, 34, 164, 670, 682, 704, 780,
813, 1163, 1400, 1628, 1782, 1801,
1864, 2201, 2668, 2817, 2888, 2901,
2904, 2905, 2907, 2962, 3001, 3048,
3111

可, 3, 5, 12, 35, 104, 127, 150,
156, 167, 349, 363, 380, 405, 453, 467,
486, 512, 518, 521, 559, 624, 644, 659,
674, 704, 741, 769, 774, 775, 778, 782,
787, 788, 834, 899, 977, 1041, 1092,
1096, 1147, 1148, 1149, 1188, 1201,
1293, 1453, 1459, 1470, 1544, 1568,
1574, 1581, 1588, 1644, 1655, 1668,
1721, 1818, 1830, 1865, 1902, 1942,
1997, 2027, 2161, 2194, 2220, 2235,
2258, 2265, 2313, 2340, 2365, 2400,
2407, 2438, 2443, 2444, 2467, 2472,
2493, 2531, 2538, 2552, 2566, 2588,
2612, 2646, 2678, 2709, 2829, 2956,
2995, 3001, 3006, 3034, 3115, 3123,
3129, 3144

台, 466, 704, 885, 2042, 2537,
2840, 2889, 2904, 3001, 3132

叱, 74, 256, 2117, 2152, 2305,
2870, 2877, 2879

史, 191, 933, 1127, 1227, 1882,
1885, 1887, 2229, 2502, 2735, 2964

右, 63, 165, 269, 359, 546, 677,

704, 800, 1083, 1136, 1290, 1399,
1561, 1735, 1793, 1864, 1882, 1935,
2303, 2556, 2696, 2716, 2726, 2730,
2843, 2854, 3037, 3053, 3133, 3147,
3157

叵, 664, 821, 1107, 1460, 1524,
1544, 1546, 1547, 1639, 2843

叶, 256, 2384, 2538

号, 1395, 2281

司, 318, 442, 1995, 1997, 2098,
2241, 2458, 2762, 3053, 3124

叺, 1720

叻, 1200, 1222

叵, 511, 850, 851, 2005, 2646

囚, 83, 1094, 1633, 2151, 2157,
2647

四, 3, 19, 26, 35, 71, 271, 312,
317, 320, 351, 373, 425, 456, 506, 514,
537, 578, 708, 743, 780, 812, 851, 900,
948, 979, 1054, 1091, 1108, 1152,
1218, 1249, 1288, 1341, 1365, 1380,
1383, 1389, 1466, 1524, 1532, 1560,
1637, 1696, 1709, 1754, 1767, 1862,
1871, 1896, 1903, 1915, 2000, 2004,
2012, 2030, 2082, 2098, 2196, 2212,
2236, 2248, 2267, 2282, 2298, 2305,
2314, 2341, 2366, 2393, 2401, 2427,
2454, 2474, 2555, 2591, 2647, 2662,
2689, 2698, 2712, 2727, 2752, 2812,
2831, 2839, 2903, 2918, 2940, 2958,
3001, 3004, 3022, 3036, 3051, 3132,
3145, 3152, 3162

圣, 3157

外, 71, 84, 128, 132, 159, 358,
399, 464, 491, 514, 597, 604, 618, 677,
807, 894, 901, 1026, 1163, 1281, 1306,
1387, 1466, 1472, 1601, 1605, 1635,
1649, 1734, 1771, 1871, 1903, 1916,
1946, 1956, 1978, 2030, 2039, 2134,
2248, 2268, 2274, 2298, 2335, 2375,
2560, 2620, 2657, 2662, 2683, 2712,
2727, 2753, 2762, 3036

夗, 2805

央, 124, 515, 589, 686, 956, 1851,
1882, 2502, 2503, 2504, 2727, 2964

夰, 1634

失, 165, 268, 280, 351, 449, 460,
552, 597, 614, 669, 695, 751, 821, 843,
874, 896, 908, 955, 1092, 1094, 1098,
1165, 1170, 1280, 1371, 1387, 1635,
1649, 1663, 1684, 1704, 1763, 1832,
1849, 1883, 1885, 1888, 1892, 1921,
1927, 1930, 1943, 2080, 2108, 2122,
2142, 2164, 2212, 2229, 2259, 2277,
2319, 2325, 2408, 2502, 2503, 2511,
2570, 2603, 2613, 2619, 2621, 2626,
2711, 2723, 2846, 2917, 2940, 2957,
2974, 2989, 3008, 3032, 3152

奴, 92, 594, 637, 770, 925, 1257,
1435, 1445, 1447, 1455, 1462, 1495,
1496, 1497, 1707, 2111, 2421, 2511,
2971

孕, 492, 1719, 1835, 2840, 3135

宁, 1492, 2091, 2757, 3094

它, 2038, 2039, 2881

宄, 739, 2427, 2451

亼, 517, 1039, 1269, 2283

尻, 1146

尼, 39, 157, 227, 280, 433, 503, 547, 571, 581, 740, 761, 828, 911, 977, 1030, 1100, 1116, 1199, 1261, 1360, 1388, 1418, 1447, 1465, 1473, 1475, 1476, 1478, 1481, 1513, 1736, 1849, 2001, 2037, 2128, 2153, 2157, 2164, 2205, 2251, 2292, 2318, 2477, 2574, 2852, 2877, 3050, 3144, 3147, 3157

左, 16, 125, 359, 547, 1200, 1227, 1475, 1518, 1678, 1863, 1894, 2117, 2232, 2556, 2669, 2696, 2728, 2753, 2838, 2856, 2909, 2923, 3004, 3148, 3156, 3159

巧, 172, 588, 686, 688, 780, 828, 841, 1008, 1039, 1229, 1382, 1454, 1607, 1612, 1695, 2376, 2408, 2588

巨, 35, 227, 465, 490, 1106, 1108, 1109, 1114, 1117, 1173, 1395, 1544, 1690, 2635, 2646, 3006

市, 164, 214, 435, 514, 622, 765, 874, 1030, 1341, 1632, 1889, 1890, 1898, 2010, 2029, 2142, 2683, 2712, 2843

布, 69, 153, 164, 166, 167, 287, 510, 611, 616, 647, 650, 854, 993, 1282, 1457, 1458, 1521, 1549, 1738, 1760, 1898, 2025, 2105, 2282, 2287, 2366, 2400, 2404, 2441, 2495, 2726, 2843, 2850, 3083

平, 41, 71, 157, 214, 381, 437, 525, 809, 812, 820, 841, 907, 1013, 1086, 1224, 1290, 1404, 1482, 1492, 1493, 1532, 1533, 1535, 1536, 1869, 1902, 1934, 2091, 2195, 2289, 2465, 2553, 2631, 2821, 2824, 2852, 2940, 3007, 3035, 3043, 3085, 3098, 3135, 3147

幼, 272, 491, 841, 1018, 1257, 2467, 2729, 2815, 2818

庆, 2873

弁, 102, 134, 602

弗, 156, 204, 446, 601, 602, 617, 621, 625, 743, 781, 897, 1446, 2271, 2305, 2939, 3123

弘, 213, 218, 287, 288, 347, 603, 616, 621, 693, 784, 797, 798, 943, 995, 1532, 1706, 1942, 1995, 2012, 2407, 2661, 2737, 2790, 2971, 3021

必, 86, 89, 93, 102, 149, 154, 306, 346, 400, 453, 482, 510, 595, 602, 675, 802, 812, 824, 827, 870, 928, 993, 999, 1006, 1011, 1050, 1109, 1161, 1220, 1392, 1497, 1587, 1704, 1717, 1765, 1798, 1891, 2001, 2192, 2213, 2254, 2264, 2288, 2312, 2316, 2327, 2390, 2515, 2546, 2585, 2606, 2629, 2707, 2775, 2864, 2906, 2939, 2953, 3033, 3128

忉, 384, 385, 435, 511, 1611, 1690, 2273, 3082

戊, 2820

戌, 227, 362, 554, 1966, 2272, 2820, 3096

㞐, 503

2745, 2836, 2855, 2921, 2929, 2936,
2938, 2939, 2946, 2949, 2952, 2962,
2976, 2986, 2998, 3000, 3001, 3005,
3009, 3079, 3108, 3134, 3135, 3146,
3168

毋, 148, 167, 173, 366, 626, 633,
687, 770, 951, 967, 1353, 1358, 1359,
1360, 1396, 1434, 1435, 1436, 1437,
1500, 1681, 1831, 1895, 1899, 1934,
1987, 2079, 2142, 2145, 2253, 2259,
2266, 2427, 2454, 2574, 2956, 3050,
3123, 3148

氏, 429, 431, 432, 820, 1473,
1890, 2982

民, 227, 429, 490, 694, 865, 917,
1012, 1038, 1137, 1350, 1388, 1390,
1411, 1466, 1681, 1890, 1969, 2247,
2493, 2565, 2737, 2791

承, 236

氷, 132, 1977, 1979, 2106, 2682,
2683

永, 63, 132, 207, 230, 236, 359,
484, 519, 598, 721, 958, 1000, 1055,
1093, 1191, 1430, 1472, 1636, 1656,
1893, 1898, 1917, 1979, 2000, 2046,
2073, 2135, 2213, 2262, 2558, 2682,
2715, 2725, 2778, 2792, 2805, 2942,
3051

氺, 1979

氾, 582

汀, 2089

汁, 464, 565, 764, 928, 995, 1719,
2300, 2968

犮, 27

犯, 30, 54, 73, 403, 557, 581, 583,
710, 750, 828, 917, 932, 1028, 1130,
1174, 1196, 1265, 1545, 1583, 1830,
1852, 2011, 2036, 2121, 2123, 2406,
2531, 2562, 2574, 2708, 2805, 2828,
2913, 2970, 2988, 3151, 3160, 3166

玄, 203, 257, 278, 491, 589, 687,
821, 841, 865, 1133, 1194, 1225, 1501,
1571, 1574, 1649, 1685, 1890, 2147,
2315, 2447, 2449, 2450, 2479, 2627,
2832, 2839, 3138

玉, 26, 54, 94, 821, 1759, 1793,
1864, 1956, 2081, 2117, 2147, 2269,
2270, 2447, 2669, 2771, 2821, 2925

瓜, 603, 718, 1032, 1323, 2474,
2902

瓦, 35, 571, 1437, 1475, 1533,
1535, 1734, 2133, 2136, 2244, 2271,
2272

甘, 35, 347, 518, 658, 659, 756,
760, 1465, 1566, 1605, 1695, 2083,
2758, 2811, 2819, 3126

生, 41, 71, 87, 137, 158, 173, 179,
204, 207, 214, 227, 229, 239, 242, 260,
262, 267, 274, 278, 280, 309, 323, 333,
351, 373, 406, 425, 455, 486, 491, 522,
537, 561, 597, 630, 644, 669, 695, 713,
732, 747, 821, 832, 834, 843, 854, 857,
869, 878, 894, 900, 911, 930, 939, 952,
1013, 1059, 1067, 1112, 1141, 1151,
1159, 1170, 1189, 1199, 1202, 1206,
1223, 1225, 1251, 1280, 1288, 1350,

1368, 1371, 1383, 1387, 1397, 1435,
1438, 1471, 1482, 1486, 1488, 1493,
1507, 1532, 1570, 1586, 1598, 1610,
1618, 1635, 1644, 1649, 1653, 1656,
1669, 1684, 1690, 1723, 1733, 1754,
1763, 1767, 1775, 1780, 1790, 1796,
1799, 1813, 1819, 1839, 1840, 1841,
1845, 1847, 1851, 1870, 1877, 1880,
1889, 1896, 1914, 1930, 1943, 1969,
1988, 2001, 2029, 2037, 2042, 2047,
2080, 2082, 2101, 2116, 2145, 2153,
2163, 2196, 2212, 2217, 2247, 2259,
2298, 2314, 2319, 2334, 2341, 2350,
2370, 2393, 2401, 2403, 2408, 2415,
2421, 2424, 2445, 2453, 2455, 2478,
2532, 2544, 2589, 2619, 2631, 2670,
2697, 2711, 2739, 2801, 2831, 2852,
2863, 2917, 2940, 2946, 2951, 2957,
2974, 2984, 2997, 3007, 3035, 3051,
3065, 3073, 3075, 3086, 3095, 3099,
3121, 3124, 3131, 3147, 3152, 3162,
3167, 3170

用, 14, 115, 129, 186, 204, 215,
252, 269, 382, 409, 564, 605, 615, 627,
686, 690, 708, 748, 815, 851, 858, 875,
888, 982, 995, 1003, 1105, 1120, 1142,
1153, 1223, 1367, 1406, 1439, 1454,
1467, 1517, 1611, 1646, 1697, 1701,
1702, 1816, 1835, 1867, 1872, 1917,
1965, 1968, 1979, 1994, 2015, 2039,
2082, 2095, 2100, 2113, 2119, 2147,
2152, 2224, 2237, 2244, 2248, 2348,
2366, 2410, 2439, 2545, 2585, 2600,

2621, 2629, 2649, 2663, 2688, 2698,
2715, 2778, 2797, 2815, 2820, 2869,
2895, 2919, 2961, 3037, 3054, 3056,
3074, 3091, 3116, 3133, 3164

甩, 1815

田, 203, 265, 414, 418, 442, 443,
510, 1094, 1163, 1171, 1404, 1457,
1466, 1482, 1523, 1697, 1775, 1997,
2000, 2008, 2082, 2083, 2117, 2140,
2505, 2648, 2689, 2698, 2703, 2709,
2801, 2813, 2918, 3167

由, 32, 260, 262, 269, 314, 325,
373, 382, 409, 442, 516, 546, 715, 982,
1014, 1094, 1172, 1282, 1335, 1367,
1380, 1435, 1467, 1475, 1501, 1637,
1697, 1796, 1816, 1835, 1935, 1968,
1998, 2009, 2082, 2100, 2157, 2200,
2262, 2274, 2362, 2514, 2516, 2535,
2538, 2561, 2601, 2650, 2691, 2692,
2696, 2701, 2703, 2705, 2715, 2741,
2747, 2759, 2764, 2782, 2802, 2815,
2928, 3037, 3133

甲, 58, 683, 955, 1039, 1071,
1696, 1814, 1816, 1818, 2040, 2082,
2309, 2463, 2464, 2573, 2668, 2689,
2697, 2811, 2861, 2891, 3034, 3129

申, 224, 290, 588, 1072, 1244,
1637, 1814, 1816, 1819, 1827, 1902,
2538, 2697, 2735, 3035, 3046, 3047,
3057, 3124, 3131, 3145

疋, 456, 1524, 1954, 2107, 2487,
2895, 3145

疒, 2882

白, 31, 35, 49, 55, 147, 148, 315,
343, 389, 429, 555, 633, 668, 792, 827,
838, 845, 1077, 1094, 1107, 1162,
1368, 1423, 1437, 1537, 1544, 1588,
1619, 1632, 1695, 1703, 1704, 1720,
1762, 1774, 1863, 2004, 2140, 2233,
2239, 2245, 2271, 2364, 2454, 2475,
2696, 2706, 2760, 2765, 2810, 2862,
2889, 3015, 3031, 3049, 3055, 3127,
3159

皮, 57, 83, 142, 164, 333, 476,
705, 894, 977, 1358, 1466, 1520, 1521,
1523, 1546, 1703, 2168, 2430, 2541,
2903

皿, 1224, 1389, 2005, 2454

目, 62, 73, 227, 518, 732, 899,
977, 1111, 1154, 1162, 1304, 1380,
1396, 1403, 1435, 1437, 1442, 1486,
1610, 1644, 1696, 1703, 1763, 1818,
1863, 1902, 1936, 2097, 2107, 2229,
2286, 2340, 2494, 2496, 2646, 2797,
2811, 2819, 2893, 3054, 3129, 3134,
3137, 3140

矛, 687, 1352, 1432, 1433, 1690,
1782, 2465, 2757, 2786, 3123

矢, 614, 990, 1851, 1883, 1888,
1921, 2080, 2511, 2557, 2603, 2613

石, 17, 35, 158, 385, 588, 665,
704, 800, 820, 1163, 1223, 1237, 1351,
1397, 1437, 1771, 1814, 1819, 1863,
1866, 1994, 2292, 2370, 2485, 2727,
2793, 2853, 2904, 3036

示, 87, 120, 121, 135, 158, 256,

257, 258, 268, 425, 514, 522, 537, 550,
581, 644, 669, 738, 776, 780, 809, 821,
858, 936, 978, 1009, 1013, 1163, 1189,
1202, 1288, 1426, 1486, 1589, 1649,
1658, 1684, 1718, 1723, 1754, 1813,
1870, 1891, 1896, 1898, 1902, 1915,
1923, 1930, 1948, 1989, 2029, 2212,
2214, 2221, 2229, 2290, 2314, 2328,
2334, 2341, 2393, 2478, 2559, 2589,
2613, 2678, 2682, 2767, 2824, 2831,
2875, 2917, 2940, 2957, 3003, 3008,
3138

禾, 186, 776, 784, 1424, 1436,
2209, 2511

穴, 49, 456, 466, 515, 935, 941,
1089, 1160, 1161, 1165, 1250, 1289,
1467, 1702, 1974, 2451, 2657, 3042

立, 32, 127, 137, 157, 165, 267,
343, 443, 455, 476, 480, 525, 604, 613,
626, 718, 778, 820, 899, 927, 1020,
1056, 1096, 1100, 1127, 1140, 1159,
1188, 1222, 1223, 1234, 1251, 1278,
1287, 1365, 1395, 1402, 1485, 1533,
1546, 1558, 1568, 1584, 1632, 1641,
1648, 1721, 1753, 1763, 1787, 1809,
1812, 1827, 1831, 1853, 1863, 1927,
1969, 1986, 2028, 2097, 2115, 2142,
2163, 2203, 2214, 2253, 2258, 2265,
2318, 2424, 2444, 2447, 2453, 2477,
2553, 2559, 2574, 2588, 2619, 2625,
2652, 2678, 2710, 2737, 2761, 2791,
2820, 2829, 2852, 2940, 2956, 2984,
2995, 3006, 3011, 3016, 3028, 3075,

2559, 2852, 2882, 3046, 3085, 3096,
3097, 3121, 3141, 3159, 3161

份, 130, 607

仿, 592

企, 522, 1048, 1575, 1582, 1590,
1804, 2316

伅, 296, 487, 2122

伇, 1358, 2606, 2613

伈, 2400

伉, 1146, 2451

伊, 42, 72, 443, 523, 1886, 2130,
2154, 2215, 2306, 2556, 2562, 2564,
2566, 2637

伋, 895, 896

伍, 429, 975, 2214, 2269, 2270

伎, 82, 142, 621, 706, 919, 922,
924, 936, 1125, 1574, 1577, 1905,
2452, 2606, 2613, 2651, 2695, 2824,
2895, 2897, 2964, 2968

伏, 27, 28, 80, 103, 238, 322, 347,
375, 430, 447, 449, 482, 554, 600, 601,
617, 621, 625, 627, 635, 639, 647, 648,
710, 828, 919, 989, 1057, 1173, 1339,
1423, 1545, 1583, 1634, 1668, 1717,
1927, 1941, 1980, 2001, 2046, 2072,
2134, 2286, 2372, 2400, 2428, 2499,
2558, 2783, 2848, 2872, 2895, 2897,
3016, 3049, 3062, 3105, 3109

伐, 28, 30, 152, 172, 236, 362,
366, 553, 554, 555, 617, 653, 670, 871,
1257, 2270, 2435, 2909

休, 31, 262, 277, 291, 552, 618,
800, 1246, 1260, 1437, 1523, 2046,

2073, 2153, 2205, 2428, 2433, 2434,
2440, 2560, 3091

伒, 2397

兆, 61, 221, 419, 598, 830, 1854,
2059, 2904

兑, 152, 739, 2426, 2427, 2451,
2696

先, 214, 259, 268, 272, 313, 358,
373, 563, 571, 615, 669, 695, 733, 829,
931, 956, 980, 1014, 1018, 1154, 1199,
1571, 1581, 1601, 1615, 1718, 1734,
1781, 1792, 1834, 1851, 1886, 1916,
2081, 2136, 2164, 2253, 2261, 2282,
2284, 2300, 2316, 2320, 2401, 2409,
2427, 2439, 2445, 2555, 2576, 2696,
2725, 2792, 2840, 2853, 2918, 2975,
3057

光, 51, 165, 212, 259, 288, 307,
347, 380, 416, 421, 454, 463, 517, 593,
633, 664, 665, 688, 725, 731, 735, 822,
825, 826, 847, 869, 976, 1090, 1118,
1136, 1239, 1351, 1384, 1401, 1566,
1595, 1696, 1705, 1727, 1762, 1778,
1795, 1830, 1850, 1853, 2010, 2046,
2144, 2257, 2289, 2317, 2339, 2349,
2406, 2427, 2485, 2489, 2498, 2499,
2540, 2572, 2696, 2790, 2819, 2821,
2893, 2914, 2955, 2964, 3056, 3060,
3134

全, 109, 323, 350, 522, 604, 761,
780, 930, 1049, 1050, 1066, 1249,
1280, 1654, 1656, 1657, 1658, 1681,
1807, 1853, 2145, 2448, 2588, 2711,

1166, 1270, 1303, 1311, 1324, 1326,
1337, 1394, 1451, 1484, 1552, 1566,
1663, 1680, 1705, 1730, 1778, 1786,
1910, 1978, 2040, 2193, 2289, 2391,
2414, 2476, 2552, 2587, 2608, 2637,
2708, 2721, 2727, 2736, 2760, 2820,
2828, 2913, 2970, 3033, 3084

叩, 2444

呀, 3125

合, 13, 31, 70, 92, 135, 335, 339,
343, 420, 463, 521, 525, 557, 603, 626,
672, 675, 678, 700, 704, 711, 761, 769,
776, 784, 788, 790, 857, 897, 999,
1040, 1050, 1057, 1107, 1140, 1144,
1150, 1270, 1395, 1402, 1410, 1484,
1594, 1654, 1680, 1721, 1803, 1807,
2042, 2097, 2349, 2476, 2587, 2661,
2677, 2828, 2844, 2880, 3006, 3129,
3140, 3144, 3160

吉, 13, 256, 668, 703, 769, 787,
895, 910, 954, 1020, 1166, 1187, 1271,
1450, 1558, 1566, 1648, 1696, 1731,
1779, 1802, 1850, 1927, 1942, 2042,
2318, 2426, 2476, 2606, 2619, 2621,
3004

吊, 446, 2748

同, 3, 32, 92, 128, 239, 300, 318,
392, 399, 407, 426, 456, 459, 460, 514,
523, 538, 645, 695, 708, 724, 738, 743,
780, 783, 800, 819, 961, 1013, 1051,
1088, 1108, 1113, 1141, 1152, 1365,
1438, 1466, 1517, 1534, 1615, 1633,
1645, 1656, 1663, 1670, 1689, 1697,

1709, 1757, 1871, 1881, 1916, 1995,
2008, 2095, 2096, 2102, 2151, 2236,
2241, 2260, 2275, 2341, 2366, 2445,
2532, 2555, 2560, 2567, 2591, 2609,
2620, 2632, 2648, 2652, 2662, 2689,
2712, 2753, 2783, 2797, 2813, 2820,
2825, 2831, 2881, 2941, 3008, 3054,
3113, 3132

名, 71, 87, 139, 157, 232, 267,
308, 320, 344, 349, 397, 405, 424, 455,
490, 506, 525, 559, 570, 581, 588, 604,
622, 676, 687, 702, 704, 712, 770, 772,
779, 800, 874, 899, 947, 977, 1008,
1012, 1026, 1059, 1092, 1094, 1096,
1111, 1136, 1151, 1156, 1167, 1199,
1224, 1229, 1278, 1304, 1337, 1360,
1365, 1382, 1388, 1392, 1403, 1409,
1411, 1412, 1438, 1453, 1471, 1474,
1532, 1681, 1694, 1696, 1707, 1733,
1763, 1779, 1787, 1804, 1818, 1831,
1840, 1849, 1859, 1863, 1887, 1890,
1913, 1960, 1971, 1987, 2002, 2005,
2028, 2079, 2097, 2159, 2169, 2194,
2221, 2229, 2235, 2241, 2258, 2281,
2289, 2334, 2340, 2391, 2415, 2421,
2424, 2477, 2491, 2531, 2574, 2588,
2612, 2626, 2631, 2646, 2652, 2678,
2710, 2727, 2729, 2761, 2811, 2829,
2845, 2852, 2889, 2904, 2905, 2915,
2956, 2971, 3007, 3016, 3034, 3098,
3123, 3134, 3161

后, 142, 435, 594, 699, 797, 800,
845, 1500, 1680, 1933, 2476, 3123

圯, 419, 1607, 2565, 3005

地, 30, 61, 100, 215, 235, 236, 247, 248, 253, 255, 270, 278, 307, 322, 347, 367, 395, 415, 423, 432, 434, 435, 436, 439, 449, 453, 487, 492, 556, 620, 698, 709, 732, 742, 824, 828, 875, 932, 960, 1017, 1032, 1063, 1083, 1084, 1144, 1157, 1158, 1165, 1325, 1364, 1434, 1436, 1457, 1469, 1489, 1522, 1531, 1583, 1611, 1651, 1671, 1704, 1738, 1768, 1775, 1786, 1797, 1803, 1817, 1842, 1852, 1855, 1859, 1868, 1894, 1901, 2001, 2026, 2035, 2040, 2065, 2082, 2106, 2114, 2123, 2127, 2130, 2131, 2192, 2213, 2246, 2313, 2338, 2349, 2390, 2406, 2414, 2506, 2521, 2530, 2538, 2547, 2565, 2586, 2736, 2766, 2785, 2851, 2879, 2904, 2939, 2953, 2986, 2995, 3016, 3020, 3042, 3056, 3061, 3073, 3084, 3128, 3134, 3151

夅, 273, 609, 998

夙, 608

多, 1, 5, 35, 120, 140, 141, 165, 199, 206, 254, 256, 307, 340, 343, 347, 371, 380, 383, 403, 432, 435, 439, 462, 463, 471, 489, 492, 495, 518, 524, 573, 603, 639, 653, 666, 675, 734, 750, 832, 841, 871, 891, 897, 1025, 1039, 1092, 1107, 1172, 1201, 1248, 1390, 1393, 1446, 1451, 1469, 1473, 1484, 1497, 1500, 1513, 1517, 1521, 1729, 1741, 1760, 1762, 1778, 1786, 1798, 1799, 1802, 1817, 1829, 1845, 1876, 1941, 1983, 2004, 2036, 2066, 2109, 2127, 2130, 2131, 2134, 2193, 2281, 2285, 2390, 2424, 2497, 2547, 2568, 2607, 2630, 2672, 2689, 2708, 2757, 2828, 2877, 2904, 2936, 2954, 3006, 3049, 3062, 3128

夷, 125, 181, 419, 451, 875, 894, 1031, 1219, 1375, 1387, 1677, 1740, 1849, 1995, 2000, 2074, 2108, 2205, 2504, 2565, 2568

夸, 70, 1171, 2964

奸, 957, 2380, 2731

奼, 197, 200, 1704, 2910

好, 5, 55, 81, 166, 254, 265, 332, 333, 511, 591, 659, 667, 698, 769, 806, 897, 994, 1078, 1115, 1344, 1381, 1497, 1620, 1705, 1763, 1768, 1771, 1779, 1829, 1845, 1887, 1911, 1955, 1956, 2094, 2246, 2273, 2295, 2301, 2328, 2339, 2376, 2406, 2414, 2421, 2485, 2515, 2552, 2557, 2659, 2708, 2824, 2895, 2914, 2927, 3047, 3123

如, 14, 52, 71, 83, 87, 158, 237, 267, 271, 274, 280, 292, 293, 308, 323, 344, 361, 381, 406, 417, 424, 437, 473, 513, 522, 561, 588, 591, 595, 597, 601, 614, 644, 655, 677, 702, 713, 770, 785, 797, 807, 829, 869, 894, 900, 933, 947, 950, 957, 977, 1013, 1018, 1026, 1049, 1054, 1067, 1116, 1151, 1189, 1217, 1222, 1247, 1257, 1326, 1358, 1365, 1382, 1387, 1396, 1438, 1445, 1447,

2337, 2390, 2497, 2515, 2573, 2585,
2606, 2688, 2823, 2850, 2926, 2953,
3028, 3075, 3083, 3134, 3137

寺, 71, 298, 425, 562, 854, 1070,
1383, 1482, 1507, 1701, 1775, 1819,
1889, 1898, 1903, 1905, 1920, 1921,
1936, 2010, 2040, 2091, 2169, 2757,
2762, 2918, 3103, 3132

尖, 869, 956, 1850, 2310, 2485,
2502, 2630, 2846

朿, 1851

屹, 244, 671, 787

屺, 821

岋, 2136

州, 45, 168, 285, 391, 463, 632,
1061, 1137, 1209, 1256, 1501, 1771,
1776, 2282, 2350, 2623, 2870, 3053,
3055

巩, 664

帆, 567, 570, 1784

年, 41, 135, 327, 435, 476, 491,
807, 820, 926, 932, 961, 1199, 1361,
1432, 1482, 1493, 1533, 1595, 1681,
1696, 1753, 1799, 1818, 1831, 1856,
1859, 1895, 1902, 2019, 2101, 2115,
2145, 2168, 2266, 2269, 2474, 2477,
2504, 2710, 2733, 2754, 2791, 2819,
2849, 2936, 3007, 3035, 3039, 3147

开, 956

并, 31, 37, 72, 102, 114, 134, 136,
140, 167, 256, 300, 367, 422, 524, 595,
744, 776, 820, 890, 943, 957, 1061,

1071, 1099, 1223, 1495, 1528, 1551,
1565, 1592, 1600, 1622, 1728, 2025,
2606, 2612, 2667, 2849, 3005, 3033,
3098

庄, 3107, 3110

异, 2612

式, 174, 586, 874, 879, 1030,
1038, 1849, 1851, 1880, 1898, 1905,
1924, 1926, 2322, 3031

弍, 871

弛, 247, 591, 1852

彴, 3116

忏, 659, 662, 2270

忖, 248, 334, 926, 1551, 1920

忙, 63, 594, 846, 1349, 1350,
1351, 1355, 2995

戌, 362, 1031, 1700, 1815, 1962,
1966, 2272, 2434

戍, 362, 1700, 1966, 2272, 2435

戎, 670, 815, 874, 1030, 1699,
2247, 2435

成, 23, 69, 90, 102, 129, 154, 171,
183, 209, 215, 228, 234, 236, 238, 241,
243, 266, 278, 296, 306, 322, 329, 333,
346, 361, 393, 401, 411, 415, 453, 501,
581, 596, 620, 661, 662, 687, 709, 800,
870, 875, 879, 890, 969, 993, 1019,
1028, 1036, 1039, 1075, 1096, 1109,
1114, 1186, 1196, 1224, 1353, 1381,
1384, 1388, 1401, 1468, 1583, 1633,
1642, 1667, 1679, 1694, 1699, 1778,
1786, 1817, 1822, 1843, 1890, 1891,
1898, 1901, 1906, 1925, 1941, 1962,

1897, 1903, 1917, 1931, 1937, 1947,
1964, 1977, 1991, 2002, 2031, 2081,
2100, 2126, 2141, 2147, 2164, 2183,
2200, 2213, 2218, 2224, 2237, 2244,
2248, 2251, 2262, 2269, 2274, 2284,
2288, 2298, 2303, 2308, 2315, 2330,
2336, 2348, 2362, 2371, 2374, 2377,
2384, 2403, 2410, 2425, 2432, 2480,
2494, 2511, 2516, 2545, 2556, 2561,
2568, 2585, 2601, 2610, 2621, 2629,
2650, 2663, 2680, 2691, 2694, 2700,
2704, 2706, 2725, 2727, 2730, 2741,
2753, 2754, 2764, 2773, 2778, 2792,
2802, 2810, 2820, 2834, 2849, 2853,
2869, 2908, 2919, 2928, 2949, 2961,
2965, 2985, 3001, 3003, 3009, 3017,
3023, 3037, 3045, 3055, 3070, 3091,
3099, 3106, 3133, 3146, 3149, 3164

朱, 459, 1051, 1191, 1428, 1852,
2213, 2217, 2558, 2855, 2873, 3059,
3060

朴, 1260, 1548, 1551, 1553

朵, 494, 2460

机, 883, 887, 917, 1157, 1624,
2272, 2612, 2877, 2931

杮, 77

朽, 188, 277, 345, 1164, 1294,
1370, 1607, 1703, 1806, 2433, 3094

杠, 234, 345

束, 315

次, 13, 75, 80, 102, 154, 270, 292,
306, 315, 347, 461, 474, 488, 524, 556,
613, 633, 639, 668, 709, 739, 802, 817,

890, 897, 928, 975, 1019, 1039, 1126,
1175, 1282, 1301, 1311, 1401, 1451,
1600, 1633, 1639, 1679, 1717, 1741,
1768, 1849, 1891, 1899, 1909, 1983,
2004, 2015, 2054, 2144, 2239, 2256,
2313, 2331, 2379, 2397, 2405, 2429,
2437, 2547, 2558, 2573, 2586, 2664,
2707, 2721, 2736, 2756, 2775, 2828,
2874, 2939, 3005, 3033, 3039, 3056,
3113, 3121, 3122, 3136, 3160

此, 61, 74, 79, 87, 154, 248, 266,
270, 302, 304, 315, 347, 393, 401, 416,
420, 432, 436, 449, 495, 511, 520, 524,
556, 570, 596, 602, 620, 639, 709, 758,
765, 781, 826, 827, 853, 871, 897, 917,
926, 928, 935, 943, 975, 997, 1011,
1019, 1025, 1039, 1054, 1055, 1057,
1063, 1083, 1096, 1143, 1150, 1161,
1175, 1227, 1246, 1301, 1344, 1381,
1393, 1434, 1457, 1468, 1473, 1522,
1552, 1557, 1561, 1565, 1600, 1611,
1615, 1630, 1642, 1647, 1667, 1679,
1704, 1717, 1729, 1741, 1774, 1778,
1786, 1795, 1817, 1829, 1849, 1852,
1859, 1868, 1876, 1886, 1894, 1901,
1906, 1959, 1970, 1983, 1998, 2001,
2004, 2013, 2016, 2025, 2035, 2046,
2056, 2071, 2076, 2093, 2114, 2122,
2125, 2192, 2227, 2228, 2245, 2256,
2264, 2270, 2313, 2316, 2317, 2364,
2379, 2387, 2390, 2414, 2424, 2475,
2521, 2530, 2546, 2558, 2573, 2586,
2607, 2676, 2707, 2721, 2726, 2735,

2751, 2760, 2774, 2780, 2828, 2846,
2850, 2865, 2913, 2939, 2953, 2970,
2995, 3002, 3005, 3031, 3033, 3049,
3053, 3061, 3082, 3119, 3126, 3128,
3134, 3160

死, 71, 139, 158, 181, 259, 312,
318, 417, 456, 503, 523, 581, 599, 623,
713, 740, 829, 1130, 1170, 1189, 1199,
1202, 1358, 1387, 1411, 1586, 1635,
1645, 1670, 1719, 1773, 1819, 1833,
1849, 1853, 1855, 1887, 1956, 2001,
2008, 2030, 2080, 2133, 2137, 2138,
2142, 2260, 2467, 2544, 2575, 2662,
2683, 2712, 2791, 2805, 2807, 2809,
2847, 2853, 2918, 2975, 2997, 3008,
3152

每, 87, 214, 373, 467, 759, 813,
859, 1360, 1390, 1432, 1434, 1733,
1865, 2258, 2539, 2722

汣, 2136

汎, 570, 582, 1175, 1828, 2121,
2136, 2460

汔, 1589

汗, 505, 764, 765, 766, 1595,
2270, 2406, 2968

汙, 20, 507, 764, 2410, 3137

污, 256, 365, 507, 564, 605, 699,
764, 864, 1022, 1073, 1081, 1284,
1472, 1673, 1858, 2114, 2136, 2224,
2250, 2270, 2300, 2410, 2434, 2660,
2731, 2733, 2744, 2961, 2968, 3037

汛, 582, 2460, 2952

汝, 14, 83, 87, 129, 140, 144, 185,
288, 308, 316, 513, 522, 561, 1080,
1151, 1189, 1435, 1454, 1501, 1517,
1569, 1620, 1707, 1717, 1719, 1769,
1780, 1832, 1895, 1914, 1987, 2145,
2247, 2273, 2302, 2477, 2556, 2567,
2711, 2738, 2762, 2957, 3039, 3065,
3124

江, 687, 758, 764, 787, 795, 839,
992, 1053, 1283, 2027, 2142, 2407,
3002

池, 236, 246, 253, 415, 556, 758,
786, 827, 1282, 1324, 1514, 1656,
1768, 1852, 1977, 2035, 2042, 2127,
2299, 2387, 2454, 2530, 2701, 2903,
3015

污, 2250

灰, 16, 424, 675, 826, 847, 869,
892, 907, 1093, 1888, 1978, 2053,
2168, 2485, 2498, 2706, 2848, 3015

牝, 77, 1435, 1531, 1533, 3110,
3136

牟, 672, 1198, 1345, 1352, 1418,
1432, 1433, 1474, 1482, 1493, 1850,
2229, 2259, 2273, 3007, 3117

犲, 201, 813, 817

狗, 3116

犴, 16, 662

由, 739

百, 31, 35, 36, 41, 138, 147, 154,
436, 510, 517, 646, 703, 1011, 1286,
1325, 1332, 1379, 1392, 1437, 1505,
1531, 1557, 1594, 1695, 1858, 1863,
1936, 2025, 2076, 2096, 2140, 2264,

2283, 2312, 2349, 2364, 2546, 2635,
2651, 2706, 2810, 2912, 3001, 3042,
3128

乱, 1505

竹, 554, 687, 1367, 2054, 2411,
2602, 3073, 3165

米, 32, 41, 104, 132, 349, 400,
1188, 1247, 1341, 1424, 1436, 1444,
1913, 1978, 2013, 2210, 2217, 2289,
2318

糸, 2305

缶, 612, 2820

网, 2151

羊, 42, 667, 1234, 1340, 1384,
1480, 1483, 1493, 1534, 1781, 1835,
1935, 2147, 2355, 2504

羽, 570, 815, 841, 1249, 1517,
1935, 1976, 2298, 2558, 2757, 2820,
3029

老, 139, 183, 199, 397, 637, 732,
825, 1136, 1147, 1188, 1198, 1199,
1253, 1354, 1395, 1434, 1482, 1576,
1613, 1632, 1681, 1706, 1733, 1831,
1889, 1953, 2001, 2050, 2166, 2297,
2318, 2376, 2512, 2852, 2915, 3063

考, 437, 666, 1146, 1147, 1199,
2318, 2376, 2453, 2914, 3060

而, 35, 70, 80, 87, 90, 103, 140,
154, 164, 166, 236, 270, 307, 380, 392,
403, 505, 510, 518, 520, 524, 569, 587,
593, 596, 599, 620, 639, 668, 709, 756,
772, 781, 787, 795, 803, 859, 871, 897,
907, 929, 943, 1007, 1012, 1039, 1102,

1107, 1115, 1130, 1150, 1187, 1217,
1224, 1248, 1269, 1287, 1379, 1384,
1437, 1451, 1457, 1459, 1469, 1478,
1492, 1531, 1566, 1583, 1588, 1589,
1591, 1600, 1609, 1616, 1633, 1667,
1679, 1704, 1717, 1721, 1730, 1786,
1795, 1817, 1852, 1855, 1868, 1876,
1885, 1886, 1894, 1901, 1910, 1941,
1965, 2002, 2004, 2026, 2036, 2056,
2057, 2059, 2078, 2096, 2134, 2152,
2193, 2228, 2257, 2271, 2281, 2283,
2289, 2301, 2313, 2317, 2331, 2364,
2391, 2406, 2412, 2441, 2454, 2495,
2521, 2530, 2540, 2547, 2566, 2573,
2586, 2607, 2645, 2708, 2721, 2736,
2758, 2760, 2775, 2797, 2828, 2838,
2843, 2851, 2865, 2913, 2939, 2954,
2970, 2984, 3006, 3033, 3046, 3062,
3082, 3084, 3105, 3128, 3144, 3150,
3160, 3166

耒, 124, 1204

耳, 1, 35, 90, 423, 454, 511, 517,
520, 524, 658, 809, 976, 1025, 1150,
1187, 1201, 1437, 1473, 1482, 1528,
1566, 1609, 1642, 1680, 1695, 1741,
1817, 1840, 1891, 1996, 2026, 2106,
2133, 2246, 2391, 2465, 2492, 2521,
2531, 2573, 2602, 2661, 2828, 2857,
2954, 2984, 3150

聿, 1051, 1334, 2765, 2772

肉, 181, 455, 622, 759, 884, 1149,
1182, 1300, 1301, 1466, 1471, 1521,
1682, 1703, 1866, 2136, 2157, 2427,

503, 561, 597, 604, 622, 636, 677, 680,
713, 732, 780, 792, 825, 826, 845, 849,
869, 874, 917, 933, 1034, 1050, 1225,
1240, 1351, 1355, 1378, 1387, 1397,
1404, 1438, 1478, 1514, 1559, 1569,
1581, 1619, 1632, 1672, 1683, 1701,
1708, 1754, 1762, 1774, 1818, 1827,
1832, 1841, 1845, 1866, 1880, 1914,
1925, 1987, 2002, 2007, 2050, 2114,
2118, 2164, 2196, 2217, 2259, 2267,
2307, 2349, 2367, 2392, 2408, 2444,
2488, 2494, 2510, 2532, 2539, 2575,
2589, 2612, 2617, 2621, 2626, 2660,
2678, 2680, 2689, 2711, 2777, 2831,
2863, 2904, 2917, 2936, 2957, 2984,
3035, 3044, 3065, 3075, 3135

艸, 219, 692, 2397

芁, 999

艾, 4, 1031, 2378, 2964

虍, 817

虫, 182, 259, 260, 261, 266, 467,
707, 759, 1701, 1774, 1803, 1954,
2537, 2747, 2759, 3046

血, 506, 515, 705, 714, 1380,
1389, 1678, 1703, 1802, 1916, 2002,
2011, 2282, 2454

行, 14, 26, 36, 53, 56, 85, 92, 107,
128, 145, 162, 165, 168, 197, 205, 214,
237, 252, 256, 268, 281, 313, 322, 324,
333, 345, 365, 392, 399, 408, 414, 419,
420, 426, 437, 440, 484, 486, 506, 515,
554, 563, 589, 623, 635, 636, 645, 657,
681, 689, 714, 728, 757, 760, 764, 770,

784, 795, 796, 808, 819, 834, 841, 864,
875, 879, 894, 906, 909, 928, 936, 948,
949, 975, 982, 1009, 1027, 1031, 1056,
1061, 1067, 1081, 1108, 1124, 1148,
1160, 1170, 1190, 1202, 1218, 1220,
1230, 1256, 1281, 1303, 1343, 1366,
1375, 1398, 1405, 1437, 1454, 1467,
1472, 1486, 1493, 1512, 1513, 1528,
1532, 1563, 1564, 1586, 1602, 1607,
1618, 1624, 1635, 1642, 1649, 1685,
1688, 1691, 1723, 1764, 1781, 1792,
1801, 1820, 1825, 1834, 1854, 1862,
1872, 1881, 1896, 1903, 1916, 1930,
1968, 1976, 1981, 1990, 1995, 2016,
2030, 2052, 2063, 2081, 2095, 2099,
2135, 2153, 2168, 2199, 2215, 2249,
2250, 2261, 2276, 2288, 2298, 2300,
2303, 2307, 2309, 2314, 2335, 2347,
2355, 2366, 2393, 2399, 2401, 2403,
2404, 2409, 2412, 2431, 2434, 2441,
2453, 2491, 2527, 2544, 2556, 2576,
2592, 2610, 2616, 2627, 2632, 2642,
2662, 2675, 2679, 2683, 2698, 2714,
2731, 2740, 2769, 2778, 2809, 2820,
2825, 2841, 2853, 2918, 2928, 2941,
2959, 2968, 3009, 3012, 3017, 3022,
3069, 3073, 3090, 3094, 3106, 3115,
3124, 3152, 3163, 3168, 3170

衣, 66, 72, 88, 96, 125, 146, 163,
236, 259, 291, 317, 366, 507, 626, 714,
718, 723, 747, 771, 788, 827, 842, 843,
864, 870, 894, 1190, 1323, 1362, 1383,
1399, 1437, 1521, 1571, 1575, 1764,

七畫

935, 943, 949, 950, 991, 1014, 1023,
1315, 1401, 1503, 1575, 1638, 1705,
2036, 2110, 2128, 2429, 2475, 2489,
2522, 2559, 2983, 3033

伲, 2613

佃, 443, 2082

但, 80, 102, 147, 154, 315, 327,
328, 339, 340, 369, 370, 375, 379, 401,
511, 569, 620, 682, 709, 720, 795, 897,
931, 1012, 1063, 1074, 1103, 1109,
1114, 1216, 1337, 1468, 1489, 1527,
1609, 1679, 1690, 1729, 1842, 1855,
1899, 2035, 2051, 2053, 2093, 2130,
2169, 2192, 2213, 2220, 2246, 2327,
2331, 2338, 2400, 2444, 2475, 2566,
2586, 2607, 2613, 2708, 2775, 2953,
2984, 2986, 2999, 3083, 3148, 3160

佇, 1036, 1955, 3094, 3101, 3139

佈, 166

佉, 429, 560, 655, 694, 905, 947,
950, 1018, 1021, 1024, 1203, 1321,
1479, 1547, 1614, 1637, 1648, 1651,
1664, 2214, 2657, 2662, 2665, 2738,
3085

位, 62, 63, 137, 237, 288, 324,
327, 328, 373, 414, 419, 429, 452, 481,
562, 604, 623, 645, 690, 747, 795, 807,
825, 829, 858, 909, 1067, 1084, 1185,
1225, 1232, 1256, 1405, 1590, 1670,
1688, 1691, 1791, 1866, 1872, 2073,
2111, 2146, 2153, 2190, 2197, 2213,
2219, 2223, 2270, 2316, 2393, 2401,
2409, 2416, 2560, 2576, 2626, 2635,

2762, 2818, 2853, 2918, 2987, 2994,
3000, 3044, 3089, 3095, 3135, 3145,
3159, 3163, 3170

低, 30, 86, 429, 431, 432, 434,
632, 1575, 2070, 2109, 2213, 2982

住, 10, 42, 107, 137, 165, 240,
253, 273, 276, 282, 288, 325, 328, 334,
365, 410, 419, 429, 457, 547, 566, 624,
658, 682, 690, 720, 784, 795, 830, 836,
913, 935, 949, 995, 1010, 1027, 1031,
1060, 1069, 1074, 1075, 1098, 1101,
1113, 1148, 1153, 1161, 1173, 1174,
1175, 1227, 1231, 1281, 1282, 1334,
1651, 1688, 1689, 1691, 1694, 1699,
1724, 1736, 1827, 1837, 1878, 1897,
1898, 1904, 1947, 1973, 1993, 2010,
2014, 2032, 2039, 2092, 2142, 2151,
2152, 2154, 2183, 2215, 2282, 2316,
2374, 2396, 2402, 2411, 2420, 2432,
2441, 2453, 2512, 2537, 2561, 2629,
2636, 2666, 2719, 2745, 2765, 2783,
2803, 2817, 2826, 2838, 2855, 2952,
2963, 2987, 2989, 2999, 3011, 3017,
3031, 3038, 3046, 3048, 3055, 3080,
3083, 3092, 3095, 3097, 3101, 3134,
3136, 3139, 3159, 3165, 3168

佐, 227, 619, 655, 721, 1171,
1200, 2208, 2216, 2729, 3093, 3159,
3166

佑, 2729, 2730, 3159

体, 2428

佔, 2890

何, 2, 81, 100, 104, 126, 156, 279,

318, 347, 371, 404, 421, 482, 505, 511,
621, 632, 634, 640, 671, 711, 775, 780,
784, 786, 787, 788, 791, 809, 817, 897,
1017, 1092, 1107, 1150, 1175, 1395,
1429, 1446, 1452, 1492, 1566, 1588,
1600, 1607, 1687, 1695, 1705, 1717,
1731, 1826, 1887, 1895, 1901, 1911,
1942, 1976, 1996, 2027, 2097, 2152,
2193, 2214, 2220, 2239, 2246, 2257,
2287, 2353, 2364, 2391, 2400, 2406,
2455, 2508, 2522, 2559, 2587, 2604,
2667, 2677, 2689, 2708, 2800, 2811,
2939, 3063, 3073, 3084, 3160

佗, 197, 200, 2038, 2127, 2879

余, 179, 275, 376, 523, 610, 858,
1050, 1051, 1068, 1281, 1656, 1808,
1840, 2112, 2726, 2734, 2753, 2757

佚, 564, 1851, 1883, 2309, 2612,
2613, 2614, 2621

佛, 23, 37, 42, 51, 67, 80, 103,
156, 164, 165, 167, 189, 235, 238, 266,
278, 279, 283, 287, 307, 343, 347, 371,
396, 403, 413, 416, 437, 452, 482, 511,
557, 566, 570, 587, 592, 601, 603, 613,
617, 619, 625, 627, 634, 637, 639, 650,
653, 689, 734, 743, 769, 781, 803, 808,
814, 828, 857, 892, 897, 935, 960, 976,
997, 1017, 1025, 1057, 1064, 1077,
1082, 1096, 1132, 1187, 1215, 1219,
1224, 1295, 1334, 1344, 1346, 1364,
1383, 1394, 1470, 1474, 1526, 1527,
1531, 1532, 1548, 1549, 1558, 1566,
1612, 1619, 1680, 1705, 1730, 1753,

1767, 1770, 1786, 1817, 1823, 1826,
1847, 1852, 1855, 1859, 1865, 1868,
1876, 1895, 1910, 1928, 1941, 1956,
1958, 1973, 1976, 1984, 1995, 2002,
2036, 2051, 2054, 2079, 2140, 2144,
2184, 2193, 2214, 2233, 2239, 2246,
2257, 2273, 2316, 2370, 2391, 2400,
2412, 2429, 2435, 2462, 2475, 2492,
2495, 2508, 2552, 2558, 2574, 2587,
2618, 2630, 2635, 2689, 2708, 2736,
2808, 2811, 2824, 2849, 2851, 2913,
2927, 2939, 2955, 3021, 3033, 3043,
3049, 3062, 3084, 3153, 3160

作, 42, 44, 129, 164, 165, 215,
219, 223, 270, 277, 278, 315, 318, 326,
327, 359, 374, 382, 391, 410, 492, 494,
516, 524, 547, 566, 582, 589, 599, 624,
646, 670, 689, 690, 728, 748, 780, 784,
786, 808, 819, 830, 852, 881, 905, 914,
922, 949, 983, 998, 1014, 1021, 1027,
1035, 1069, 1153, 1198, 1227, 1257,
1281, 1380, 1388, 1401, 1468, 1473,
1479, 1487, 1548, 1573, 1587, 1597,
1636, 1647, 1693, 1714, 1724, 1736,
1768, 1810, 1838, 1843, 1855, 1873,
1886, 1904, 1919, 1932, 1947, 1967,
1977, 1994, 2011, 2032, 2039, 2073,
2112, 2122, 2135, 2151, 2152, 2156,
2191, 2202, 2216, 2227, 2232, 2238,
2244, 2249, 2264, 2306, 2336, 2349,
2402, 2411, 2421, 2426, 2432, 2454,
2457, 2485, 2508, 2561, 2567, 2585,
2602, 2612, 2629, 2660, 2691, 2701,

2720, 2726, 2746, 2753, 2780, 2838,
2856, 2863, 2870, 2871, 2873, 2879,
2880, 2899, 2923, 2936, 2964, 2980,
3011, 3046, 3072, 3073, 3080, 3081,
3093, 3101, 3116, 3117, 3156, 3159,
3168, 3170

佞, 1015, 1493, 2245

你, 2306, 3161

克, 259, 1076, 1154, 1155, 1156,
2258, 2508, 2512

兌, 485, 517, 1092, 1132, 1727

免, 472, 485, 906, 930, 1133,
1216, 1376, 1378, 1391, 1763, 2001,
2108, 2118, 2125, 2139, 2164, 2621,
2793, 2840

兔, 728, 1377, 1378, 2118, 2367,
2968

兵, 132, 384, 602, 612, 689, 692,
910, 1220, 1632, 2264, 2820, 3049

冏, 1088, 1935, 3129

冝, 682, 2984

况, 591

冶, 707, 2534, 2537, 3017

冷, 132, 559, 663, 761, 1079,
1205, 1207, 1263, 1268, 1278, 1410,
1594, 1658, 1678, 1763, 2657

删, 1326, 1448, 1776, 2524

判, 114, 127, 320, 483, 581, 1143,
1188, 1256, 1334, 1404, 1512, 1634,
1770, 1929, 2055, 2195, 2662, 3014

別, 5, 13, 69, 100, 102, 114, 125,
129, 145, 154, 164, 172, 197, 234, 248,
315, 327, 389, 401, 422, 485, 489, 520,

524, 549, 556, 595, 602, 692, 709, 723,
734, 772, 776, 781, 820, 896, 975, 989,
1005, 1011, 1024, 1119, 1149, 1215,
1220, 1227, 1231, 1255, 1258, 1286,
1336, 1381, 1392, 1401, 1451, 1468,
1484, 1512, 1531, 1599, 1701, 1704,
1728, 1770, 1776, 1798, 1844, 1898,
1928, 1955, 1967, 1983, 2025, 2061,
2064, 2071, 2076, 2093, 2096, 2134,
2192, 2213, 2219, 2327, 2337, 2403,
2404, 2441, 2475, 2521, 2546, 2617,
2629, 2661, 2688, 2707, 2735, 2750,
2790, 2797, 2811, 2817, 2827, 2864,
2909, 2953, 2970, 3014, 3018, 3030,
3042, 3049, 3061, 3118, 3122, 3140

刨, 1514

利, 37, 127, 145, 173, 232, 241,
320, 341, 349, 390, 405, 413, 435, 487,
617, 635, 675, 698, 770, 783, 785, 985,
1143, 1148, 1185, 1193, 1208, 1209,
1212, 1213, 1214, 1216, 1217, 1222,
1227, 1229, 1233, 1235, 1255, 1257,
1283, 1316, 1334, 1402, 1474, 1504,
1593, 1632, 1633, 1675, 1770, 1804,
1831, 1856, 1902, 1956, 1978, 1979,
1986, 1995, 2037, 2066, 2247, 2273,
2340, 2353, 2403, 2522, 2616, 2661,
2689, 2824, 2868, 2874, 3014, 3021,
3043, 3123, 3134, 3161

刪, 1253, 1447, 1455, 1776

助, 461, 592, 905, 1204, 1257,
1407, 1449, 1618, 2100, 2820, 3082,
3092, 3100, 3155

努, 854, 1445, 1447, 1496, 1497, 2058

劫, 35, 145, 147, 181, 271, 292, 460, 462, 558, 621, 688, 711, 743, 841, 909, 950, 988, 1017, 1020, 1022, 1227, 1238, 1584, 1594, 1612, 1613, 1614, 1664, 1770, 1830, 1869, 2018, 2037, 2141, 2142, 2428, 2612, 2635, 2841, 2955, 3050, 3059, 3150

劬, 144, 419, 619, 1100, 1222, 1612, 1641, 1887

劭, 1801, 2906

劮, 2612

匣, 1171, 2309, 2843

匼, 463

卲, 1801

即, 3, 18, 82, 104, 126, 156, 167, 187, 207, 215, 238, 271, 283, 307, 316, 349, 371, 380, 404, 420, 462, 482, 511, 597, 644, 679, 693, 711, 737, 782, 797, 820, 837, 845, 885, 887, 892, 896, 898, 907, 929, 958, 960, 976, 1012, 1022, 1041, 1058, 1075, 1092, 1123, 1127, 1161, 1163, 1196, 1201, 1222, 1245, 1253, 1271, 1312, 1353, 1360, 1402, 1453, 1470, 1474, 1526, 1532, 1584, 1588, 1609, 1619, 1643, 1664, 1680, 1696, 1706, 1721, 1731, 1786, 1812, 1817, 1827, 1855, 1869, 1902, 1911, 1928, 1959, 1975, 1984, 2005, 2016, 2027, 2097, 2121, 2125, 2144, 2152, 2193, 2220, 2228, 2246, 2249, 2281, 2289, 2301, 2318, 2328, 2331, 2339,

2355, 2364, 2380, 2424, 2460, 2476, 2487, 2508, 2516, 2522, 2531, 2574, 2587, 2613, 2622, 2630, 2646, 2667, 2671, 2677, 2689, 2709, 2722, 2757, 2761, 2772, 2819, 2828, 2851, 2865, 2900, 2904, 2914, 2939, 2955, 2999, 3006, 3021, 3034, 3054, 3082, 3084, 3123, 3129, 3140, 3146, 3156, 3161

却, 14, 104, 267, 460, 462, 483, 513, 738, 757, 807, 841, 900, 972, 994, 1004, 1018, 1123, 1164, 1447, 1546, 1569, 1594, 1614, 1638, 1639, 1648, 1663, 1772, 2122, 2153, 2365, 2387, 2508, 2777, 2783, 2818, 2852, 2869, 2972, 3000, 3098

卵, 1118, 1306, 1402, 2668

呷, 2556, 2558

君, 227, 687, 800, 1100, 1135, 1136, 1137, 1630, 1665, 1731, 1830, 2027, 2145, 2660

吝, 5, 1094, 1262, 1263, 2706

吟, 763, 1208, 1281, 1872, 2496, 2657

吠, 30, 96, 292, 363, 554, 601, 617, 869, 1371, 1660, 2166, 2205, 2216, 2271, 2315, 2377, 2968

吡, 1522

否, 86, 155, 612, 1094, 1355, 1778, 2565, 2708

吩, 2389

含, 343, 511, 521, 659, 760, 763, 767, 777, 838, 857, 1040, 1270, 1484, 1654, 1730, 1803, 1805, 1807, 1865,

1911, 2047, 2324

听, 2089, 2397

吮, 285, 1980

启, 1588

吱, 2968

吲, 2663

呐, 1449, 1465

吸, 292, 755, 762, 894, 1591,
1811, 2282, 2293, 2665

吹, 292, 315, 593, 631, 1528,
1642, 1670, 2120, 2773, 3015

吻, 2238

吼, 165, 800, 811, 1161, 1719,
1984

吽, 3, 16, 223, 492, 761, 775, 796,
811, 1005, 1071, 1327, 2414, 3034,
3140

吾, 381, 613, 615, 634, 669, 677,
687, 821, 1049, 1136, 1734, 1781,
1903, 2030, 2248, 2253, 2268, 2479,
2757, 2769, 2791, 2926, 3009, 3044

告, 668, 2475

呀, 1491

呂, 227, 1104, 1332, 1504, 2904,
3075

杏, 1582

呈, 228, 240, 242, 1216, 2402,
2925

吳, 766, 771, 1136, 1389, 1571,
2014, 2253, 2822

告, 31, 55, 189, 343, 511, 613,
640, 666, 667, 668, 670, 675, 693, 821,
895, 1007, 1020, 1022, 1105, 1166,

1648, 1730, 1802, 1830, 1850, 1891,
1925, 1984, 2090, 2144, 2219, 2220,
2239, 2253, 2317, 2336, 2376, 2462,
2475, 2622, 2645, 2736, 2766, 2776,
2851, 2858, 2862, 2904, 2905, 2988,
3001, 3084

叫, 1011

吞, 317, 344, 2080, 2122, 2350

囦, 1665

困, 2790

园, 2792

困, 708, 1166, 1182, 1438, 1633,
2323, 2496, 2646, 2689

圻, 17, 200, 1521, 1564, 2398,
2909

圿, 72, 607, 955, 2903

址, 938, 1088, 1794, 3002, 3005

坻, 821, 3002

坂, 41, 572, 1144

均, 447, 697, 1100, 1135, 1137,
2053, 2838

坑, 1702

坊, 46, 589, 590, 591, 841, 1293,
2026, 2040

坋, 607

坐, 42, 72, 955

坎, 316, 375, 712, 1144

坏, 58, 156, 834, 1515

坐, 14, 270, 282, 291, 294, 359,
457, 616, 619, 658, 834, 905, 916, 959,
983, 1062, 1098, 1101, 1161, 1165,
1227, 1651, 1687, 1724, 1801, 1838,
1890, 1919, 1947, 1974, 1979, 2118,

巫, 826, 1925, 2250, 2298

扈, 2968

岊, 1505

雺, 363

希, 165, 166, 436, 764, 1263, 1424, 1896, 1898, 2030, 2282, 2285, 2287, 2292, 2293, 2303, 2397, 2512, 2576, 2714, 2918, 3099

庇, 88, 315, 2312

床, 154, 290, 617, 991, 1259, 1339, 1363, 1777, 2062, 2134, 2249, 2273, 2295, 2557, 2887, 3109, 3170

庌, 2442

序, 88, 214, 256, 292, 344, 437, 563, 801, 901, 935, 1560, 1589, 1955, 2016, 2091, 2230, 2295, 2351, 2353, 2441, 2442, 2443, 2620, 2840, 3138

廷, 2090, 2091, 2474, 2486

弃, 135, 1589, 2447

弄, 102, 135, 249, 424, 585, 1079, 1292, 1313, 1495, 1593, 1779, 2159, 2378

弭, 31

弟, 270, 423, 434, 436, 620, 1287, 1352, 1442, 1701, 1729, 1817, 2065, 2075, 2130, 2131, 2467, 3062, 3122, 3125

形, 85, 177, 202, 239, 242, 245, 287, 563, 609, 626, 721, 728, 770, 853, 1009, 1031, 1061, 1225, 1535, 1590, 1701, 1723, 1820, 1834, 2000, 2031, 2073, 2081, 2122, 2199, 2248, 2347, 2371, 2403, 2404, 2409, 2411, 2413,

2467, 2486, 2488, 2533, 2555, 2668, 2675, 2693, 2740, 2809, 2892, 2919, 3019, 3022, 3109, 3110, 3163

彣, 2230

彤, 1700, 2101, 2412

彷, 46, 592, 1513

役, 85, 95, 107, 325, 328, 373, 657, 808, 1137, 1281, 1358, 1359, 1546, 1691, 1810, 1886, 2106, 2238, 2613, 2615, 2775

忌, 90, 506, 820, 906, 924, 1057, 1075, 1562, 1696, 2142, 2159, 2161, 2391, 2588, 2612

忍, 6, 321, 506, 509, 513, 561, 581, 604, 813, 818, 906, 1049, 1095, 1159, 1222, 1345, 1455, 1471, 1598, 1601, 1669, 1688, 1689, 1690, 1694, 1701, 1895, 1914, 1997, 2079, 2090, 2161, 2289, 2325, 2392, 2477, 2666, 2750, 2807, 2809, 3012, 3022, 3145

忒, 547, 879, 2061

志, 60, 257, 507, 813, 834, 854, 906, 959, 1102, 1138, 1157, 1226, 1372, 1487, 1587, 1625, 1650, 1688, 1794, 1882, 1890, 1897, 1998, 2081, 2148, 2163, 2213, 2232, 2286, 2291, 2315, 2320, 2362, 2396, 2411, 2510, 2536, 2629, 2691, 2706, 2921, 2963, 2968, 2999, 3010, 3011, 3028, 3031, 3037, 3135

忘, 14, 813, 844, 924, 1336, 1486, 1593, 1689, 1757, 1851, 1997, 2143, 2159, 2161, 2162, 2163, 2205, 2248,

1521, 1948, 2378, 2964, 2968, 2980, 3147

扗, 432, 1173, 1174, 2151, 2852, 3085, 3096

抙, 102, 1495

抄, 219, 221, 223, 266, 270, 932, 1311, 1380, 1381, 1704, 1737, 1768, 1771, 1798, 1811, 1855, 1906, 1959, 2292, 2612, 2843, 2968

扻, 1367, 1933, 1937, 2230, 2238, 2665, 2969

抉, 619, 667, 1126, 1127, 2871

把, 26, 30, 54, 133, 248, 581, 1101, 1124, 1505, 1533, 1548, 2123, 2272, 2667, 2932, 2987, 3102, 3115, 3159

抚, 2931

抑, 771, 1286, 1816, 2274, 2348, 2464, 2465, 2508, 2612, 2668, 2783, 2910, 3003

抒, 176, 251, 771, 1057, 1478, 1495, 1954, 1958, 2020, 3094

抓, 718, 1131, 2903, 3102

投, 39, 122, 252, 324, 465, 594, 619, 738, 807, 969, 995, 999, 1015, 1095, 1358, 1359, 1442, 1603, 1628, 1773, 1810, 1811, 1854, 1946, 1952, 2020, 2067, 2105, 2107, 2613, 2642, 2872, 3003, 3116

抖, 463

抗, 767, 796, 1146, 1157, 1979, 2885, 2931, 3097

折, 129, 201, 220, 224, 331, 345,

484, 1100, 1146, 1255, 1353, 1565, 1575, 1639, 1699, 1814, 1922, 1926, 1974, 2002, 2020, 2284, 2399, 2612, 2817, 2878, 2903, 2909, 2910, 2924, 3015, 3117

抛, 1387, 1513, 2085, 2087, 2137

拔, 27, 29, 148, 619, 1948, 2378, 2449, 3115

扨, 20

攸, 85, 2031, 2086, 2398, 2561, 2692, 2703

改, 232, 454, 481, 482, 550, 574, 640, 656, 689, 710, 769, 929, 943, 1007, 1025, 1095, 1224, 1359, 1390, 1391, 1643, 1654, 1899, 1910, 2166, 2618, 2939, 2946, 3018, 3094, 3128

攻, 656, 686, 688, 689, 710, 1082, 1772, 1808, 2936, 2939

旴, 663

旱, 58, 764, 820, 2861

旰, 2435

更, 5, 51, 103, 121, 237, 279, 380, 458, 505, 574, 640, 684, 820, 897, 929, 936, 943, 957, 999, 1064, 1127, 1150, 1175, 1227, 1632, 1663, 1668, 1730, 1850, 1876, 1885, 1895, 1901, 1910, 1928, 1941, 1984, 2045, 2193, 2228, 2540, 2721, 2735, 2751, 2846, 2939, 2955, 3006, 3047, 3049, 3150, 3160

曳, 2538

杇, 1776

杆, 2434, 2734, 2897

杄, 659, 660, 2151, 2734

汽, 787

汾, 606, 1516

沁, 1619, 2054

沂, 2566

沃, 27, 549, 867, 1245, 1661, 2046, 2249, 2251, 2277, 2614, 2861

沅, 2300, 2792

沆, 767, 1828

沈, 582

沈, 48, 242, 582, 627, 767, 832, 1001, 1157, 1176, 1179, 1284, 1308, 1358, 1375, 1476, 1672, 1821, 1825, 1827, 1988, 2029, 2300, 2334, 2460, 2635, 2792, 2883, 2935, 3017, 3051

沌, 487

沐, 1095, 1428, 1441, 1442, 2046, 2299, 2428, 2773, 2861

没, 83, 123, 142, 147, 157, 181, 225, 323, 476, 559, 616, 644, 788, 807, 836, 852, 1034, 1055, 1127, 1176, 1349, 1357, 1365, 1367, 1386, 1428, 1434, 1443, 1476, 1481, 1662, 1721, 1772, 1805, 1809, 1828, 1987, 2001, 2105, 2249, 2272, 2277, 2613, 2684, 2773, 2956, 3039

沔, 787

冲, 258, 259, 2701, 3033, 3046

沙, 3, 52, 158, 165, 191, 220, 222, 374, 473, 561, 622, 627, 783, 787, 829, 1159, 1321, 1382, 1476, 1541, 1546, 1683, 1718, 1737, 1738, 1767, 1768, 1771, 1773, 1799, 1804, 1805, 1811, 1824, 1999, 2024, 2029, 2079, 2430,

2701, 2908, 3016

沚, 2396

沛, 1515, 2684

沜, 16, 2790

派, 1506

没, 148, 316, 807, 1326, 1353, 1359, 1428, 1434, 1809, 1828, 1987, 2105, 2277, 2289, 2451, 2613, 2956, 3039

灸, 995, 1093, 1386, 2287, 3015

炇, 2879

麦, 257

灼, 133, 222, 270, 1135, 1196, 2274, 3116, 3117

災, 139, 215, 456, 606, 686, 760, 843, 848, 870, 957, 1000, 1153, 1464, 1629, 1852, 1878, 1975, 2054, 2486, 2846, 2847, 2848, 3045

灾, 1000, 2848

牡, 1434, 1435, 1436, 1533, 3110

牢, 708, 764, 958, 1159, 1198, 1316, 1655, 1823, 1935, 3021

牣, 1690, 1693

状, 19, 27, 28, 66, 138, 253, 291, 481, 619, 646, 1172, 1260, 1661, 1666, 1670, 1982, 2088, 2249, 2349, 2388, 2413, 2500, 2704, 2896, 2899, 3109, 3110

犺, 2840

狄, 2657

犹, 2327, 2840

狂, 581, 796, 828, 1173, 1174, 1175, 1259, 1370, 1690, 2145, 2151,

見, 31, 61, 108, 136, 167, 207, 266, 279, 307, 323, 365, 396, 405, 454, 467, 471, 482, 486, 509, 517, 569, 570, 600, 618, 621, 679, 685, 726, 737, 746, 847, 892, 899, 927, 930, 932, 935, 939, 941, 960, 975, 992, 1007, 1012, 1029, 1033, 1041, 1060, 1070, 1075, 1078, 1110, 1122, 1132, 1144, 1151, 1162, 1187, 1195, 1201, 1206, 1219, 1224, 1251, 1291, 1354, 1410, 1437, 1484, 1520, 1532, 1566, 1584, 1600, 1606, 1609, 1620, 1630, 1643, 1676, 1706, 1721, 1798, 1818, 1830, 1847, 1865, 1876, 1879, 1891, 1902, 1911, 1923, 1928, 1965, 1985, 1997, 2017, 2047, 2079, 2133, 2136, 2169, 2193, 2220, 2228, 2234, 2246, 2258, 2286, 2318, 2325, 2327, 2328, 2331, 2340, 2355, 2364, 2380, 2391, 2400, 2407, 2424, 2429, 2460, 2493, 2531, 2540, 2574, 2588, 2613, 2616, 2625, 2646, 2677, 2709, 2756, 2761, 2790, 2808, 2819, 2829, 2846, 2868, 2887, 2914, 2927, 2955, 2971, 2988, 3021, 3031, 3034, 3050, 3063, 3129, 3143

角, 147, 283, 675, 678, 700, 957, 1002, 1010, 1128, 1132, 1493, 2095, 2258, 2683, 2689, 2709, 2781

言, 3, 26, 32, 36, 56, 72, 85, 121, 162, 171, 190, 233, 268, 272, 278, 300, 304, 313, 317, 345, 358, 382, 388, 390, 409, 426, 436, 448, 456, 515, 564, 567, 589, 598, 623, 646, 660, 669, 692, 695,

704, 714, 723, 743, 760, 762, 780, 808, 819, 854, 896, 936, 938, 982, 997, 1009, 1014, 1049, 1055, 1059, 1068, 1152, 1160, 1198, 1225, 1233, 1281, 1289, 1314, 1321, 1340, 1352, 1383, 1398, 1405, 1421, 1472, 1483, 1487, 1560, 1571, 1581, 1588, 1598, 1599, 1602, 1670, 1685, 1697, 1701, 1710, 1718, 1758, 1781, 1802, 1808, 1835, 1878, 1892, 1916, 1926, 1946, 1958, 1960, 1968, 1990, 2009, 2015, 2016, 2031, 2057, 2143, 2147, 2161, 2167, 2199, 2203, 2224, 2230, 2237, 2243, 2253, 2261, 2276, 2303, 2304, 2315, 2336, 2347, 2350, 2394, 2401, 2410, 2420, 2437, 2447, 2475, 2479, 2489, 2494, 2544, 2570, 2576, 2592, 2610, 2620, 2627, 2653, 2679, 2683, 2693, 2714, 2740, 2764, 2769, 2778, 2802, 2809, 2813, 2832, 2853, 2859, 2919, 2942, 2959, 2975, 3001, 3009, 3048, 3069, 3079, 3124, 3135, 3138, 3151, 3163

谷, 632, 633, 675, 704, 791, 960, 1025, 1094, 1158, 1395, 1700, 1803, 1823, 2294, 2406, 2773, 3033

豆, 464, 465, 682, 1106, 1224, 1341, 1609, 2106, 2828, 2950, 3006

豕, 660, 1883, 2123, 2367, 3028, 3073

豸, 1883, 2368, 2861, 3014

貝, 31, 61, 66, 68, 141, 957, 975, 1109, 1286, 1354, 1565, 1829, 2651,

3005

赤, 13, 254, 256, 668, 791, 792, 798, 845, 1619, 1678, 1891, 1970, 2076, 2086, 2447, 2607, 2912, 3059

走, 68, 297, 516, 553, 636, 895, 1200, 1581, 1587, 1651, 1654, 1919, 2111, 2112, 2156, 2320, 2805, 3143

足, 98, 138, 207, 255, 282, 284, 315, 326, 359, 382, 410, 457, 477, 492, 524, 553, 566, 571, 605, 624, 634, 716, 808, 895, 1004, 1031, 1060, 1113, 1125, 1153, 1163, 1223, 1250, 1389, 1401, 1407, 1475, 1524, 1588, 1592, 1603, 1611, 1646, 1687, 1765, 1782, 1821, 1897, 1919, 1935, 1937, 2032, 2071, 2081, 2091, 2096, 2107, 2151, 2254, 2264, 2411, 2475, 2485, 2530, 2585, 2602, 2612, 2672, 2719, 2826, 2838, 2863, 2923, 2963, 2968, 2999, 3038, 3055, 3072, 3101, 3116, 3139, 3143, 3166

身, 32, 55, 73, 136, 158, 171, 196, 214, 226, 249, 271, 280, 284, 290, 309, 351, 397, 406, 425, 437, 491, 517, 519, 561, 588, 604, 622, 732, 747, 829, 862, 887, 900, 908, 917, 937, 952, 978, 1034, 1049, 1056, 1096, 1112, 1169, 1189, 1198, 1222, 1230, 1245, 1251, 1257, 1411, 1438, 1482, 1488, 1569, 1601, 1612, 1640, 1644, 1683, 1696, 1703, 1719, 1763, 1802, 1806, 1815, 1817, 1822, 1824, 1827, 1832, 1839, 1841, 1845, 1847, 1866, 1870, 1877,

1880, 1885, 1896, 1902, 1914, 1926, 1934, 1943, 1953, 1988, 2001, 2056, 2072, 2104, 2107, 2116, 2122, 2135, 2196, 2214, 2241, 2247, 2253, 2286, 2315, 2341, 2350, 2370, 2381, 2392, 2408, 2412, 2460, 2465, 2467, 2544, 2557, 2575, 2626, 2631, 2647, 2655, 2668, 2674, 2678, 2682, 2711, 2727, 2762, 2801, 2820, 2824, 2852, 2917, 2928, 2932, 2957, 3007, 3035, 3051, 3053, 3065, 3106, 3131, 3150, 3154, 3167

車, 41, 69, 79, 90, 223, 224, 238, 367, 458, 632, 744, 824, 1136, 1239, 1309, 1339, 1347, 1483, 1737, 1801, 1817, 1901, 1966, 2168, 2667, 2827, 2891, 2912, 3046, 3083, 3117

辛, 320, 821, 1580, 1815, 2396, 2399, 2414, 2457, 2504, 3147

辰, 227, 228, 1826, 2402, 2888, 2902, 2934

辵, 297

迂, 1597, 1598

迁, 1598, 2091, 2461, 2731, 2765

迄, 1581, 1589, 1591, 2621, 3007, 3039

迅, 258, 1074, 1138, 1598, 1897, 2122, 2460, 2621, 2864

邑, 26, 742, 752, 787, 822, 1119, 1377, 1765, 2277, 2584, 2612, 2617, 2680

邲, 130, 602

邴, 589

邪, 2381, 2403, 2404

那, 39, 45, 130, 167, 265, 435, 462, 491, 494, 597, 622, 674, 783, 899, 1229, 1235, 1294, 1320, 1331, 1357, 1418, 1422, 1445, 1446, 1449, 1450, 1455, 1460, 1462, 1474, 1495, 1496, 1499, 1515, 1522, 1540, 1707, 1715, 1770, 1776, 1808, 1856, 2048, 2066, 2128, 2131, 2252, 2380, 2522, 2908, 2915, 2936, 2971

邦, 37, 44, 167, 608, 736, 1000, 1137, 1196, 1261, 1446, 2350

邨, 332

邪, 45, 162, 214, 255, 272, 358, 519, 581, 598, 608, 736, 901, 957, 998, 1230, 1251, 1314, 1381, 1405, 1428, 1448, 1604, 1646, 1670, 1761, 1803, 1820, 1827, 1846, 1857, 1975, 2030, 2126, 2135, 2213, 2371, 2380, 2385, 2428, 2469, 2471, 2511, 2521, 2524, 2533, 2537, 2659, 2941, 3037, 3069, 3083, 3163

酉, 1444, 1937, 2282, 2720, 3155

釆, 101, 174, 175, 176, 177, 809, 1186, 1301, 1342, 2902

里, 35, 58, 165, 397, 792, 950, 1034, 1072, 1208, 1212, 1216, 1217, 1219, 1227, 1229, 1251, 1292, 1491, 1847, 2019, 2072, 2403, 2514, 2564, 2619, 2710, 3047

阢, 503

阪, 41

阮, 16, 1157, 1282

阬, 1725

阮, 591, 1725, 2128, 2136

阯, 3002, 3005

防, 46, 155, 590, 591, 592, 822, 1215, 1222, 1905

岬, 2508

枚, 122

八畫

㑊, 2142

俴, 3094

刳, 1548

呿, 30, 554, 601

呮, 1899

姑, 201, 702

妵, 2654

㝷, 400

屄, 1101

弢, 151

徇, 698, 2461

怗, 332

怙, 386

怤, 635

抓, 718

拕, 89

枏, 201, 224, 2284, 2909

狙, 2730

疦, 2435

症, 3108

邳, 484

苹, 1700

並, 37, 59, 114, 120, 134, 135, 136, 237, 300, 327, 343, 370, 393, 422,

429, 458, 510, 524, 549, 595, 657, 692,
956, 957, 966, 975, 1011, 1057, 1063,
1087, 1114, 1223, 1410, 1482, 1533,
1551, 1600, 1608, 1637, 1728, 1906,
2096, 2192, 2254, 2264, 2281, 2316,
2435, 2454, 2504, 2606, 2629, 2849,
2912, 2937, 2953, 2984, 3001, 3005,
3028, 3046, 3101, 3119, 3140, 3159

弗, 204, 205, 289

乖, 62, 126, 238, 293, 596, 720,
826, 1105, 1589, 1634, 1850, 2608,
2618, 2682, 3146

乳, 62, 204, 288, 461, 800, 1161,
1220, 1307, 1435, 1455, 1591, 1626,
1674, 1718, 1719, 1866, 2378, 2384

事, 12, 14, 68, 71, 86, 87, 91, 133,
167, 224, 250, 281, 414, 417, 425, 435,
437, 514, 519, 537, 561, 611, 630, 658,
685, 689, 703, 713, 721, 747, 752, 787,
825, 826, 937, 961, 978, 1031, 1059,
1076, 1080, 1082, 1105, 1108, 1112,
1136, 1152, 1189, 1217, 1223, 1230,
1334, 1370, 1424, 1552, 1561, 1570,
1576, 1593, 1601, 1622, 1684, 1727,
1780, 1819, 1833, 1853, 1866, 1870,
1877, 1889, 1896, 1897, 1900, 1905,
1915, 1923, 1925, 1943, 2011, 2117,
2153, 2168, 2196, 2221, 2229, 2274,
2276, 2314, 2341, 2350, 2377, 2393,
2401, 2408, 2453, 2478, 2510, 2532,
2544, 2554, 2575, 2626, 2631, 2652,
2697, 2712, 2752, 2777, 2801, 2891,
2894, 2905, 2917, 2936, 2948, 2957,

2987, 3012, 3022, 3036, 3044, 3047,
3051, 3087, 3103, 3109, 3135, 3136,
3152, 3154, 3167

些, 313, 2379

亞, 503, 506, 1571, 1637, 2108,
2471, 2472

享, 519, 794, 800, 1516, 1840,
2355, 2362, 2371, 2984

京, 1061, 1070, 1071, 1151, 1246,
2056, 2531, 2798, 3028, 3138

佌, 1524

佩, 63, 293, 611, 1229, 1515

個, 832, 851

佫, 790

佮, 672

佯, 42, 217, 975, 2353, 2355,
2504, 2505, 2506

佰, 36, 147

佳, 416, 948, 954, 1064, 1224,
1577, 1690, 1830, 1925, 2152, 2316,
3084, 3110, 3113, 3161

併, 72, 73, 134, 136, 140, 611,
717, 1530, 1535, 2486

佶, 905, 1020, 1638, 2214

佷, 793, 794, 1245, 2397

恬, 867

佹, 739

佺, 1656

佼, 1003

佽, 2397

使, 3, 67, 84, 104, 320, 388, 407,
425, 476, 483, 604, 618, 619, 622, 644,
680, 713, 799, 922, 975, 1009, 1021,

《大正藏》異文大典

1127, 1131, 1172, 1227, 1280, 1387,
1448, 1550, 1619, 1676, 1684, 1738,
1774, 1809, 1853, 1882, 1883, 1887,
1888, 1896, 1902, 1905, 1915, 1943,
1978, 2029, 2111, 2153, 2167, 2196,
2290, 2309, 2310, 2384, 2393, 2401,
2408, 2510, 2524, 2539, 2589, 2613,
2638, 2647, 2711, 2752, 2762, 2777,
2917, 3036, 3044, 3139, 3162

　　侁, 1821

　　侃, 1144, 1176, 1261

　　侄, 1075, 1400, 2986, 3092

　　侅, 655, 760

　　來, 70, 83, 124, 133, 157, 175,
176, 177, 179, 180, 190, 213, 239, 267,
290, 390, 405, 424, 437, 458, 482, 512,
518, 559, 581, 587, 622, 659, 694, 721,
732, 738, 746, 776, 807, 818, 820, 851,
857, 869, 899, 951, 954, 955, 977, 994,
999, 1041, 1058, 1133, 1140, 1157,
1186, 1191, 1215, 1278, 1386, 1424,
1436, 1453, 1568, 1579, 1593, 1600,
1632, 1634, 1648, 1668, 1706, 1717,
1721, 1807, 1827, 1831, 1847, 1892,
1895, 1902, 1912, 1942, 1966, 1971,
1978, 1986, 2001, 2013, 2028, 2057,
2111, 2145, 2153, 2209, 2247, 2258,
2289, 2313, 2407, 2522, 2543, 2574,
2622, 2625, 2682, 2706, 2737, 2752,
2781, 2804, 2840, 2846, 2847, 2852,
2861, 2927, 2971, 3006, 3038, 3050,
3060, 3129, 3143, 3147

　　侈, 255, 2568

　　例, 46, 127, 187, 390, 392, 783,
1231, 1255, 1512, 1899, 2316, 2462,
2661, 2781, 2868, 3014, 3055, 3161

　　侍, 149, 250, 288, 323, 362, 364,
390, 407, 611, 690, 994, 1060, 1550,
1576, 1601, 1870, 1886, 1892, 1897,
1903, 1904, 1915, 1920, 1923, 1935,
2010, 2111, 2219, 2378, 2510, 2604,
2853, 3094

　　侏, 3059

　　律, 985, 2905

　　侔, 42, 136, 732, 1432, 2354

　　侖, 1307

　　佗, 197, 493, 2035, 2123, 2127,
2130

　　佝, 2461

　　供, 60, 371, 475, 557, 570, 585,
603, 618, 621, 678, 689, 690, 691, 692,
693, 696, 798, 828, 991, 1036, 1064,
1082, 1107, 1115, 1227, 1566, 1583,
1627, 1784, 1850, 1853, 1901, 2012,
2105, 2128, 2134, 2214, 2257, 2316,
2376, 2438, 2509, 2559, 2934, 3084,
3160

　　俯, 3053

　　依, 4, 14, 50, 66, 67, 85, 236, 252,
313, 317, 325, 333, 361, 366, 409, 415,
419, 433, 551, 564, 594, 618, 624, 632,
635, 645, 655, 682, 690, 718, 738, 784,
808, 829, 858, 894, 942, 948, 982,
1014, 1085, 1117, 1118, 1120, 1170,
1284, 1296, 1314, 1332, 1334, 1399,
1411, 1472, 1586, 1646, 1653, 1688,

· 3232 ·

2424, 2430, 2509, 2574, 2588, 2619, 2646, 2689, 2709, 2755, 2761, 2776, 2781, 2824, 2849, 2887, 2914, 2927, 2984, 3006, 3028, 3094, 3129, 3144

典, 20, 186, 442, 556, 689, 709, 850, 916, 1063, 1132, 1637, 1957, 2082, 2114, 2424, 2618, 2645, 2760, 2970

冐, 206, 1101, 1126, 1351, 1353, 1358, 1428, 1432, 1444, 2218, 3029

冽, 1231, 1257, 1258

冶, 1594

凭, 1534, 1536, 1690

函, 762, 763, 905, 966, 969, 1094, 1144, 1614

圅, 762, 763

初, 1, 65, 79, 126, 138, 154, 172, 199, 232, 257, 270, 298, 306, 315, 321, 322, 343, 401, 416, 422, 436, 439, 460, 489, 510, 524, 657, 688, 709, 784, 802, 896, 908, 1017, 1053, 1096, 1099, 1107, 1210, 1227, 1295, 1311, 1337, 1393, 1401, 1424, 1523, 1545, 1565, 1574, 1583, 1600, 1611, 1619, 1661, 1704, 1741, 1786, 1826, 1829, 1844, 1859, 1879, 1886, 1928, 1936, 1955, 2025, 2076, 2209, 2219, 2245, 2256, 2271, 2273, 2306, 2313, 2316, 2338, 2364, 2377, 2390, 2398, 2475, 2515, 2546, 2557, 2558, 2586, 2607, 2729, 2730, 2735, 2817, 2819, 2828, 2848, 2865, 2913, 2953, 3033, 3058, 3061, 3118, 3140, 3148, 3159

刮, 671, 719, 1164, 1183

到, 126, 187, 389, 391, 401, 474, 482, 485, 496, 737, 1022, 1054, 1089, 1143, 1155, 1187, 1227, 1231, 1255, 1455, 1642, 1647, 1663, 1811, 2152, 2283, 2622, 3005, 3018, 3166

剞, 145, 705, 1164, 2135

刵, 547, 2820

制, 125, 129, 224, 257, 391, 480, 484, 637, 671, 1010, 1209, 1226, 1473, 1512, 1974, 2012, 2074, 2090, 2118, 2413, 2462, 2905, 2910, 3014, 3030, 3032, 3100

刷, 1974

券, 1661

刹, 191, 197, 199, 320, 390, 622, 664, 743, 747, 939, 1185, 1230, 1601, 1770, 1772, 1914, 2074, 2115, 2238, 2381, 2606, 2774, 3014, 3022, 3086

刺, 145, 297, 306, 319, 608, 671, 910, 955, 1061, 1093, 1185, 1191, 1227, 1255, 1512, 1777, 2284, 2412, 3014

刻, 127, 390, 671, 788, 1154, 1155, 1156, 1614, 1695, 1777, 1869, 2136, 2661

劵, 1257, 3031

効, 592, 594, 662, 689, 714, 786, 1009, 1018, 1662, 1773, 2377, 2379, 2448, 2453, 2762, 2975

効, 257, 786, 788, 1154, 2377

匊, 54

匡, 1639

1481, 3057

吟, 1281, 2657

呧, 432

周, 110, 263, 446, 448, 459, 571,
708, 744, 760, 851, 896, 1135, 1153,
1345, 1490, 1703, 1771, 2057, 2096,
2100, 2101, 2191, 2244, 2320, 2456,
2651, 2691, 2692, 2705, 2798, 2820,
2843, 2893, 3053, 3055

呪, 30, 231, 517, 565, 734, 740,
875, 935, 936, 1069, 1146, 1153, 1176,
1407, 1465, 1475, 1477, 1918, 1958,
1979, 1980, 1993, 2263, 2320, 2602,
2726, 2770, 2902, 2930, 2963, 3056,
3096, 3097

呫, 201, 702, 2089, 2886

呬, 1638, 2009, 2305, 2306

呱, 701

味, 128, 199, 233, 239, 268, 426,
785, 1061, 1160, 1190, 1233, 1361,
1363, 1383, 1427, 1428, 1673, 1764,
1791, 1866, 1872, 1956, 1979, 2205,
2212, 2214, 2216, 2293, 2393, 2429,
2825, 3059, 3060, 3135

呴, 697, 1006, 2441

呵, 1, 58, 292, 508, 766, 773, 774,
775, 782, 786, 788, 790, 796, 811, 858,
1147, 1150, 1315, 1327, 1340, 1540,
2128, 2132, 2239, 2249, 2324, 2766,
2871, 2908

呶, 1462, 1495

呷, 1821, 2315

呺, 767, 772

呻, 1815, 1816, 1821

呼, 126, 218, 292, 396, 627, 767,
772, 774, 796, 799, 800, 809, 811, 813,
843, 994, 1005, 1164, 1627, 1934,
2193, 2251, 2435, 2638, 2661, 2733,
2955, 3034, 3056, 3110, 3134

命, 71, 139, 214, 333, 455, 521,
559, 738, 779, 783, 809, 857, 867, 899,
932, 994, 1008, 1048, 1251, 1278,
1313, 1388, 1396, 1403, 1410, 1482,
1485, 1568, 1598, 1681, 1707, 1753,
1818, 1827, 1831, 1865, 1913, 1953,
2019, 2047, 2079, 2122, 2477, 2543,
2559, 2662, 2904, 2915, 3007, 3039,
3050, 3085

咀, 339, 340, 371, 489, 1103,
1489, 2133, 2444

呿, 1123, 1575, 1582, 1638, 1648,
1651, 2118, 2441, 2877

咄, 339, 774, 1103, 1106, 1348,
1489, 3149

咁, 547

咃, 197, 451, 2038, 2124, 2129

咂, 165, 256, 339, 492, 773, 2117,
3149, 3166

音, 1548

咆, 1514

咇, 87, 129

咋, 1490, 2846, 3165

和, 263, 270, 653, 679, 776, 777,
782, 784, 786, 788, 797, 811, 838, 839,
929, 931, 1107, 1164, 1187, 1210,
1219, 1227, 1315, 1402, 1540, 1702,

1470, 1500, 1518, 1615, 1656, 1895, 1901, 1941, 1952, 2016, 2045, 2046, 2301, 2400, 2413, 2509, 2630, 2788, 3138, 3143

奔, 68, 69, 549, 1219, 1351, 1801, 3146

妬, 245, 473, 474, 698, 699, 914, 1175, 1715, 1829, 1886, 2047, 2876, 2923, 2939

妭, 29

妲, 340, 341

姝, 375, 914, 990, 1501, 2614, 2621, 2778

妸, 501

妹, 175, 178, 1362, 1382, 1500, 1955, 1956, 2079, 3125

妻, 5, 350, 467, 613, 637, 1500, 1533, 1561, 1563, 1613, 1921, 1974, 2434, 3103

妾, 14, 1015, 1500, 1561, 1613, 1877, 2159

娊, 953

妎, 1389

姉, 415, 638, 1362, 1714, 1857, 2986, 3125

姊, 415, 1362, 3125

始, 48, 87, 106, 271, 309, 363, 460, 473, 504, 561, 699, 702, 713, 770, 780, 783, 807, 900, 906, 939, 1018, 1130, 1251, 1296, 1343, 1383, 1455, 1708, 1718, 1733, 1851, 1870, 1886, 1896, 1937, 2001, 2019, 2029, 2042, 2153, 2341, 2365, 2421, 2453, 2554,

2575, 2711, 2762, 2777, 2791, 2821, 2831, 2875, 2975, 3017, 3039

姐, 341, 1103

姑, 201, 701, 702, 906, 1886, 2421

姒, 2011

姓, 563, 702, 723, 770, 1035, 1067, 1073, 1207, 1398, 1434, 1501, 1631, 1710, 1835, 1887, 1897, 1955, 2286, 2347, 2401, 2417, 2421, 2512, 2533, 2659, 2986, 3044, 3109, 3135, 3147

委, 14, 114, 159, 926, 1952, 2084, 2108, 2160, 2165, 2205, 2206, 2207, 2290, 2350, 2560, 2853, 2975, 3080, 3136

姖, 1109

孟, 657, 659, 815, 1058, 1370, 1389, 2616, 2672, 2734, 2747

季, 926, 1432, 1482, 1591, 2434

孤, 702, 703, 724, 814, 1506, 2666, 2702

孥, 1445, 1495, 1496

宕, 383

宗, 50, 168, 176, 215, 240, 261, 326, 382, 428, 436, 457, 488, 678, 729, 748, 760, 840, 914, 938, 952, 1010, 1050, 1061, 1127, 1153, 1161, 1250, 1252, 1290, 1315, 1878, 1936, 1994, 2014, 2032, 2282, 2349, 2421, 2445, 2451, 2454, 2485, 2516, 2517, 2545, 2612, 2629, 2634, 2651, 2668, 2753, 2826, 2946, 2986, 3001, 3038, 3046,

3055, 3080, 3136, 3137, 3151

官, 227, 638, 646, 687, 691, 722, 723, 725, 729, 741, 842, 951, 1125, 1250, 1253, 1315, 1680, 2324, 2566, 2881, 2914, 3170

宙, 1468, 3057

定, 5, 13, 80, 87, 101, 108, 114, 124, 202, 212, 235, 238, 242, 278, 301, 322, 347, 366, 380, 395, 416, 437, 453, 458, 482, 511, 556, 637, 682, 684, 709, 722, 732, 817, 854, 859, 905, 937, 951, 975, 1006, 1032, 1055, 1057, 1063, 1075, 1077, 1092, 1109, 1126, 1127, 1158, 1201, 1224, 1250, 1335, 1344, 1384, 1401, 1459, 1469, 1473, 1484, 1492, 1561, 1566, 1583, 1588, 1633, 1642, 1659, 1700, 1741, 1762, 1786, 1849, 1852, 1876, 1894, 1901, 1909, 1920, 1928, 1935, 1941, 1978, 2004, 2051, 2078, 2091, 2096, 2111, 2166, 2193, 2202, 2209, 2246, 2257, 2317, 2338, 2353, 2390, 2400, 2406, 2414, 2444, 2474, 2475, 2547, 2566, 2569, 2573, 2586, 2607, 2624, 2671, 2677, 2757, 2808, 2824, 2881, 2913, 2939, 2954, 2970, 3031, 3033, 3134, 3137, 3140, 3144, 3150, 3156, 3170

宛, 259, 456, 825, 952, 1089, 1375, 1378, 2002, 2136, 2137, 2138, 2139, 2141, 2451, 2491, 2662, 2805, 2806, 2807, 2911, 3135

宜, 10, 12, 163, 451, 655, 662, 741, 1113, 1152, 1157, 1160, 1230,

1408, 1454, 1458, 1479, 1588, 1594, 1610, 1685, 1710, 1881, 1921, 2248, 2445, 2470, 2495, 2566, 2570, 2572, 2632, 2636, 2643, 2679, 2985, 3029

尙, 1788, 1794, 2703

尚, 214, 381, 406, 491, 513, 666, 697, 708, 770, 783, 974, 1249, 1458, 1784, 1788, 1794, 1832, 2116, 2241, 2365, 2703, 2940, 2996, 3039

居, 13, 180, 223, 279, 420, 444, 584, 592, 675, 692, 712, 772, 799, 800, 806, 1034, 1086, 1099, 1100, 1101, 1102, 1116, 1117, 1119, 1135, 1395, 1474, 1638, 1731, 1848, 1920, 1936, 1942, 1965, 2115, 2122, 2128, 2144, 2250, 2709, 2737, 2851, 2892, 2914, 3006, 3063, 3085

屆, 1029, 1100

屈, 267, 560, 1101, 1128, 1129, 1136, 1165, 1224, 1589, 1637, 1638, 1640, 1676, 1707, 1965, 2250, 2251, 3003

届, 1029, 1383

岠, 1108, 1109, 1117

岡, 664, 665, 743, 2151, 2157, 2820

岥, 1537, 1565

岢, 2085

岨, 1182, 1638, 2053, 2326, 3148

岩, 2485, 2490

岫, 2434, 2451, 3056

岱, 361, 363, 554, 758

岳, 132, 1632, 1775, 2704, 2820,

2826, 3143

岾, 821

岷, 1389, 2238

岸, 10, 16, 77, 224, 256, 609, 698, 1144, 1157, 1282, 1413, 1564, 2051, 2131, 2465, 2469, 2470, 2540, 2565, 2864, 3096

峈, 1496, 2058

岱, 363, 366

峡, 1388

岥, 65, 1515, 1520

帕, 1505, 2491

帖, 450, 588, 721, 822, 2087, 2088, 3004

帙, 690, 1124, 1614, 2088, 2385, 2989, 3014, 3019, 3020, 3147

帚, 1762, 3056

帛, 31, 147, 1376, 1656, 2557

并, 79, 114, 135, 422, 1032, 1728, 1778, 2254, 2849, 2912

幸, 56, 134, 342, 612, 1004, 1173, 1458, 1597, 1903, 1969, 2010, 2397, 2409, 2413, 2424, 2848

底, 183, 290, 340, 416, 429, 431, 432, 433, 434, 435, 489, 648, 905, 908, 939, 992, 1355, 1451, 1473, 1480, 1492, 1575, 1890, 2065, 2071, 2306, 2313, 2435, 2497, 2557, 2982, 3004, 3151

庖, 1514

店, 443, 444, 939, 1100

庚, 121, 683, 871, 907, 1145, 2272, 2759

府, 431, 557, 628, 631, 632, 1730, 2026, 2138, 2708, 3053, 3156

延, 227, 374, 984, 1054, 1239, 1524, 1588, 1589, 1815, 1916, 2081, 2091, 2322, 2448, 2458, 2474, 2486, 2487, 2495, 2566, 2672, 2683, 2793, 2805, 3083

弇, 1103

弦, 2321, 2322, 3095

弧, 814

弩, 1445, 1496, 1497

彼, 1, 38, 46, 49, 55, 57, 59, 64, 66, 69, 74, 77, 86, 91, 102, 107, 133, 141, 154, 202, 208, 248, 278, 306, 315, 322, 346, 363, 400, 411, 449, 477, 504, 510, 520, 556, 572, 590, 595, 601, 617, 620, 630, 635, 638, 647, 687, 709, 742, 744, 801, 824, 834, 870, 890, 919, 924, 1011, 1017, 1114, 1120, 1126, 1149, 1215, 1219, 1245, 1269, 1295, 1311, 1359, 1384, 1401, 1433, 1468, 1519, 1521, 1523, 1526, 1538, 1545, 1547, 1565, 1599, 1642, 1665, 1667, 1679, 1703, 1704, 1717, 1720, 1728, 1762, 1776, 1785, 1805, 1808, 1844, 1867, 1883, 1890, 1894, 1899, 1904, 1906, 1983, 2025, 2035, 2089, 2110, 2134, 2152, 2166, 2219, 2233, 2245, 2253, 2299, 2364, 2397, 2404, 2411, 2429, 2459, 2519, 2558, 2585, 2613, 2692, 2697, 2702, 2707, 2720, 2735, 2750, 2766, 2775, 2874, 2912, 2939, 2953, 2970, 3020, 3042, 3059, 3061, 3083,

恒, 166, 209, 328, 339, 340, 343, 365, 369, 371, 385, 432, 489, 492, 494, 793, 794, 1103, 1114, 1144, 1161, 1178, 1327, 1445, 1446, 1489, 1608, 2053, 2062, 2068, 2127, 2130, 2166, 2414, 2509, 2877, 2986, 3148

怜, 1238, 1240

恀, 435

怡, 702, 721, 785, 2042, 2083, 2088, 2276, 2303, 2566, 2747, 2821

怢, 449, 3014

怦, 1516

性, 10, 85, 239, 272, 313, 362, 373, 386, 414, 419, 426, 440, 563, 605, 623, 681, 714, 721, 794, 795, 808, 836, 846, 852, 887, 894, 901, 939, 964, 982, 1035, 1067, 1081, 1122, 1160, 1218, 1225, 1310, 1366, 1387, 1405, 1435, 1464, 1472, 1586, 1598, 1614, 1622, 1624, 1710, 1813, 1834, 1840, 1841, 1848, 1872, 1878, 1903, 2039, 2073, 2120, 2147, 2152, 2153, 2183, 2190, 2215, 2248, 2261, 2276, 2347, 2388, 2394, 2399, 2401, 2409, 2414, 2421, 2533, 2576, 2632, 2638, 2649, 2690, 2740, 2778, 2802, 2853, 2875, 2900, 2919, 2928, 2941, 2952, 2959, 2975, 3012, 3022, 3044, 3079, 3081, 3090, 3096, 3097, 3124, 3141, 3163

怩, 1477

怪, 166, 168, 607, 721, 738, 795, 833, 835, 848, 852, 1171, 1262, 1263, 1598, 2184, 2414, 2618, 2692, 2821,

2851, 3156, 3159

怫, 627

怯, 166, 560, 1262, 1263, 1463, 1613, 1638, 1648, 1664, 1811, 2415, 2783

悦, 845, 847, 1350, 1976, 2407, 2821

怵, 277, 619, 2013

恢, 1515

或, 82, 104, 156, 174, 232, 235, 307, 321, 424, 435, 521, 525, 596, 603, 643, 661, 711, 743, 870, 876, 892, 918, 1028, 1036, 1055, 1062, 1064, 1151, 1161, 1201, 1371, 1385, 1452, 1459, 1470, 1588, 1606, 1643, 1680, 1706, 1731, 1753, 1848, 1879, 1898, 1911, 1942, 1967, 1971, 2058, 2144, 2165, 2193, 2220, 2246, 2258, 2301, 2321, 2339, 2391, 2407, 2452, 2531, 2552, 2565, 2587, 2608, 2624, 2630, 2709, 2721, 2730, 2737, 2749, 2773, 2774, 2776, 2847, 2858, 2971, 3014, 3140, 3146

戽, 822

戾, 1232, 1235, 1258, 2615

房, 236, 587, 590, 591, 687, 820, 1061, 1100, 1146, 1364, 1535, 1641, 1724, 1767, 1777, 2106, 2205, 2250, 2838

所, 9, 17, 32, 66, 84, 101, 114, 128, 158, 199, 200, 233, 257, 271, 281, 303, 312, 317, 324, 373, 398, 407, 425, 456, 483, 491, 506, 514, 538, 562, 571,

3100, 3101, 3102

担, 367, 1489

拆, 16, 200, 224, 256, 345, 1525, 2120, 2284, 2909

拇, 852, 1360, 1435, 1438

拈, 1164, 1183, 1482, 1625, 2066, 2087, 2886, 2901

拉, 1185

拊, 287, 631, 633, 635, 2284

拌, 42, 1507, 1509

拍, 36, 147, 152, 345, 631, 1505, 1544, 1546, 1547, 1702, 2020, 2302, 2738, 3003

拐, 721

拒, 227, 432, 433, 465, 480, 700, 740, 1106, 1108, 1109, 1117, 1119, 1128, 2612, 2932

拓, 1482, 1864, 2040, 2123, 2124, 2901, 2923, 3116

拔, 27, 29, 145, 147, 175, 234, 248, 330, 336, 430, 473, 482, 593, 601, 617, 619, 922, 941, 1006, 1077, 1094, 1120, 1235, 1258, 1357, 1518, 1676, 1932, 1948, 2092, 2105, 2125, 2137, 2378, 2384, 2449, 2568, 2795, 2895, 2897, 2964, 2968, 2987, 3018, 3109, 3110

挖, 30, 418, 2123, 2129, 2130, 2911

拖, 54, 1148, 1854, 2123, 2130, 2602

拗, 20, 1099

拘, 20, 36, 54, 122, 249, 262, 696,

698, 834, 950, 1001, 1089, 1099, 1102, 1107, 1116, 1135, 1147, 1641, 2273, 2293, 2438, 3002

拙, 270, 473, 1129, 1295, 1814, 1974, 2151, 3115

招, 221, 662, 682, 738, 1164, 1597, 1801, 2040, 2123, 2475, 2901, 2902, 2904, 2905, 3003, 3141

拜, 36

放, 54, 65, 266, 550, 557, 587, 591, 592, 593, 607, 710, 803, 817, 1081, 1095, 1175, 1359, 1442, 1760, 1805, 1808, 1852, 1868, 1894, 1932, 2090, 2123, 2377, 2378, 2379, 2424, 2448, 2659, 2736, 2766, 3074, 3098, 3147

斧, 384, 631, 2088, 2663, 2897

於, 14, 39, 54, 72, 85, 129, 163, 190, 240, 252, 269, 272, 275, 314, 318, 322, 325, 342, 345, 382, 390, 409, 427, 438, 484, 486, 492, 499, 516, 523, 564, 571, 589, 592, 594, 598, 608, 624, 635, 646, 663, 682, 686, 695, 698, 715, 738, 744, 785, 796, 798, 808, 811, 824, 875, 888, 895, 902, 908, 909, 948, 949, 983, 1027, 1031, 1050, 1052, 1059, 1062, 1091, 1101, 1120, 1153, 1160, 1170, 1199, 1208, 1281, 1290, 1314, 1334, 1399, 1406, 1430, 1472, 1480, 1483, 1487, 1501, 1506, 1561, 1572, 1587, 1598, 1602, 1620, 1623, 1636, 1646, 1664, 1670, 1678, 1686, 1711, 1718, 1724, 1735, 1759, 1776, 1806, 1814,

1835, 1848, 1854, 1864, 1867, 1872,
1878, 1886, 1890, 1893, 1917, 1931,
1947, 1982, 1991, 2000, 2002, 2012,
2014, 2032, 2068, 2081, 2085, 2090,
2135, 2183, 2200, 2213, 2224, 2248,
2262, 2274, 2325, 2329, 2336, 2348,
2362, 2366, 2376, 2387, 2395, 2402,
2410, 2413, 2420, 2432, 2434, 2448,
2491, 2508, 2513, 2556, 2561, 2601,
2611, 2621, 2623, 2639, 2663, 2680,
2683, 2692, 2704, 2716, 2730, 2731,
2733, 2734, 2735, 2748, 2753, 2764,
2778, 2818, 2822, 2834, 2855, 2869,
2921, 2942, 2952, 2961, 2975, 2989,
2997, 3003, 3009, 3017, 3023, 3029,
3037, 3040, 3045, 3070, 3079, 3080,
3091, 3095, 3099, 3106, 3125, 3133,
3141, 3147, 3149, 3164, 3170

旺, 2146

旻, 771, 1389, 1913

昂, 18, 1838, 2508, 2861

昃, 2254, 2873

昆, 76, 1181, 1522

昇, 12, 19, 58, 229, 239, 390, 900,
1471, 1838, 1840, 1845, 1955, 2114,
2135, 2153, 2519, 2739, 3008

昉, 587, 591, 592, 1003, 1197,
1868

昊, 347, 508, 670, 771, 976, 1389,
2253

昌, 205, 206, 218, 666, 787, 1359,
1428, 1647, 2035, 2295, 2437

明, 12, 16, 18, 51, 67, 109, 114,

123, 127, 137, 139, 214, 218, 226, 246,
267, 271, 288, 316, 344, 370, 397, 405,
419, 450, 452, 481, 486, 512, 525, 559,
597, 604, 664, 688, 705, 712, 732, 770,
815, 816, 862, 899, 909, 936, 961, 977,
994, 1024, 1026, 1034, 1066, 1079,
1087, 1090, 1093, 1102, 1105, 1114,
1120, 1141, 1164, 1197, 1202, 1224,
1229, 1245, 1296, 1313, 1337, 1345,
1362, 1365, 1368, 1375, 1378, 1382,
1386, 1390, 1395, 1401, 1407, 1409,
1411, 1466, 1471, 1485, 1492, 1507,
1517, 1558, 1562, 1595, 1600, 1621,
1671, 1696, 1763, 1863, 1869, 1892,
1895, 1913, 1929, 1967, 1987, 1994,
2017, 2095, 2164, 2169, 2195, 2221,
2235, 2241, 2258, 2281, 2318, 2328,
2334, 2340, 2353, 2355, 2376, 2380,
2391, 2424, 2430, 2442, 2477, 2493,
2499, 2506, 2519, 2522, 2553, 2559,
2588, 2646, 2662, 2668, 2670, 2675,
2689, 2702, 2710, 2737, 2791, 2797,
2809, 2818, 2819, 2868, 2906, 2915,
2937, 2940, 2971, 3003, 3007, 3034,
3043, 3053, 3055, 3057, 3064, 3083,
3153, 3161

昏, 864, 865, 866, 1375, 1388,
2349, 2446, 2458

易, 362, 578, 1135, 1153, 1461,
1785, 1903, 1917, 1947, 1958, 2272,
2610, 2613, 2615, 2620, 2869, 3054,
3145

昔, 72, 190, 324, 523, 695, 704,

845, 1013, 1071, 1095, 1098, 1170,
1552, 1601, 1649, 1697, 1734, 1761,
1872, 1927, 1937, 2076, 2153, 2281,
2283, 2290, 2292, 2439, 2533, 2652,
2714, 2832, 2853, 2918, 3099, 3168

昕, 1052

昃, 1113

朋，42, 884, 1245, 1368, 1404,
1411, 1517, 2097, 2235, 2272, 2494,
2689, 2757, 2840

服, 5, 55, 65, 135, 172, 287, 423,
467, 552, 557, 600, 617, 621, 625, 626,
640, 647, 689, 705, 769, 784, 793,
1118, 1270, 1332, 1347, 1375, 1446,
1478, 1643, 1797, 1845, 1865, 1868,
2125, 2228, 2273, 2330, 2429, 2471,
2492, 2557, 2568, 2660, 2663, 2665,
2783, 2828, 2984, 2988

杪, 219, 1380

杭，739, 767, 883, 887, 1146,
2271, 2272, 2931

杯, 57, 58, 834, 1514, 1518

東, 61, 124, 187, 223, 228, 322,
458, 684, 734, 854, 943, 1061, 1187,
1239, 1451, 1457, 1966, 2013, 2281,
2350, 2475, 2954, 3033, 3156

杲, 667, 745, 1003

杳, 339, 937, 1408, 1614, 2350,
2413, 2514, 2515

杴, 1135

杵，277, 345, 659, 1050, 1131,
1267, 1975, 2085, 2131, 2405, 2508,
2667, 2734, 2897, 2909, 3040, 3111

杷, 30, 680, 1582

杻, 265

杼, 1955, 3094, 3101

松, 36, 290, 333, 785, 1100, 1185,
1260, 1790, 1995, 2012

板, 38, 41, 77, 290, 461, 572, 593,
2378, 2433

构, 696, 698

枡, 885

枇, 76, 94, 1518, 1521

枉, 102, 434, 1094, 1173, 1174,
1175, 1504, 1691, 1979, 2151, 2153,
2245, 2853, 3096

枊, 19

枋, 590

枌, 606

枎, 619, 625

析, 128, 153, 201, 224, 431, 1520,
1546, 1575, 1758, 2131, 2284, 2291,
2434, 2506, 2612, 2909, 2931

枓, 463, 660, 1178

枕，66, 767, 883, 1146, 1376,
1828, 1970, 2060, 2137, 2139, 2887,
2931

林, 49, 58, 135, 172, 237, 290,
332, 455, 472, 584, 588, 679, 746, 826,
960, 969, 1057, 1203, 1259, 1260,
1261, 1283, 1309, 1339, 1362, 1430,
1436, 1441, 1633, 1775, 1831, 1973,
1978, 2072, 2134, 2323, 2340, 2428,
2434, 2537, 2559, 2646, 2730, 2737,
2796, 2897, 2903, 2969, 3060, 3109

柄, 1449

浾, 1231, 1233, 2639

泼, 549, 2249

沸, 601, 617, 621, 625, 2056, 2445

油, 247, 516, 564, 1345, 1637, 2252, 2387, 2601, 2699, 2701, 2704, 2715, 2748, 2983, 3121

治, 139, 253, 276, 345, 419, 444, 484, 486, 516, 565, 589, 702, 716, 758, 798, 867, 928, 935, 1021, 1081, 1095, 1218, 1226, 1326, 1349, 1407, 1467, 1477, 1492, 1537, 1594, 1622, 1670, 1687, 1782, 1888, 2032, 2042, 2225, 2250, 2432, 2486, 2537, 2561, 2566, 2745, 2753, 2774, 2784, 2883, 2887, 2904, 2934, 2963, 2976, 2987, 3002, 3010, 3013, 3015, 3072, 3092, 3165

沼, 19, 247, 1081, 1477, 2486, 2774, 2883, 2902, 2903, 2907, 3017

沾, 701, 702, 703, 2082, 2883, 2887

沾, 443, 702, 703, 822, 1218, 1473, 1888, 2083, 2882, 2886, 2887, 3017

沿, 1332, 2486, 2802, 3017

況, 50, 316, 323, 570, 582, 712, 782, 930, 977, 1162, 1175, 1177, 1283, 1312, 1358, 1470, 1476, 1733, 1828, 1986, 2105, 2258, 2365, 2427, 2588, 2737, 2781, 3056, 3057

泄, 247, 594, 1296, 1896, 2118, 2387, 2538, 3028

泅, 1284, 2012

洗, 914, 2613, 2614, 2621, 2986

泇, 653

泊, 49, 376, 928, 1327, 1505, 1537, 2306, 2903

炸, 2089

孤, 582, 606, 702, 1028, 1283, 1506, 2705, 3113

泓, 798

泔, 659, 663, 1768

法, 51, 55, 61, 70, 76, 80, 87, 103, 126, 136, 141, 146, 154, 172, 183, 202, 206, 229, 235, 238, 247, 264, 266, 270, 279, 287, 307, 316, 343, 347, 362, 375, 396, 403, 412, 416, 423, 439, 442, 454, 482, 496, 511, 524, 549, 555, 569, 581, 582, 587, 596, 603, 613, 617, 620, 629, 639, 653, 679, 689, 693, 709, 725, 730, 732, 739, 743, 745, 750, 758, 765, 769, 771, 772, 776, 781, 784, 798, 803, 820, 825, 828, 838, 841, 842, 853, 859, 864, 867, 891, 926, 935, 948, 976, 991, 992, 1000, 1007, 1012, 1017, 1019, 1022, 1028, 1032, 1063, 1077, 1107, 1118, 1125, 1127, 1150, 1158, 1166, 1175, 1187, 1206, 1217, 1219, 1224, 1232, 1250, 1262, 1269, 1282, 1295, 1311, 1334, 1344, 1357, 1364, 1381, 1384, 1393, 1428, 1441, 1459, 1469, 1484, 1532, 1544, 1545, 1552, 1558, 1566, 1583, 1600, 1605, 1611, 1613, 1620, 1634, 1637, 1639, 1648, 1651, 1668, 1671, 1680, 1688, 1695, 1705, 1717, 1730, 1738, 1753, 1762, 1766, 1768,

1778, 1817, 1823, 1830, 1842, 1847,
1849, 1855, 1863, 1864, 1865, 1868,
1876, 1888, 1894, 1898, 1899, 1901,
1910, 1933, 1941, 1948, 1955, 1970,
1980, 1983, 2012, 2026, 2040, 2061,
2071, 2078, 2112, 2118, 2134, 2144,
2152, 2158, 2193, 2213, 2216, 2217,
2220, 2228, 2233, 2246, 2257, 2264,
2273, 2289, 2299, 2313, 2317, 2330,
2331, 2338, 2355, 2370, 2380, 2391,
2400, 2406, 2414, 2421, 2427, 2428,
2429, 2437, 2447, 2473, 2475, 2516,
2521, 2531, 2543, 2552, 2558, 2569,
2572, 2573, 2587, 2608, 2618, 2624,
2630, 2645, 2651, 2654, 2657, 2667,
2677, 2684, 2697, 2701, 2708, 2736,
2766, 2775, 2781, 2783, 2804, 2828,
2841, 2913, 2927, 2939, 2950, 2955,
2970, 2988, 3006, 3016, 3021, 3033,
3039, 3043, 3047, 3049, 3056, 3062,
3084, 3094, 3101, 3109, 3113, 3128,
3144, 3153, 3160, 3166

泗, 851, 1205, 1590, 2011, 2012,
2300, 2442

泙, 1535

泛, 322, 582, 734, 2213

泜, 429, 1390, 1575, 2981, 3002

泝, 1480, 2284, 2566

泟, 231

泠, 1052, 1232, 1263

泡, 48, 1428, 1503, 1514, 1763

波, 1, 38, 57, 58, 61, 65, 79, 90,
140, 145, 146, 148, 151, 152, 183, 246,

315, 466, 477, 520, 556, 593, 627, 635,
701, 731, 765, 784, 896, 1089, 1197,
1282, 1357, 1359, 1373, 1384, 1413,
1421, 1475, 1520, 1521, 1522, 1523,
1537, 1538, 1545, 1565, 1717, 1768,
1822, 1882, 1932, 2021, 2105, 2127,
2299, 2454, 2538, 2565, 2680, 2693,
2759

泣, 628, 1164, 1205, 1224, 1246,
1589, 1632, 1769, 2075, 2214, 3095,
3161

泥, 433, 839, 1176, 1296, 1350,
1358, 1378, 1390, 1465, 1474, 1475,
1477, 1479, 1480, 1490, 1858, 2066,
2113, 2115, 2128, 2250, 2299, 2331,
2811, 3113, 3144

注, 86, 137, 288, 566, 637, 856,
935, 949, 1062, 1069, 1304, 1518,
1590, 1689, 1719, 1838, 1894, 1967,
1973, 2142, 2151, 2156, 2250, 2264,
2389, 2420, 2658, 2856, 2904, 2946,
3031, 3080, 3092, 3094, 3101, 3102,
3104, 3166

泪, 767, 1204, 1205

泫, 564, 1590, 2450, 2451

泮, 635

泮, 29, 42, 550, 597, 1512, 1541

泯, 131, 1375, 1386, 1388, 1389,
1407, 1476, 1980, 2493, 2566, 2774,
3002, 3004

泱, 2503, 2701

泳, 132, 1284, 2336, 2683

泵, 1589

炅, 1088

炊, 292

炎, 374, 606, 733, 848, 870, 888, 956, 1093, 1405, 1408, 1777, 2049, 2485, 2488, 2490, 2494, 2498, 2499, 2500, 2501, 2502, 2539, 2603, 2673, 2846

炒, 223, 1773

炕, 1146

炘, 224, 2398

炙, 375, 848, 1093, 2054, 2081, 2254, 2611, 3015, 3081

爬, 30, 1505, 2465

爭, 410, 734, 1081, 1904, 2936, 2937, 2949

牀, 290, 291, 1259, 1341, 3109

版, 41, 449, 572

牧, 83, 192, 291, 593, 1008, 1359, 1442, 1493, 1932, 1933, 2105, 2195, 2238, 2273, 2704, 2990

物, 12, 53, 139, 172, 173, 252, 272, 281, 291, 408, 460, 562, 592, 623, 626, 680, 698, 721, 747, 829, 995, 1018, 1100, 1108, 1164, 1341, 1359, 1366, 1389, 1428, 1432, 1442, 1450, 1594, 1612, 1640, 1646, 1664, 1685, 1718, 1761, 1764, 1767, 1785, 1820, 1834, 1854, 1867, 1872, 1903, 1977, 2039, 2059, 2073, 2102, 2141, 2217, 2248, 2261, 2272, 2341, 2381, 2416, 2463, 2489, 2506, 2557, 2690, 2740, 2818, 2918, 3036, 3083, 3112, 3141, 3163

狀, 619, 1933, 3110

狉, 1840

狎, 1235, 1816, 1827, 2206, 2309, 2463

狐, 201, 253, 698, 702, 813, 814, 815, 2569, 2903

狋, 1052

狌, 581

狄, 2730

狗, 54, 467, 618, 696, 697, 1093, 1099, 1232, 1661, 2123

狙, 318, 2040

狛, 697

玞, 615

玠, 130, 955, 1032, 1093

玢, 130, 1032

玦, 1128

玩, 2136

玩, 520, 2136, 2141, 2821

玫, 1093, 1359, 1360

玭, 298, 1522, 1530

瓬, 613, 665, 1535, 1536, 2245, 2352, 2539

甶, 1015

疙, 670, 671

疚, 1094, 3015

的, 270, 419, 431, 432, 1926, 2817, 3116, 3117

盂, 31, 659, 2734, 2747

盰, 663

盱, 663, 2435

盲, 705, 844, 1350, 1368, 1369, 1378, 1408, 1438, 1619, 2159, 2652,

2710, 2773

直, 125, 207, 269, 284, 370, 373, 382, 399, 410, 637, 686, 696, 717, 863, 905, 956, 1113, 1223, 1534, 1573, 1605, 1611, 1736, 1782, 1937, 2096, 2117, 2154, 2348, 2445, 2485, 2567, 2623, 2680, 2719, 2798, 2929, 2934, 2944, 2984, 2987, 2990, 3029

知, 28, 77, 88, 107, 129, 207, 240, 246, 253, 254, 269, 272, 282, 314, 318, 410, 419, 427, 481, 492, 516, 524, 565, 598, 646, 716, 728, 771, 785, 798, 863, 895, 905, 948, 983, 1027, 1104, 1135, 1162, 1170, 1202, 1207, 1213, 1223, 1231, 1383, 1400, 1407, 1430, 1440, 1473, 1487, 1496, 1561, 1563, 1587, 1632, 1636, 1650, 1656, 1662, 1664, 1670, 1677, 1687, 1711, 1811, 1827, 1828, 1836, 1846, 1852, 1882, 1918, 1947, 1968, 1993, 1996, 1998, 2002, 2010, 2032, 2202, 2206, 2225, 2238, 2263, 2269, 2276, 2291, 2304, 2320, 2324, 2330, 2348, 2396, 2398, 2402, 2411, 2453, 2485, 2530, 2556, 2561, 2585, 2602, 2604, 2611, 2639, 2719, 2745, 2765, 2779, 2803, 2838, 2855, 2869, 2907, 2909, 2921, 2962, 2966, 2970, 2982, 2999, 3009, 3017, 3019, 3023, 3029, 3040, 3072, 3146, 3165

矾, 2272

砒, 2130, 2910

社, 472, 473, 1483, 1639, 1776, 1807, 1921, 1995, 3002, 3170

衪, 2827

祀, 299, 581, 934, 1220, 1564, 1827, 1979, 2001, 2010, 2012, 2730, 2853, 3057, 3097, 3148

祁, 431, 462, 1229, 1564, 1575, 1892, 1995, 2011, 2524

秆, 660

秉, 133, 237, 458, 957, 1145, 1186

季, 1483

籴, 2285

穹, 692, 1631, 1632

空, 13, 51, 267, 280, 285, 424, 454, 467, 506, 559, 666, 688, 692, 693, 705, 712, 720, 723, 726, 738, 759, 764, 841, 937, 958, 1025, 1058, 1086, 1089, 1107, 1114, 1116, 1133, 1156, 1158, 1161, 1162, 1165, 1166, 1198, 1307, 1316, 1362, 1373, 1386, 1546, 1568,1588, 1631, 1655, 1700, 1703, 1721, 1763, 1828, 1830, 1847, 1865, 1877, 1912, 1920, 1942, 2005, 2028, 2051, 2056, 2057, 2079, 2095, 2108, 2159, 2194, 2207, 2216, 2235, 2247, 2251, 2258, 2282, 2340, 2365, 2415, 2436, 2444, 2451, 2477, 2566, 2625, 2646, 2710, 2839, 2851, 2881, 2887, 2915, 2927, 2956, 3006, 3020, 3047, 3085, 3134, 3138, 3161, 3167, 3170

竺, 467, 660, 1055, 1232, 1836, 1932, 2051, 2821, 3073, 3102

籴, 430

糼, 1589, 2729

糾, 1089

紉, 2729

罔, 592, 664, 665, 1308, 1467,
1633, 2082, 2098, 2151, 2156, 2157,
2158, 2212, 2649, 2889

羌, 199, 708, 1224

者, 4, 36, 54, 56, 107, 125, 129,
164, 200, 207, 215, 227, 240, 246, 269,
282, 314, 343, 345, 382, 383, 399, 427,
435, 443, 457, 463, 466, 492, 494, 516,
517, 546, 552, 565, 589, 598, 615, 646,
677, 682, 704, 716, 728, 741, 758, 772,
780, 811, 815, 824, 825, 854, 863, 875,
895, 896, 905, 937, 952, 983, 1014,
1031, 1035, 1050, 1060, 1068, 1077,
1119, 1136, 1145, 1147, 1160, 1170,
1191, 1198, 1199, 1207, 1218, 1223,
1257, 1263, 1290, 1310, 1315, 1321,
1332, 1359, 1367, 1388, 1400, 1407,
1412, 1440, 1444, 1454, 1461, 1467,
1473, 1475, 1483, 1530, 1552, 1561,
1572, 1575, 1576, 1587, 1602, 1613,
1636, 1650, 1686, 1689, 1699, 1718,
1735, 1775, 1782, 1793, 1802, 1804,
1808, 1816, 1821, 1835, 1842, 1852,
1854, 1857, 1863, 1873, 1878, 1881,
1886, 1890, 1897, 1904, 1918, 1937,
1947, 1958, 1965, 1974, 1979, 1992,
2000, 2002, 2004, 2009, 2010, 2032,
2033, 2073, 2117, 2147, 2154, 2201,
2213, 2215, 2225, 2232, 2249, 2263,
2274, 2283, 2284, 2298, 2315, 2320,
2348, 2350, 2362, 2377, 2395, 2411,
2420, 2433, 2442, 2484, 2530, 2536,

2545, 2556, 2558, 2561, 2585, 2602,
2604, 2611, 2617, 2621, 2629, 2634,
2642, 2644, 2653, 2680, 2717, 2726,
2745, 2757, 2765, 2770, 2817, 2820,
2836, 2838, 2848, 2855, 2869, 2876,
2908, 2912, 2923, 2924, 2925, 2928,
2930, 2942, 2962, 2965, 2976, 3001,
3012, 3023, 3037, 3045, 3052, 3071,
3081, 3083, 3092, 3099, 3125, 3134,
3135, 3152, 3159, 3165

耵, 451

股, 37, 39, 97, 626, 690, 703, 705,
706, 814, 1375, 1391, 2909, 2980,
2982, 3056, 3144

肢, 85, 705, 1846, 2966, 2970,
2980, 2982

肥, 331, 600, 617, 625, 883, 1446,
1523, 1817, 2216, 2901

胖, 647, 1513, 2899

肩, 97, 100, 296, 820, 951, 957,
958, 1360, 1363, 1527, 1576, 1778,
1818, 2511, 2541, 2709

肪, 591, 2450

肫, 3113

肬, 2701

肯, 1151, 1157, 1470, 1588, 1700,
2377, 2460, 2710, 3001

肰, 291, 1666, 1669

肱, 286, 690, 2701

肴, 918, 2283, 2512, 2514, 2919

胏, 1052

肶, 1521

胯, 2285, 2305, 2435

396, 416, 480, 524, 751, 976, 989, 998,
1039, 1053, 1055, 1060, 1479, 1524,
1544, 1558, 1632, 1677, 1721, 1763,
1787, 1847, 1891, 1921, 1973, 2027,
2095, 2152, 2209, 2407, 2474, 2671,
2702, 2731, 2737, 2804, 2844, 2851,
2864, 2914, 2940, 2984, 2995, 3084,
3129, 3156

迈, 1480, 2472

返, 108, 121, 396, 569, 573, 579,
639, 756, 850, 892, 928, 1231, 1512,
1524, 1665, 2094, 2202, 2406, 2474,
2567, 2706, 2843

迲, 1371, 2270

还, 755

邰, 130

邱, 1632

郔, 88

邵, 1801

邸, 289, 431, 433, 771, 1564,
3014

采, 101, 174, 175, 176, 177, 178,
594, 1203, 1702, 1932, 1955, 2013,
2054, 2384, 3059

金, 23, 167, 521, 524, 587, 761,
778, 792, 857, 950, 958, 994, 1039,
1041, 1050, 1096, 1224, 1278, 1410,
1418, 1436, 1485, 1582, 1654, 1738,
1759, 1803, 1807, 1830, 1865, 2010,
2079, 2111, 2166, 2265, 2588, 2660,
2734, 2751, 2925, 2955, 3047

長, 31, 65, 124, 206, 207, 208,
254, 266, 291, 322, 346, 422, 451, 556,

566, 734, 937, 969, 975, 1011, 1055,
1090, 1109, 1118, 1165, 1183, 1245,
1339, 1364, 1401, 1482, 1495, 1576,
1600, 1633, 1740, 1766, 1785, 1798,
1843, 1844, 1852, 1884, 1906, 1941,
2122, 2144, 2217, 2288, 2325, 2429,
2538, 2607, 2616, 2750, 2806, 2874,
2891, 2893, 2894, 2899, 2926, 2970,
3033, 3061, 3083, 3144, 3153

門, 3, 16, 92, 101, 127, 167, 183,
237, 283, 344, 397, 405, 440, 497, 509,
518, 559, 584, 588, 604, 611, 674, 712,
724, 743, 759, 783, 820, 866, 951, 960,
972, 1006, 1008, 1140, 1182, 1222,
1256, 1283, 1303, 1310, 1320, 1345,
1348, 1364, 1367, 1395, 1402, 1465,
1466, 1532, 1600, 1607, 1612, 1663,
1831, 1856, 1869, 2028, 2072, 2084,
2096, 2097, 2115, 2125, 2134, 2145,
2216, 2229, 2235, 2240, 2334, 2340,
2391, 2407, 2415, 2444, 2488, 2493,
2531, 2553, 2565, 2689, 2868, 2964,
3034

阜, 168, 485, 635, 698

阻, 318, 374, 419, 1057, 1103,
1490, 1611, 1638, 2016, 3148

阼, 3170

阽, 2330

阿, 1, 4, 18, 38, 219, 228, 273,
389, 400, 496, 501, 504, 508, 590, 602,
653, 674, 773, 775, 780, 786, 787, 896,
949, 1099, 1147, 1148, 1149, 1315,
1364, 1413, 1423, 1446, 1449, 1458,

掬, 1100

疜, 908

芐, 363, 1353

邮, 86, 2442

軏, 889

乘, 133, 237, 293, 744, 1844, 2491, 3049

亟, 762, 905, 909, 910, 1118, 1772, 2937, 2938

亭, 1516, 2091, 2092, 2441

亮, 380, 628, 666, 768, 977, 1172, 1250, 1251, 3138

侮, 14, 759, 852, 1388, 2270

侯, 465, 799, 809, 910, 1576, 2428, 2613, 2983

侳, 3170

侵, 46, 83, 104, 483, 650, 1055, 1154, 1464, 1535, 1614, 1619, 1948, 2460

侶, 383, 1144, 1208, 1256, 1332, 1899

侹, 2091, 2092

俀, 1457, 1458

便, 65, 66, 79, 87, 99, 102, 115, 120, 171, 253, 278, 287, 306, 322, 370, 376, 401, 422, 505, 510, 610, 620, 628, 638, 683, 684, 737, 755, 781, 802, 812, 870, 896, 1011, 1024, 1114, 1131, 1223, 1268, 1381, 1392, 1451, 1468, 1528, 1565, 1599, 1614, 1622, 1642, 1663, 1695, 1728, 1766, 1778, 1826, 1852, 1867, 1883, 1884, 1888, 1900, 1906, 1932, 1941, 1968, 2001, 2002,

2025, 2035, 2065, 2192, 2207, 2309, 2384, 2400, 2404, 2437, 2459, 2515, 2538, 2558, 2613, 2676, 2775, 2798, 2827, 2864, 2910, 2912, 2953, 2994, 3015, 3104, 3128

俁, 671, 2759

係, 50, 905, 942, 1479, 1773, 2305, 2306, 2308, 2538

促, 50, 322, 328, 371, 453, 480, 552, 1611, 1690, 2013, 2065, 2144, 2464, 2613, 3083, 3115, 3117

俄, 392, 501, 554, 2246, 2349, 2630, 2682

徐, 2441

俉, 429, 799

俊, 806, 895, 922, 1003, 1137, 1138, 1453, 2386, 2462

俍, 1245

俎, 1103

俓, 1065, 1073, 1074, 1085, 2428, 3084

俗, 53, 63, 67, 106, 373, 398, 440, 562, 626, 705, 790, 807, 952, 961, 971, 1082, 1303, 1325, 1332, 1438, 1701, 1716, 1767, 1806, 1878, 1887, 1896, 2111, 2214, 2248, 2603, 2773, 2777, 2784, 2902, 2906, 3017, 3132, 3147, 3154

俘, 627

俙, 2283, 2285, 2292

俚, 1216, 1217

俛, 739, 1378, 1379, 2508

保, 47, 50, 55, 130, 370, 400, 620,

653, 967, 1053, 1822, 2091, 2400, 2823, 2901

俞, 2753

俟, 799, 809, 1479, 1576, 1809, 1902, 2852, 3147

俠, 2309, 2384, 2897

信, 37, 46, 63, 106, 187, 252, 313, 373, 408, 563, 612, 623, 630, 728, 784, 808, 819, 824, 853, 935, 949, 1031, 1056, 1080, 1117, 1220, 1245, 1281, 1314, 1486, 1618, 1691, 1767, 1781, 1806, 1846, 1886, 1923, 1946, 1981, 1990, 2153, 2183, 2214, 2278, 2290, 2303, 2393, 2400, 2409, 2417, 2431, 2461, 2462, 2479, 2560, 2592, 2604, 2620, 2627, 2635, 2640, 2679, 2703, 2825, 2941, 2952, 2975, 2984, 2987, 3038, 3044, 3090, 3163

俁, 50, 1117, 2759

兗, 734, 2491

俞, 201, 523, 1307, 1970, 2032, 2700, 2746, 2748, 2782, 2784

胄, 185, 2218, 2871, 3057

冒, 206, 1353, 1354, 2218

冠, 289, 722, 723, 725, 729, 730, 1155, 1164, 1343, 2157, 2955

剃, 102, 128, 437, 1230, 1922, 1974, 2038, 2064, 2074, 2076, 2441

剄, 1071

剉, 1292

則, 37, 67, 107, 129, 137, 164, 173, 174, 187, 188, 189, 240, 292, 314, 373, 390, 392, 410, 477, 516, 519, 565,

589, 598, 605, 665, 716, 736, 739, 780, 808, 902, 905, 924, 931, 932, 983, 989, 990, 1050, 1070, 1113, 1117, 1119, 1142, 1155, 1230, 1231, 1367, 1400, 1406, 1440, 1454, 1473, 1512, 1517, 1563, 1572, 1602, 1686, 1711, 1735, 1776, 1844, 1872, 1918, 1947, 1969, 2000, 2032, 2154, 2201, 2225, 2238, 2291, 2348, 2411, 2462, 2530, 2602, 2611, 2663, 2691, 2717, 2726, 2779, 2810, 2864, 2874, 2921, 2928, 2962, 3015, 3055, 3071, 3083, 3134, 3146, 3151, 3165

剚, 336

削, 320, 547, 719, 1608, 1776, 2074, 2451, 2690, 2820, 2907, 3015

剋, 405, 671, 1069, 1147, 1154, 1155, 1378, 1512, 1608, 1612, 2438, 2516

剌, 319, 320, 1185, 1191, 1327, 1512, 2785

前, 71, 83, 101, 127, 135, 137, 140, 157, 165, 174, 185, 187, 214, 249, 271, 301, 308, 323, 381, 397, 417, 424, 437, 512, 560, 704, 772, 783, 807, 825, 961, 966, 968, 974, 990, 1030, 1034, 1080, 1116, 1188, 1231, 1249, 1256, 1337, 1368, 1466, 1471, 1480, 1512, 1581, 1584, 1599, 1605, 1626, 1655, 1669, 1681, 1702, 1753, 1780, 1787, 1795, 1823, 1840, 1856, 1870, 1913, 1936, 1965, 1987, 2014, 2028, 2097, 2135, 2141, 2195, 2247, 2259, 2302,

2318, 2334, 2341, 2365, 2377, 2407,
2441, 2477, 2588, 2631, 2647, 2652,
2668, 2674, 2710, 2727, 2738, 2747,
2752, 2761, 2782, 2818, 2852, 2869,
2916, 2956, 2971, 2984, 3035, 3124,
3138

劭, 292, 2411

勁, 460, 1054, 1074, 2376, 3098

勃, 63, 147, 149, 150, 620, 1357,
1359, 1479

勅, 257, 270, 319, 1007, 1095,
1143, 1203, 1269, 1611, 1616, 1661,
1925, 2273, 2377, 2442, 2905, 2938,
2953, 3033

勇, 190, 284, 551, 605, 772, 940,
1035, 1056, 1098, 1136, 1457, 2095,
2303, 2453, 2683, 2685, 2686, 2688

勉, 1155, 1346, 1376, 1378, 1379,
1617, 2118, 2137, 2139, 2194

匜, 1614, 2310

南, 51, 61, 124, 164, 435, 459,
512, 1003, 1034, 1248, 1380, 1450,
1457, 1458, 1460, 1462, 1600, 1784,
1787, 1795, 1898, 2282, 2474, 2652,
2759, 2841, 3034

單, 367

卽, 512, 738, 905, 936, 1033,
1911, 2761, 2868

厖, 1350

厘, 58, 1209, 1215

厚, 404, 769, 800, 806, 1478,
1719, 2441, 2693, 2706, 2793, 3153

叙, 201, 256, 988, 1027, 1095,

1105, 1892, 1930, 1932, 2385, 2441,
2442, 2443, 2753

叚, 481, 656, 706, 1546, 2311

叛, 41, 706, 1509, 1512, 2734

呰, 315, 853, 1014, 1926, 3126,
3127

咡, 547

咢, 504

咤, 200, 256, 1016, 1514, 2039,
2124, 2130, 2878, 2879

咥, 432, 1927, 2305, 2986, 3009,
3020

咨, 345, 2322, 3001, 3119, 3122,
3136

咩, 812, 1383, 2068

咪, 2217

咫, 165, 3004

咬, 2233, 2514, 2515

咭, 896

咮, 2217, 3059

咯, 671, 1303, 1337

咲, 844, 2054, 2377, 2379, 2846

咳, 755, 1143, 1264

咶, 834, 2083

咷, 1006, 2059, 2441, 2638

咸, 242, 660, 662, 762, 834, 874,
879, 971, 1014, 1368, 1387, 1589,
1841, 1844, 2046, 2165, 2248, 2321,
2778, 2918, 3048

咺, 341, 2444

咻, 2429

品, 671, 2134

咽, 269, 292, 502, 683, 1740,

2472, 2496, 2500, 2501, 2521, 2649

咿, 2558, 2562

哀, 4, 5, 58, 125, 206, 293, 509, 849, 1051, 1094, 1186, 1218, 1240, 1376, 1390, 1484, 1589, 1974, 2032, 2192, 2645, 2984, 3033, 3038

品, 71, 109, 127, 183, 218, 308, 417, 560, 604, 622, 680, 692, 746, 936, 947, 1026, 1034, 1066, 1163, 1282, 1287, 1313, 1365, 1380, 1396, 1404, 1531, 1593, 1707, 1763, 1775, 1831, 1902, 1929, 2028, 2169, 2195, 2214, 2313, 2349, 2531, 2553, 2631, 2767, 2782, 3000, 3021, 3035, 3043, 3047, 3050

哂, 1233, 2305, 2473

哃, 2496

哄, 2315

哆, 151, 255, 383, 416, 489, 492, 494, 495, 773, 891, 1161, 2036, 2124

哇, 2134

哈, 755, 763, 2293, 2486

哉, 172, 282, 399, 519, 594, 612, 716, 784, 811, 875, 879, 1000, 1031, 1068, 1191, 1387, 1782, 2249, 2529, 2536, 2604, 2757, 2847, 2848, 2849, 2921, 2962, 3023

咻, 2775

咇, 451

响, 2355

囿, 744, 1551, 2730, 2796

垂, 59, 90, 192, 238, 260, 293, 294, 494, 496, 657, 720, 993, 1343,

1468, 1592, 1619, 1786, 1847, 1868, 1932, 2184, 2205, 2256, 2288, 2447, 2516, 2688, 2775, 2808, 2849, 2939, 3046, 3049, 3153

型, 2413

垎, 790

坙, 298

垓, 655, 656, 2808

垍, 484, 834

垛, 494, 496, 2204

垠, 682, 1565, 2330, 2470, 2657

垢, 4, 16, 51, 416, 473, 486, 557, 571, 608, 697, 698, 699, 710, 769, 800, 820, 864, 867, 1020, 1078, 1094, 1144, 1262, 1295, 1475, 1671, 1762, 1829, 1886, 2026, 2040, 2083, 2115, 2257, 2339, 2470, 2543, 2760, 2970

垣, 432, 590, 795, 839, 840, 846, 1572, 2053, 2792, 2796, 2808

垤, 449

垧, 1135

垪, 1535

垳, 1564

城, 172, 183, 209, 227, 234, 236, 241, 306, 415, 461, 553, 620, 698, 742, 834, 871, 886, 1036, 1083, 1364, 1384, 1393, 1575, 1651, 1905, 2114, 2530, 2774, 2775, 2787, 2881, 3004, 3053

奎, 1050, 1178, 2625, 3096

奏, 326, 612, 1615, 1654, 1958, 3137, 3143

奂, 842, 844

契, 93, 124, 244, 628, 759, 862,

1082, 1247, 1584, 1588, 1590, 1614,
1678, 1924, 1994, 2430, 2460, 2538,
2668, 2846

奕, 791, 1495, 2613, 2615, 2847

妊, 1694

姚, 808, 1383, 2060, 2270, 2512,
2892

姜, 993, 1779

姝, 1362, 1383, 1955, 1956, 2167

姞, 906, 1020

姟, 655, 755, 914, 1381, 2138

姡, 473, 826

姣, 1003

姤, 471, 473, 698, 699, 702, 800,
1886

姥, 1200, 1434, 3096

姦, 327, 957

姧, 957

姨, 1886, 2566, 2568

姪, 339, 449, 2424, 2986

姬, 370, 1104, 1109, 2292

姮, 795

姵, 1515

姶, 504

姹, 197, 200, 2035, 2877, 2879,
2881

姻, 227, 546, 1524, 1533, 2654

姽, 331

姿, 502, 922, 1544, 1573, 2206,
3032, 3119, 3121, 3136

威, 184, 281, 358, 607, 609, 662,
733, 829, 874, 1031, 1038, 1387, 1475,
1562, 1571, 1709, 1827, 1844, 1924,

2134, 2164, 2166, 2197, 2322, 2489,
2557, 2572, 2684, 2958

孩, 517, 655, 702, 755, 2019,
2669

客, 675, 720, 759, 1156, 1373,
1424, 1680, 1700, 1731, 1830, 2776,
3138

宣, 121, 228, 288, 456, 682, 692,
733, 736, 795, 845, 856, 1051, 1059,
1082, 1136, 1160, 1163, 1408, 1571,
1659, 1781, 1892, 1990, 2230, 2276,
2444, 2445, 2454, 2479, 2495, 2567,
2643, 2658, 2928, 2984, 3138

室, 53, 383, 417, 429, 456, 561,
692, 739, 760, 937, 952, 1159, 1165,
1404, 1588, 1804, 1808, 1851, 1856,
1877, 1920, 2042, 2057, 2113, 2251,
2445, 2478, 2567, 2757, 2853, 2881,
3008, 3020, 3138

宥, 2730, 2731

宦, 692, 722, 842

封, 55, 332, 485, 599, 608, 719,
1245, 2122, 2988

専, 1618, 3103

尒, 1413, 1419

屋, 445, 592, 674, 1160, 1165,
1477, 1639, 1804, 1921, 2057, 2250,
3008, 3170

屍, 52, 266, 755, 848, 1112, 1684,
1761, 1798, 1819, 1833, 1849, 1853,
1855, 1888, 2001, 2059, 2575

屎, 229, 266, 608, 1489, 1535,
1855, 1888, 2074, 2638

佪, 832, 851, 1088

律, 42, 83, 146, 288, 369, 405,
559, 622, 625, 911, 985, 988, 1030,
1051, 1066, 1124, 1206, 1229, 1313,
1333, 1334, 1668, 1753, 1767, 1799,
1999, 2017, 2086, 2153, 2165, 2206,
2320, 2556, 2737, 2772, 2801, 3034,
3083

後, 17, 46, 65, 81, 104, 142, 271,
279, 316, 322, 323, 343, 362, 404, 413,
437, 454, 458, 475, 481, 525, 558, 566,
587, 630, 640, 647, 656, 711, 782, 799,
800, 801, 809, 841, 857, 880, 892, 958,
994, 1007, 1025, 1040, 1064, 1075,
1116, 1137, 1138, 1222, 1248, 1283,
1357, 1402, 1452, 1562, 1566, 1584,
1600, 1648, 1664, 1668, 1696, 1706,
1823, 1830, 1845, 1869, 1876, 1879,
1887, 1901, 1911, 1928, 1932, 1942,
1948, 1971, 2027, 2111, 2134, 2139,
2152, 2166, 2193, 2214, 2246, 2265,
2281, 2301, 2313, 2377, 2391, 2400,
2407, 2429, 2496, 2538, 2552, 2559,
2568, 2574, 2587, 2603, 2613, 2619,
2638, 2642, 2709, 2721, 2731, 2751,
2776, 2790, 2795, 2800, 2804, 2822,
2955, 3021, 3034, 3039, 3049

怒, 506, 509, 607, 785, 854, 906,
1162, 1355, 1370, 1445, 1463, 1496,
1497, 1688, 1924, 1968, 2289, 2291,
2461, 2777, 2807

思, 18, 60, 146, 233, 301, 303,
318, 381, 456, 506, 509, 610, 662, 740,

747, 792, 797, 843, 854, 856, 862, 924,
927, 979, 1035, 1152, 1162, 1249,
1251, 1336, 1337, 1457, 1486, 1523,
1562, 1588, 1610, 1670, 1689, 1825,
1995, 1996, 1999, 2008, 2055, 2082,
2169, 2218, 2286, 2298, 2335, 2355,
2393, 2408, 2430, 2438, 2609, 2620,
2626, 2647, 2678, 2712, 2750, 2807,
2958, 2975, 3012, 3019, 3038, 3103,
3113, 3132

怠, 360, 363, 365, 366, 473, 812,
905, 1125, 1348, 1484, 1657, 1996,
2042, 2121, 2161, 2286, 2388, 2390

怠, 616

急, 3, 279, 320, 328, 349, 503,
506, 678, 813, 862, 905, 909, 958,
1166, 1180, 1591, 1763, 1766, 1779,
1934, 2366, 2452, 2552, 2666, 2747,
2936, 3011, 3167

怨, 226, 263, 265, 301, 507, 794,
825, 843, 906, 948, 1126, 1162, 1282,
1359, 1379, 1496, 1498, 1670, 1678,
2002, 2135, 2138, 2789, 2790, 2803,
2806, 2810, 3152, 3164

怱, 320, 812, 905, 1765, 1766,
2271

恀, 494, 1920

恂, 2458

恃, 250, 334, 365, 407, 822, 994,
1120, 1871, 1905, 1919, 2063, 2949,
3017

恆, 2414

恇, 847, 1173

787, 822, 889, 916, 958, 993, 1007,
1028, 1032, 1057, 1063, 1077, 1109,
1120, 1259, 1269, 1311, 1332, 1334,
1381, 1393, 1413, 1450, 1451, 1462,
1484, 1495, 1518, 1520, 1530, 1583,
1607, 1633, 1642, 1805, 1811, 1843,
1852, 1857, 1867, 1879, 1904, 1919,
1935, 1941, 1948, 1954, 1962, 1970,
2010, 2016, 2020, 2061, 2065, 2105,
2120, 2127, 2144, 2165, 2192, 2245,
2256, 2400, 2404, 2451, 2471, 2475,
2506, 2537, 2586, 2661, 2667, 2681,
2707, 2735, 2865, 2882, 2892, 2897,
2909, 2953, 2970, 2984, 2988, 2989,
3002, 3005, 3014, 3015, 3020, 3046,
3059, 3061, 3080, 3082, 3083, 3104,
3115, 3128, 3159

挂, 719, 720, 2987, 3096

挃, 2250, 2513, 3018, 3096

挑, 734

挆, 494

指, 36, 124, 233, 253, 314, 335,
336, 432, 812, 819, 886, 1021, 1022,
1023, 1100, 1109, 1122, 1139, 1145,
1281, 1380, 1400, 1440, 1506, 1528,
1625, 1628, 1759, 1894, 1935, 1995,
2020, 2121, 2202, 2205, 2348, 2374,
2384, 2464, 2513, 2602, 2623, 2668,
2704, 2745, 2803, 2894, 2901, 2903,
2910, 2983, 3000, 3001, 3002, 3010,
3072, 3165

按, 13, 14, 17, 18, 555, 943, 971,
1015, 1120, 1505, 2827

挊, 102, 1495

挋, 2932

挌, 672, 1200

挍, 28, 192, 972, 999, 1003, 1004,
1005, 1006, 1008, 1367, 1885, 1932,
1948, 2238, 2378, 2463, 2489

挎, 1171

挑, 220, 221, 446, 1506, 1513,
2060, 2085, 2087, 2513, 3032

挒, 1258

挓, 879, 2878, 2911

挕, 1128

挟, 2309, 2378, 2384

攱, 1561

政, 30, 657, 689, 716, 1010, 1083,
1565, 1718, 2939, 2942, 2946, 3019

敂, 2441

敁, 1390

故, 1, 11, 13, 19, 37, 41, 55, 65,
70, 81, 100, 104, 126, 156, 164, 166,
206, 212, 232, 235, 236, 246, 266, 270,
283, 301, 307, 316, 323, 347, 371, 380,
396, 404, 416, 421, 423, 431, 454, 460,
481, 482, 486, 487, 511, 550, 557, 581,
583, 591, 593, 596, 603, 621, 640, 656,
660, 679, 685, 688, 693, 703, 707, 708,
709, 717, 738, 745, 751, 755, 759, 769,
776, 782, 784, 806, 814, 817, 822, 828,
835, 869, 871, 892, 897, 905, 917, 929,
937, 1000, 1007, 1012, 1017, 1025,
1032, 1040, 1082, 1084, 1095, 1098,
1105, 1110, 1135, 1145, 1150, 1158,
1162, 1166, 1171, 1175, 1217, 1222,

1227, 1307, 1311, 1357, 1359, 1364,
1381, 1395, 1452, 1470, 1535, 1545,
1583, 1600, 1605, 1623, 1643, 1648,
1668, 1705, 1717, 1730, 1760, 1767,
1778, 1786, 1803, 1809, 1830, 1845,
1850, 1855, 1868, 1879, 1885, 1901,
1910, 1924, 1928, 1932, 1948, 1959,
1968, 1971, 1984, 2015, 2026, 2062,
2066, 2106, 2166, 2193, 2209, 2214,
2228, 2233, 2238, 2239, 2246, 2257,
2295, 2317, 2339, 2355, 2391, 2400,
2406, 2412, 2414, 2424, 2435, 2438,
2447, 2476, 2509, 2522, 2531, 2557,
2559, 2569, 2574, 2587, 2603, 2608,
2613, 2630, 2645, 2651, 2667, 2682,
2689, 2697, 2702, 2706, 2736, 2756,
2760, 2766, 2776, 2785, 2800, 2828,
2851, 2865, 2904, 2914, 2939, 2946,
2955, 2964, 2968, 2970, 2988, 3002,
3018, 3021, 3033, 3047, 3049, 3062,
3105, 3109, 3123, 3128, 3140, 3160

斫, 484, 631, 1039, 1547, 2018,
2032, 2285, 2411, 2486, 2663, 2889,
2910, 3061, 3117, 3118

施, 50, 52, 54, 158, 247, 257, 298,
320, 351, 362, 417, 455, 476, 497, 550,
561, 584, 593, 611, 616, 630, 678, 690,
713, 825, 829, 858, 941, 1009, 1062,
1095, 1130, 1230, 1244, 1284, 1370,
1411, 1514, 1515, 1607, 1635, 1664,
1676, 1719, 1733, 1739, 1760, 1763,
1780, 1790, 1802, 1804, 1806, 1809,
1849, 1852, 1866, 1896, 1902, 1914,

1923, 1924, 1933, 1988, 2011, 2014,
2015, 2029, 2037, 2047, 2095, 2103,
2123, 2128, 2130, 2138, 2196, 2247,
2259, 2274, 2334, 2365, 2377, 2408,
2424, 2430, 2438, 2448, 2509, 2567,
2571, 2589, 2663, 2689, 2704, 2739,
2762, 2807, 2824, 2878, 2883, 2885,
2990, 3022, 3044, 3065, 3141, 3147,
3162

斿, 2701, 2885

殄, 496

既, 70, 82, 87, 104, 190, 266, 316,
323, 437, 481, 656, 658, 679, 685, 711,
726, 738, 782, 794, 806, 898, 917, 918,
927, 928, 932, 976, 1041, 1075, 1096,
1142, 1157, 1175, 1360, 1376, 1470,
1584, 1588, 1609, 1731, 1763, 1787,
1828, 1911, 1924, 1959, 1962, 1984,
2002, 2027, 2079, 2125, 2141, 2166,
2193, 2258, 2318, 2331, 2574, 2776,
2955, 3047, 3049

昝, 2856

昞, 133, 2207, 2327

星, 292, 692, 740, 845, 846, 982,
1072, 1216, 1438, 1501, 1554, 1697,
1834, 1844, 1916, 2251, 2347, 2402,
2802, 3048

映, 10, 221, 1003, 1363, 1406,
1413, 1431, 1846, 1888, 2054, 2329,
2503, 2669, 2673, 2675, 2676, 2679,
2869, 2906

咄, 600, 1515

昣, 2931

查, 196, 2109

柾, 1094

柿, 1906

栂, 1359, 1435

岠, 1117

殂, 328, 340, 371, 1103, 2142, 2840, 3148

殃, 879, 910, 2426, 2502, 2503, 2504, 2675, 2847

殄, 199, 274, 363, 442, 2085, 2399, 2840, 2925, 2997, 3040

殆, 287, 363, 365, 556, 678, 879, 1801, 1886

段, 1, 126, 219, 481, 482, 639, 656, 709, 803, 821, 853, 1401, 1428, 1512, 1578, 1786, 1932, 1970, 1980, 1983, 2050, 2087, 2106, 2119, 2125, 2213, 2310, 2338, 2569, 2586, 2664, 2937, 2968, 3144

毒, 65, 273, 278, 467, 505, 758, 853, 1032, 1161, 1165, 1341, 1360, 1437, 1500, 1561, 1592, 1772, 1974, 2104, 2693, 2795, 2870, 2954, 3046

毗, 76, 97, 1337, 1522

毘, 58, 73, 76, 77, 89, 91, 97, 308, 433, 600, 601, 655, 787, 1181, 1337, 1374, 1474, 1513, 1515, 1520, 1521, 1522, 1524, 1530, 1541, 1577, 2066, 2168, 2204, 2205, 2523, 3031, 3054

泉, 247, 667, 788, 1489, 1656, 1978, 2046, 2301, 2790, 2862, 3050

浪, 1197

洄, 851, 866

洇, 1728

洊, 334

洋, 1081, 1666, 1825, 2142, 2294, 2353, 2355, 2375, 2504, 2505, 2506, 2507

洌, 1258

洎, 928, 1204, 1537, 1656, 3129

洫, 1379

狱, 630, 640

洒, 1387, 1737, 1738, 1769, 1772, 1774, 2299, 3153

洗, 290, 431, 734, 842, 847, 941, 1001, 1080, 1093, 1284, 1462, 1477, 1718, 1737, 1828, 1844, 1970, 1990, 2142, 2299, 2319, 2326, 2376, 2614, 2679, 2773, 2778, 2862, 3057, 3119

洙, 1429, 3059

洛, 676, 678, 759, 1303, 1324, 1325, 1326, 1407, 1594, 1733, 1801, 1825, 2218, 2773, 2824

洞, 445, 447, 459, 460, 788, 851, 991, 1069, 1089, 1728, 2096, 2101, 2323

洟, 2065, 2074, 2075

洢, 2556, 2562

津, 288, 787, 866, 968, 1051, 1334, 1551, 1827, 2011, 2424

洧, 2206

洩, 2387, 2538

洪, 557, 690, 693, 763, 797, 798, 799, 1828, 2790, 2797

洫, 2227, 2442

洮, 599, 1842, 2059, 2061, 2085, 2087

洲, 168, 459, 1006, 1687, 2758, 3053, 3055

洴, 1534, 1535, 2790

洵, 763, 2427

洸, 734

洹, 558, 761, 795, 838, 839, 993, 1489, 1696, 1827, 2019, 2066, 2128, 2798, 2811

洺, 1325, 1407, 2903, 3016

活, 39, 182, 480, 558, 701, 703, 867, 941, 1100, 1324, 1410, 1808, 2566, 2683, 2701, 2773, 2851, 3016

洼, 2133

洽, 67, 249, 582, 672, 678, 761, 780, 1207, 1280, 1594, 1655, 2042, 2309, 3016

派, 702, 1284, 1341, 1506

洐, 149, 506, 2250

流, 57, 142, 183, 247, 285, 460, 480, 559, 582, 586, 606, 611, 613, 627, 656, 702, 732, 787, 796, 814, 844, 848, 928, 1062, 1066, 1079, 1084, 1162, 1239, 1251, 1282, 1284, 1285, 1286, 1290, 1294, 1295, 1302, 1305, 1307, 1344, 1358, 1386, 1485, 1506, 1534, 1579, 1590, 1648, 1671, 1738, 1798, 1823, 1828, 1958, 1959, 1978, 1986, 2103, 2130, 2153, 2376, 2388, 2415, 2424, 2473, 2495, 2559, 2684, 2752, 2773, 2784, 2793, 2801, 2807, 2889, 3034, 3094, 3098, 3120, 3137

净, 213, 405, 439, 864, 937, 1073, 1085, 1246, 1316, 1620, 1671, 1767, 1779

浅, 316

炟, 367, 2449

炤, 2904, 2907

炫, 2450

炬, 186, 421, 823, 881, 1104, 1107, 1114, 2399, 2428, 2472, 3074, 3104

炭, 201, 476, 848, 870, 1614, 2053, 2793, 2846, 3015

炮, 463, 1514, 2788, 2879

炯, 459, 1089, 2101, 2818, 3053, 3116

炳, 133, 1983, 2375, 2497

炶, 2087

炷, 2420, 3097

為, 14, 514, 757, 852, 1709, 2168, 2260, 2958, 3017, 3167

炰, 1514

爰, 10, 716, 1660, 1917, 1947, 2287, 2291, 2511, 2792, 2793

爼, 328, 481, 1104, 3143, 3148

牉, 1512, 1513

牰, 1604

牯, 706

牲, 1832, 1840, 2273, 2416, 2421

牴, 432, 433, 434, 1173

狠, 793, 794, 1196, 1354

狡, 1003, 2310, 2378, 3020

狥, 2461

狩, 262, 1947, 1954

狹, 1003, 1295, 1777, 2164, 2291, 2309, 2310, 3044

玲, 1263, 1267

玷, 443, 444, 2059, 2882

玻, 145, 1547

珣, 696

珀, 1544, 1547

瓬, 2352

珂, 3, 774, 787, 840, 1147, 1148, 1577, 1594

珈, 654, 950

珉, 737, 1389

珊, 1776

珍, 54, 130, 173, 825, 1659, 1727, 1854, 1956, 2085, 2158, 2274, 2611, 2925, 2928, 3052, 3060, 3121

瓮, 1516, 1535, 2244

甕, 485, 1516, 1535, 2244, 2245, 2352, 2427

甚, 16, 293, 351, 455, 491, 659, 672, 900, 948, 954, 978, 1013, 1112, 1143, 1170, 1280, 1355, 1361, 1434, 1562, 1569, 1656, 1694, 1718, 1825, 1826, 1829, 1844, 1847, 1873, 1877, 1914, 1943, 1953, 2045, 2212, 2267, 2283, 2290, 2326, 2350, 2616, 2890, 2928, 2974, 3051, 3086

甌, 1436

畋, 2082, 2083, 2084, 2158

界, 12, 58, 90, 100, 108, 187, 202, 237, 239, 241, 249, 279, 349, 380, 396, 416, 452, 506, 512, 521, 558, 587, 603, 608, 621, 664, 675, 699, 711, 732, 739,

743, 746, 757, 758, 760, 772, 806, 899, 937, 939, 951, 960, 999, 1008, 1012, 1016, 1020, 1025, 1029, 1032, 1036, 1078, 1084, 1105, 1187, 1205, 1257, 1337, 1346, 1407, 1436, 1457, 1465, 1532, 1584, 1590, 1600, 1607, 1656, 1763, 1770, 1818, 1879, 1895, 1912, 1971, 1997, 2027, 2072, 2079, 2082, 2115, 2218, 2258, 2328, 2340, 2407, 2415, 2476, 2493, 2543, 2619, 2630, 2646, 2651, 2683, 2689, 2709, 2722, 2737, 2776, 2838, 2903, 2914, 2955, 3021, 3034, 3042, 3043, 3047, 3050, 3153

畎, 2083

畏, 4, 9, 31, 84, 97, 166, 207, 381, 407, 515, 714, 740, 747, 1035, 1113, 1162, 1179, 1219, 1251, 1547, 1775, 1974, 1997, 2089, 2166, 2197, 2217, 2223, 2227, 2356, 2620, 2690, 2693, 2713, 2750, 2853, 2889, 2975, 3038, 3051, 3152

畐, 73

畂, 1436

疣, 915, 2696, 2701, 2731

疥, 139, 1032, 1035, 2931

疫, 139, 467, 477, 908, 1236, 1499, 1953, 2606, 2613, 2615

癸, 740

癹, 29, 549

皆, 13, 35, 62, 63, 67, 76, 87, 108, 121, 135, 136, 156, 213, 226, 267, 307, 380, 405, 416, 424, 462, 466, 490, 512,

558, 597, 644, 656, 668, 675, 693, 711,
738, 865, 873, 892, 899, 907, 947, 954,
976, 1011, 1016, 1025, 1029, 1041,
1058, 1116, 1140, 1143, 1187, 1222,
1271, 1344, 1395, 1429, 1453, 1470,
1552, 1588, 1590, 1620, 1634, 1706,
1731, 1753, 1818, 1829, 1830, 1869,
1885, 1902, 1912, 1935, 2027, 2097,
2169, 2214, 2234, 2240, 2258, 2283,
2289, 2297, 2318, 2320, 2322, 2349,
2385, 2386, 2429, 2460, 2476, 2559,
2574, 2588, 2640, 2651, 2677, 2702,
2709, 2758, 2818, 2868, 2914, 2955,
2971, 3021, 3063, 3121, 3126, 3127,
3140, 3156

皇, 435, 612, 667, 845, 846, 1071,
1158, 1656, 1847, 2013, 2045, 2144,
2402

瓴, 736

欨, 2397

盃, 57, 1516, 2137

盆, 467, 607, 658, 1178, 1516,
1535, 1593, 2005, 2244, 2245, 2565,
2616, 2670, 2734

盈, 146, 752, 1059, 1806, 2413,
2570, 2635, 2658, 2672, 2679, 2840,
2926

相, 30, 36, 56, 66, 72, 110, 122,
152, 162, 184, 188, 214, 216, 252, 265,
272, 277, 281, 288, 292, 299, 300, 327,
358, 373, 382, 408, 414, 426, 440, 460,
473, 481, 487, 488, 563, 589, 607, 637,
645, 664, 680, 695, 699, 714, 728, 747,

770, 785, 815, 905, 909, 964, 982, 995,
1009, 1027, 1031, 1035, 1049, 1088,
1091, 1098, 1100, 1117, 1129, 1133,
1135, 1148, 1164, 1190, 1206, 1218,
1220, 1230, 1249, 1251, 1260, 1266,
1302, 1314, 1355, 1360, 1366, 1398,
1405, 1411, 1438, 1472, 1561, 1571,
1586, 1608, 1612, 1631, 1635, 1710,
1727, 1758, 1764, 1767, 1792, 1798,
1806, 1813, 1820, 1834, 1841, 1844,
1846, 1872, 1881, 1916, 1923, 1974,
1976, 1979, 1990, 1997, 2030, 2073,
2098, 2107, 2153, 2199, 2214, 2217,
2223, 2237, 2243, 2248, 2261, 2274,
2286, 2307, 2335, 2337, 2341, 2351,
2356, 2367, 2370, 2376, 2393, 2401,
2403, 2409, 2412, 2417, 2431, 2434,
2439, 2441, 2472, 2473, 2479, 2494,
2592, 2603, 2609, 2632, 2640, 2649,
2668, 2675, 2679, 2683, 2690, 2703,
2714, 2727, 2740, 2758, 2797, 2807,
2809, 2853, 2869, 2872, 2901, 2918,
2923, 2975, 2989, 2997, 3003, 3017,
3022, 3037, 3044, 3048, 3069, 3080,
3090, 3099, 3106, 3108, 3132, 3138,
3141, 3148, 3152, 3154

眆, 1378, 1872, 2305

盼, 1378, 1923, 2285, 2305

盾, 487, 488, 1360, 2459

省, 487, 915, 974, 1144, 1257,
1665, 1799, 1841, 1842, 1937, 2020,
2403, 2413, 2711, 2917, 2974

眠, 1919

眪, 471, 1377, 1382, 1923, 2305, 3083

販, 40, 3142

眇, 1381, 1382, 1522, 1768

眉, 100, 296, 433, 696, 957, 1360, 1363, 1438, 1535

眊, 520, 1353

看, 199, 207, 278, 295, 471, 487, 657, 726, 941, 977, 1100, 1105, 1144, 1576, 1579, 1842, 1923, 2349, 2365, 2407, 2512, 2709, 2914, 2925, 3047, 3081, 3098, 3102

矜, 259, 1051, 1052, 1062, 1238, 1312, 2276, 2737

矦, 799

矧, 809

砂, 996, 1769, 1771, 1773, 1775

砑, 1157

砌, 298, 1590

砍, 3117

砑, 2472

研, 332, 655, 938, 1421, 1478, 1546, 2018, 2284, 2479, 2485, 2486, 3117

砠, 2272

祄, 2387

祆, 627, 2511

祇, 429, 432, 433, 434, 554, 655, 918, 939, 950, 1343, 1503, 1564, 1565, 1574, 1575, 1576, 1577, 1582, 1922, 2247, 2392, 2604, 2915, 2981, 2982, 2983, 3000, 3002

祈, 271, 483, 1256, 1562, 1564,

1569, 1574, 1575, 1576, 1634, 1812, 1827, 2017, 2028, 2072, 2284, 2397, 2398, 2407, 2462, 2909, 3170

祉, 245, 3002

禹, 1266, 1489, 2759

禺, 2746, 2748

秋, 263, 295, 430, 1229, 1260, 1632, 2430, 2819

种, 3046

耗, 771

科, 244, 463, 482, 604, 746, 751, 1041, 1148, 1149, 1228, 1254, 1512, 1551, 1929, 3043

秒, 219

秔, 1061, 1063

秕, 86, 3002

祇, 905, 1575, 1582, 1888, 2376, 2981, 2983, 3000

窀, 285, 1071, 2413

穿, 285, 290, 1198, 1491, 1631, 2515

突, 9, 30, 281, 330, 1825, 2074, 2108, 2112

窂, 285, 708, 1198, 3134

竑, 798

竽, 2746

竿, 430, 660, 662, 664, 1061, 1603, 2746, 2772

笆, 1350

籹, 3108

籴, 182

紀, 31, 487, 581, 772, 828, 918, 931, 932, 1020, 1089, 1094, 1130,

2682, 2689, 2711, 2723, 2727, 2738,
2762, 2777, 2809, 2812, 2818, 2831,
2847, 2852, 2908, 2916, 2957, 3007,
3016, 3035, 3053, 3065, 3098, 3115,
3124, 3131, 3162, 3167

苦, 55, 60, 100, 139, 140, 166,
199, 244, 263, 277, 290, 308, 327, 397,
424, 462, 472, 504, 506, 550, 552, 559,
571, 597, 657, 666, 668, 675, 694, 697,
699, 702, 704, 712, 721, 726, 746, 759,
843, 874, 879, 896, 911, 960, 977,
1094, 1147, 1159, 1165, 1182, 1188,
1198, 1199, 1215, 1224, 1295, 1395,
1463, 1549, 1552, 1558, 1590, 1592,
1658, 1678, 1681, 1696, 1731, 1753,
1776, 1779, 1802, 1831, 1895, 1942,
1974, 2001, 2028, 2037, 2079, 2104,
2118, 2218, 2253, 2258, 2265, 2283,
2291, 2297, 2302, 2340, 2407, 2430,
2477, 2531, 2543, 2631, 2693, 2710,
2727, 2824, 2852, 2862, 2900, 2915,
2956, 2971, 3006, 3016, 3034, 3075,
3098, 3140, 3152, 3161

苧, 1492, 3101

芮, 133, 742, 1248

苦, 1169, 1194, 1326, 1776, 1798,
2886, 2889, 3017

英, 240, 634, 1430, 1535, 1798,
2055, 2428, 2669, 2670, 2675, 3133

茶, 472, 1257

苫, 658, 659

苹, 1534

苻, 248, 625, 628, 787

苴, 718, 2903

苡, 86, 89, 94, 276, 590, 853,
1524, 2396, 2546

茂, 183, 460, 554, 555, 826, 1353,
1355, 1373, 1607, 1843, 2631

范, 49, 583, 1350, 1475, 2164

茄, 128, 953, 1164, 1715

茅, 48, 186, 435, 437, 590, 592,
1352, 1380, 2157, 2465, 2467, 3082

茆, 1352, 2467

茇, 29, 2848

莖, 2540

虐, 759, 817, 1499, 1603, 1829,
2056, 2436

虯, 254, 848, 1827, 2529

虹, 287, 691, 798, 1874

虷, 767, 848, 853, 1803, 2795

虻, 260, 1350, 1367

衍, 47, 313, 564, 1017, 1598,
1740, 1848, 1968, 2410, 2450, 2491,
2495

衦, 277, 660, 2072

衫, 130, 177, 1776, 1995

要, 14, 18, 53, 72, 88, 121, 134,
282, 399, 442, 504, 506, 564, 686, 695,
1035, 1108, 1142, 1370, 1561, 1571,
1689, 1872, 1878, 2002, 2161, 2164,
2183, 2282, 2299, 2437, 2503, 2512,
2515, 2539, 2541, 2632, 2643, 2679,
2919

觔, 482, 1003, 1039, 1052

訂, 458

訃, 635, 637, 817, 926

訇, 797

計, 213, 307, 323, 371, 404, 435, 439, 458, 486, 558, 601, 608, 635, 637, 817, 886, 887, 926, 932, 940, 942, 976, 1020, 1025, 1271, 1459, 1643, 1855, 1859, 1923, 1971, 1984, 2014, 2061, 2270, 2306, 2308, 2400, 2476, 2849, 2858, 2880, 2926, 2930, 2968, 3004, 3063

貞, 2925, 2928, 2930, 2985, 3117, 3134

負, 606, 633, 636, 640, 696, 787, 1003, 1012, 1096, 1530, 1565, 1865, 1936, 1980, 2047, 2094, 2202, 2387, 2566, 2795, 2797, 2925, 2927, 2984

赴, 230, 345, 624, 635, 637, 650, 717, 926, 1583, 1640, 1651, 2152, 2364, 2671, 2822, 3143

軌, 293, 316, 416, 442, 504, 557, 586, 739, 883, 932, 1064, 1096, 1157, 1224, 1309, 1412, 1651, 2460, 2552, 2572, 2911, 2988, 3103, 3105

軍, 67, 90, 223, 349, 367, 646, 692, 723, 732, 1105, 1135, 1136, 1137, 1634, 2005, 2048, 2110, 2444, 2827, 2840, 2900

迢, 221, 448, 2085, 2086

迤, 2566

迵, 851, 1088, 2364

迦, 142, 190, 430, 471, 501, 502, 621, 653, 670, 674, 751, 782, 791, 943, 949, 951, 953, 1024, 1053, 1116, 1148, 1316, 1445, 1638, 1706, 1775, 1855,

2458, 2522, 2531, 2661, 2671, 2704, 2730, 2747, 2877, 2908, 3043, 3153

迪, 430

迨, 363

迱, 520

迪, 430

迫, 32, 35, 73, 397, 751, 813, 851, 1053, 1056, 1088, 1282, 1505, 1506, 1544, 1606, 2864, 3110

迮, 1173, 3094

迭, 438, 448, 682, 820, 1371, 1479, 2014, 2613, 2621, 2748, 2862, 3105

迮, 1524, 1544, 2864, 2871, 2873, 2880, 2881

逊, 2059, 2474

述, 262, 268, 333, 342, 361, 618, 713, 911, 927, 928, 933, 950, 1059, 1256, 1371, 1524, 1635, 1691, 1815, 1961, 1967, 1968, 1989, 2196, 2260, 2290, 2386, 2408, 2441, 2442, 2642, 2705, 2731, 2804, 2831, 2958, 3073, 3104, 3162

邽, 736

郁, 463, 1439, 1622, 2772, 2775

郄, 1613, 2285, 2307

郅, 3014

郊, 45, 999, 1000, 2377

郍, 1446, 1776

郎, 167, 442, 885, 899, 1137, 1196, 1197, 1446, 1487, 2380, 2522, 2530

酋, 1636, 1936

1864, 1866, 1870, 1874, 1877, 1880, 1914, 1921, 1943, 2007, 2011, 2012, 2047, 2217, 2247, 2286, 2393, 2478, 2496, 2509, 2539, 2557, 2568, 2616, 2626, 2659, 2663, 2665, 2711, 2752, 2777, 2824, 2845, 2869, 2881, 2917, 2957, 2990, 3047, 3065, 3087, 3118

首, 32, 71, 190, 227, 271, 398, 414, 519, 697, 705, 718, 810, 821, 858, 957, 1144, 1380, 1528, 1552, 1601, 1636, 1700, 1761, 1790, 1851, 1887, 1934, 1935, 1936, 2107, 2196, 2284, 2403, 2478, 2496, 2647, 2697, 2712, 2842, 2869, 2891, 2904, 2917, 3001, 3054, 3099, 3132, 3154

香, 36, 72, 74, 94, 162, 196, 239, 293, 426, 466, 569, 570, 623, 655, 667, 825, 826, 1014, 1084, 1172, 1361, 1398, 1428, 1437, 1535, 1622, 1685, 1802, 1828, 1841, 1878, 1925, 1937, 1958, 1979, 2073, 2206, 2213, 2349, 2399, 2455, 2457, 2514, 2627, 2652, 2690, 2813, 2839, 2918, 3009, 3022, 3048

十畫

傷, 1785, 2614, 2615

候, 1232, 2073

俁, 2759

哩, 339, 3073

喊, 1016, 2387

唏, 435, 2065, 2074, 2075

啐, 1384

埕, 2053

堖, 1360

娍, 637, 1762

㛋, 1378

峆, 763

嵞, 1577

弲, 91

捥, 1955, 1958

餃, 445, 1561

酙, 463, 815

胶, 1003

牰, 2472

粃, 1577

斱, 1206, 1255

㷋, 2928

菳, 2937

荮, 771

紮, 2540

乘, 18, 51, 100, 126, 133, 154, 183, 215, 223, 234, 237, 241, 286, 293, 393, 411, 422, 556, 679, 720, 744, 776, 908, 910, 951, 956, 975, 1006, 1032, 1063, 1178, 1187, 1248, 1264, 1311, 1580, 1592, 1611, 1679, 1761, 1811, 1842, 1844, 1879, 1891, 1901, 1959, 2004, 2202, 2219, 2245, 2256, 2390, 2404, 2414, 2451, 2491, 2540, 2542, 2558, 2586, 2607, 2618, 2630, 2645, 2676, 2688, 2823, 2840, 2848, 2891, 2912, 2988, 3020, 3042, 3046, 3049, 3137, 3170

亳, 148, 768, 1597

修, 67, 85, 242, 275, 325, 358,

倩, 1036, 1263, 1624, 1627, 2882

倪, 517, 1477, 2638

倫, 67, 971, 1307, 1308, 1309, 1312, 2105, 2754

倭, 785, 1493, 2206, 2245

倮, 1323

倰, 1263

傅, 3136

俱, 104, 136, 137, 274, 340, 371, 405, 424, 462, 490, 559, 644, 679, 690, 693, 698, 857, 930, 936, 977, 1012, 1099, 1100, 1102, 1104, 1107, 1110, 1114, 1116, 1122, 1151, 1166, 1268, 1402, 1463, 1610, 1637, 1728, 1767, 1869, 1885, 1899, 1929, 1980, 2097, 2144, 2214, 2220, 2340, 2400, 2407, 2430, 2438, 2493, 2552, 2695, 2737, 2930, 2987, 3000, 3050, 3085, 3140, 3148

倏, 1450

俭, 968

偖, 1637, 3061

兼, 46, 55, 108, 135, 136, 327, 512, 785, 892, 940, 957, 1025, 1143, 1240, 1527, 1668, 1676, 1779, 1969, 2095, 2258, 2324, 2616, 2625, 2672, 2747, 2790, 2858, 2955, 3140

冢, 951, 1367, 3042

冢, 952, 3041, 3042

冤, 2789, 2807

冥, 16, 246, 285, 719, 1133, 1172, 1371, 1396, 1403, 1407, 1408, 1409, 1444, 1568, 1873, 1877, 2084, 2195,

2444, 2515, 2566, 2730, 2747, 2749, 2927, 3030, 3118

冠, 1164

准, 140, 282, 1056, 1125, 1220, 1321, 1407, 1461, 1536, 1714, 1977, 1982, 2121, 2183, 2191, 2561, 2704, 2749, 2818, 2963, 2980, 2989, 3030, 3113, 3115

凉, 1079, 1246, 1247, 1590, 1615, 2798

清, 1621, 1629

凋, 183, 445, 447, 2882

凌, 854, 1261, 1263, 1264, 1265, 1267, 1388, 1621

凍, 228, 460, 1243

剒, 336

剔, 128, 224, 1925, 1974, 2064, 2065, 2074

荆, 1061

剖, 127, 167, 320, 637, 671, 884, 1488, 1548, 2214, 2727, 2892

剗, 204, 205, 420, 1777, 2606

剚, 3136

剛, 167, 277, 327, 385, 664, 665, 666, 825, 897, 1050, 1150, 1309, 1401, 1446, 1770, 1776, 2102, 2157, 2338, 2660, 2865

剜, 1155, 2135, 2138, 2861

剞, 884, 918

剝, 1623

剡, 284, 1777, 2488

剣, 386

剥, 145, 150, 1227, 1255, 1304,

1521, 1797

勘, 1125

勛, 1070, 1096, 1623

勐, 1370

勑, 1898

匭, 596, 600, 871

卿, 167, 189, 687, 899, 1619, 1629, 1718, 1969, 2350, 2351, 2508, 2783

厝, 336, 1100, 1234, 1383, 2888

原, 36, 163, 453, 682, 801, 1246, 1711, 2201, 2263, 2792, 2793, 2798, 2805, 2808, 2891

叟, 685, 799, 2428

員, 444, 637, 840, 2387, 2795, 2797, 2926, 2928

哢, 1292, 1495, 2065

哤, 1980

哥, 671, 775, 1054

哦, 501, 502, 1503, 2247

哨, 1801, 2373

哩, 339, 340, 793, 1208, 1209, 1215, 1216, 1217, 1219, 1228, 1233, 1235, 1316, 1327, 1432, 1489, 1920, 2305, 2537

哪, 1446, 1462

哫, 3147

啊, 788

哭, 668, 772, 843, 1164, 1171, 1589, 2059, 2377, 2378

哮, 772, 817, 2378

哯, 2330

哼, 2378

哲, 1355, 1848, 1926, 2292, 2325, 2362, 2871, 2910

哳, 2878, 2910

哹, 627, 811

哺, 153, 169, 601, 631, 1549, 2388

哽, 683, 2496

唍, 1982

哿, 674

唄, 61, 68, 1109, 2015

哈, 231, 329, 760, 763, 796, 1207

唆, 1138

唇, 295, 296, 2427, 2492

唈, 2615

唎, 788, 1060, 1185, 1208, 1209, 1210, 1228, 1238, 1296, 1327, 1770

唏, 2285, 2428

唐, 313, 381, 584, 683, 735, 766, 845, 1082, 1145, 1247, 1421, 2056, 2057, 2058, 2111, 2254, 2436, 2478, 2678, 2680, 2683

唑, 3168

唓, 2444

唖, 503, 1848, 2471

啓, 1587

唊, 1089

圁, 866, 2097

圂, 1260, 1551

圄, 708

垸, 2136, 2139, 2808

垂, 2682

埃, 4, 698, 1198, 2114

埈, 4

埋, 1172, 1217, 1341, 2473

塒, 994, 1257

聖, 1847

夏, 36, 743, 799, 826, 1249, 1633, 1774, 1976, 2081, 2314, 2315, 2539, 2693, 2759, 2839

套, 1178

奘, 2860, 3108, 3109

奚, 121, 1125, 2287, 2473, 2603

娉, 1533

娑, 14, 144, 146, 759, 785, 879, 1321, 1520, 1541, 1718, 1737, 1738, 1739, 1757, 1769, 1771, 1773, 2000, 2002, 2021, 2067, 2290, 3117, 3119, 3156

娘, 1487, 1673

娙, 2413, 2659

娜, 3, 501, 569, 1446, 1449, 1457, 1462, 1499, 2041, 2130, 2523, 3032

娟, 206

娠, 925, 1694, 1819, 1822

娣, 434

娥, 501

娧, 2122, 2821

娩, 1378

娛, 760, 838, 922, 1421, 1504, 2294, 2303, 2747, 2781

孫, 333, 702, 755, 942, 1282, 1956, 2019, 2020, 2462, 2712, 2801, 3124

宬, 237, 1843

宮, 13, 51, 176, 227, 279, 454, 587, 613, 691, 704, 722, 735, 759,

1158, 1162, 1165, 1268, 1332, 1407, 1920, 2026, 2057, 2079, 2193, 2246, 2435, 2444, 2476, 2673, 2807, 2881, 3073, 3138

宰, 36, 723, 764, 937, 1773, 2112, 2848, 2894

害, 300, 380, 467, 505, 518, 581, 668, 671, 692, 708, 722, 759, 834, 842, 869, 896, 940, 951, 1156, 1158, 1162, 1165, 1166, 1265, 1373, 1410, 1463, 1499, 1700, 1703, 1704, 1705, 1730, 1772, 1778, 1803, 1828, 1845, 1876, 1975, 2020, 2273, 2364, 2476, 2651, 2683, 2846, 2881, 3016, 3034, 3054, 3063, 3094, 3122

宴, 14, 330, 1921, 2497, 2500, 2502

宵, 1619, 2374, 2377

家, 3, 13, 51, 82, 238, 279, 396, 454, 646, 692, 722, 738, 741, 746, 768, 769, 927, 937, 944, 950, 951, 957, 960, 1007, 1033, 1118, 1156, 1187, 1259, 1364, 1367, 1368, 1566, 1630, 1631, 1803, 1807, 1876, 1895, 1920, 1935, 1978, 2228, 2246, 2366, 2370, 2391, 2452, 2476, 2516, 2539, 2613, 2625, 2630, 2798, 2800, 2881, 2914, 3041, 3043, 3050, 3129, 3134, 3138, 3150, 3152

宸, 227, 228, 1826, 1847, 2934, 3134

容, 109, 197, 677, 759, 761, 1156, 1159, 1217, 1225, 1355, 1374, 1492,

彧, 2773

徐, 252, 275, 998, 1051, 2086, 2431, 2441, 2655, 2753, 2769

徑, 104, 397, 610, 976, 1062, 1066, 1074, 1082, 1364, 2107, 2152, 2153, 2214, 2513, 2910, 3085, 3094

徒, 84, 106, 132, 274, 322, 324, 328, 358, 373, 414, 418, 562, 799, 807, 1067, 1475, 1666, 1684, 1905, 1946, 2008, 2057, 2110, 2111, 2112, 2113, 2114, 2214, 2301, 2401, 2613, 3051, 3142, 3143

從, 321, 802, 1983, 2110, 2301, 2558, 2885, 3039, 3141

恁, 1468, 1826, 2761, 3161

恐, 60, 87, 166, 263, 316, 362, 405, 506, 512, 688, 820, 899, 924, 939, 1071, 1159, 1161, 1166, 1176, 1336, 1485, 1497, 1678, 1688, 1968, 1997, 2137, 2218, 2272, 2569, 2737, 2789, 2806, 3136

恕, 281, 301, 789, 1391, 1496, 1497, 1498, 1709, 1968, 1969, 2427, 2975

恙, 843, 2510, 3012

觧, 763, 796

恚, 124, 225, 226, 246, 424, 467, 473, 505, 607, 794, 842, 853, 859, 1058, 1371, 1463, 1496, 1497, 1911, 2161, 2185, 2289, 2301, 2391, 2624, 2749, 2876

恣, 318, 400, 741, 1127, 1162, 1392, 1994, 2090, 2398, 2622, 2629,

2635, 2660, 2669, 2747, 2780, 2963, 3014, 3119, 3120, 3121, 3122, 3136, 3141, 3142

恥, 181, 255, 367, 1094, 1179, 1642, 1847, 2089, 2380, 2433, 2521, 3002

恶, 506, 1502

恩, 301, 412, 505, 509, 707, 854, 1187, 1250, 1688, 1852, 1901, 1996, 2054, 2286, 2457, 2645, 2749, 2806, 3128

恭, 5, 57, 180, 192, 521, 611, 687, 689, 690, 693, 1040, 1082, 1219, 1443, 1615, 2026, 2079, 2084, 2110, 2209, 2339, 2608, 2677, 3153

息, 162, 199, 226, 266, 321, 365, 473, 510, 552, 813, 856, 863, 1355, 1375, 1438, 1488, 1610, 1740, 1764, 1820, 1980, 1997, 2143, 2286, 2290, 2293, 2298, 2356, 2373, 2393, 2421, 2616, 2627, 2825, 2997, 3090, 3124, 3132

恵, 843, 854, 859

悜, 1350

悁, 496, 1122, 1125

悝, 1598

悅, 1992

悈, 1036, 2387

悋, 699, 721, 852, 914, 1125, 1156, 1166, 1188, 1262, 1480, 1598, 1613, 1614, 1805, 2047, 2283, 2291, 2556, 2777

悌, 304, 324, 435, 2075

悍, 495, 760, 765, 767, 2277

悑, 2282

悑, 168

悒, 54, 2612, 2615, 2617

悗, 1179

悔, 205, 263, 558, 758, 851, 854, 858, 876, 1036, 1179, 1217, 1357, 1360, 1463, 1500, 1948, 1980, 1984, 2270, 2273, 2308, 2388, 2414, 2498

悕, 166, 181, 819, 1262, 1263, 2283, 2285, 2287, 2397

悖, 63, 147, 149, 975, 1499, 1513, 1826, 3139

悚, 166, 816, 834, 1530, 2013

悛, 1137, 1138, 1654

悝, 1178

悞, 2017, 2274, 2275, 2276, 2277, 2747

悟, 12, 114, 229, 268, 275, 342, 488, 508, 563, 686, 822, 859, 887, 990, 1009, 1027, 1263, 1325, 1371, 1571, 1806, 1842, 1982, 2083, 2190, 2248, 2269, 2270, 2274, 2276, 2277, 2278, 2280, 2409, 2416, 2656, 2747, 2769, 2825, 2952, 2975

悢, 794, 1179, 1250

悦, 456, 728, 734, 834, 847, 1122, 1172, 1387, 1673, 1727, 1828, 1844, 1893, 1927, 1962, 1992, 2122, 2126, 2303, 2320, 2821, 2823, 2826, 2998

恼, 813, 1462

扇, 1088, 1102, 1177, 2364

扇, 41, 599, 820, 957, 1777, 2092,

2773

拳, 45, 452, 609, 611, 862, 900, 1105, 1123, 1124, 1615, 1656, 1658, 1659, 1660, 1760, 1934, 2668, 2894, 3056

拿, 2894

挈, 1155, 1614

挐, 1445, 1497, 1715

挙, 1104

挨, 4, 3147

挩, 1979

挪, 1447, 1499

挫, 336, 2865, 3166

挭, 683

梯, 2064, 2075

振, 227, 233, 240, 253, 328, 461, 682, 1139, 1498, 1736, 2250, 2615, 2925, 2932, 2934, 2938

抄, 1771

挴, 1435

捄, 1495

挹, 30, 54, 192, 1955, 2564, 2615, 2617, 2818

挺, 277, 374, 458, 988, 1776, 2092, 2486

援, 1719, 2245

挽, 54, 252, 268, 335, 1347, 1378, 1513, 2137, 2139, 2141, 2169, 3140

挾, 42, 619, 1006, 2309, 2310, 2378, 2384, 2555, 2897

挿, 153, 192, 2306, 2514

捀, 152

捃, 176, 1128, 1137

捄, 1095, 1101

捅, 1003, 1128, 2102

捈, 2108

捉, 31, 54, 153, 253, 325, 328, 330, 345, 879, 881, 1015, 1340, 1413, 1495, 1646, 1736, 1773, 1923, 1933, 2068, 2106, 2137, 2449, 2602, 2745, 2765, 2989, 3011, 3101, 3115, 3146

捊, 627, 1548

捋, 994, 1332, 2512

捌, 27, 721

捍, 660, 765, 795, 1489, 2463

捎, 1797, 2020

捏, 241, 367, 1483, 1489, 1490

捐, 1122, 1125, 1130, 1505, 1680, 1805, 1980, 2020, 2340, 2801, 3085

揀, 459, 1967

捇, 1003, 1010, 1128, 1129, 2709

捕, 153, 166, 1536, 1549, 1642, 1947, 2299, 2307

捖, 2136, 2141

捗, 167, 1811

捘, 3156

搜, 939, 1952, 2158, 2330, 2795, 2872

效, 594, 1005, 1009, 2377, 2379

敉, 1971

料, 244, 332, 447, 483, 852, 927, 1148, 1252, 1253, 1254, 1337, 1512, 1971, 2538, 2930

旁, 46, 1513

旆, 233, 446, 624, 1122, 1580, 1854, 1857, 1937, 2448, 2449, 2883,

2885, 2887, 2931

旄, 1351, 1352

旅, 593, 994, 1332, 1333, 1580, 2448, 2540

斾, 45, 1515, 2885

晁, 222

時, 18, 84, 104, 173, 190, 199, 222, 249, 280, 309, 318, 351, 362, 364, 407, 417, 483, 486, 491, 514, 519, 522, 537, 561, 588, 597, 604, 622, 635, 644, 713, 752, 770, 771, 783, 807, 813, 820, 853, 874, 894, 896, 900, 917, 930, 933, 961, 978, 994, 1013, 1018,1022, 1034, 1067, 1189, 1207, 1325, 1362, 1387, 1404, 1433, 1454, 1471, 1482, 1501, 1528, 1570, 1579, 1586, 1591, 1601, 1612, 1622, 1624, 1625, 1645, 1669, 1673, 1689, 1696, 1708, 1718, 1733, 1774, 1808, 1813, 1819, 1841, 1846, 1853, 1856, 1857, 1862, 1866, 1867, 1889, 1896, 1902, 1905, 1914, 1920, 1970, 1980, 1982, 1999, 2001, 2010, 2029, 2063, 2073, 2126, 2135, 2146, 2196, 2214, 2241, 2247, 2259, 2274, 2281, 2290, 2319, 2334, 2341, 2376, 2388, 2403, 2408, 2412, 2430, 2438, 2524, 2538, 2539, 2554, 2575, 2619, 2631, 2689, 2733, 2739, 2767, 2781, 2853, 2869, 2874, 2876, 2906, 2917, 2957, 2975, 3014, 3022, 3028, 3056, 3065, 3073, 3076, 3083, 3106, 3131, 3135, 3156

晃, 584, 732, 847, 1075, 1379,

枇, 618, 627

桀, 1018, 1019, 1023, 1246, 2063, 2911

桁, 767, 795

桂，719，720，740，948，1173, 3080, 3096

桃, 446, 1506, 1518, 1549, 2059, 2060, 2085, 2111, 3032

㭲, 734, 796

桅, 2169

框, 1176

案，13，15，17，196，509，910, 1509, 1647, 1996, 2515, 2542, 2629, 2810, 2827, 3028

桉, 14, 17

桊, 1654

桎, 1061, 1101, 1131, 3018, 3096

桐, 2254

桑, 239, 958, 1761, 2460

桓, 36, 433, 789, 795, 838, 839, 1259, 1540, 1609, 1777, 2051, 2792, 2990

桔, 914, 1018, 1102, 1164

梁, 494

桦, 1352

桤, 102

梳, 1286, 1955, 1958, 1966

欶, 755, 1143

欲, 774, 777, 2665

殉, 698, 2461

殊, 128, 167, 274, 289, 333, 486, 568, 591, 1013, 1096, 1130, 1256, 1261, 1290, 1359, 1362, 1363, 1430,

1471, 1574, 1709, 1825, 1846, 1903, 1955, 2030, 2063, 2098, 2135, 2167, 2335, 2354, 2416, 2430, 2503, 2554, 2614, 2620, 2754, 2925, 3044, 3051, 3059, 3060, 3066, 3106

残, 181

殷，39，261，445，1392，1603, 1618, 1784, 2262, 2311, 2402, 2654, 2657

毦, 520, 1353

氣, 18, 266, 289, 506, 605, 608, 825, 952, 1056, 1059, 1105, 1404, 1552, 1581, 1590, 1593, 1818, 1964, 2000, 2084, 2259, 2286, 2307, 2385, 2427, 2442, 2446, 2517, 2541, 2616, 2626, 2654, 2684, 2747, 2791, 3012

氤, 605, 2654

泰，192，355，612，691，1105, 1124, 1615, 2045, 2046, 2073, 2084, 2510, 3143

浙, 2291, 2924

浚，131, 807, 1137, 1138, 1264, 1265

浞, 3117

浡, 148, 1357, 2059

浣，273，766，842，843，1001, 1336, 1671, 2299, 2807

涿, 3074

浦, 49, 153, 1515, 1550, 1551

浩，557，771，867，896，1020, 1132, 1350, 2684, 2862

浪, 142, 608, 1197, 1250, 1390, 2056, 2330, 3105

牂, 2504

牸, 2012, 2063, 3136

特, 128, 251, 254, 333, 345, 365, 398, 407, 467, 468, 607, 713, 966, 994, 1059, 1361, 1383, 1574, 1734, 1840, 1871, 1920, 2061, 2092, 2108, 2341, 2620, 3136

狷, 1125, 1480

狸, 1209, 1210, 1351

狹, 392, 880, 909, 1003, 1006, 1633, 1886, 1952, 2309, 2310, 2384, 2864

狼, 55, 656, 679, 793, 794, 1196, 1197, 1354, 1487, 2206

狛, 63

狮, 3020

玆, 301, 2692, 3120

玭, 298, 315, 2311

玫, 1006, 2378

珙, 692

珞, 1305, 1325, 1326, 1343, 1842, 3060

珠, 54, 624, 734, 841, 1051, 1325, 1363, 1473, 1528, 1590, 1955, 1956, 1959, 1972, 1979, 2148, 2217, 2253, 2336, 2420, 2432, 2798, 2922, 2925, 2968, 3055, 3059, 3061, 3072

琅, 1389

珣, 2458

琊, 50

珥, 518, 520

珩, 2491

珪, 737, 740, 2092

班, 38, 40, 595, 1063, 1162, 1216, 1238, 2015, 2311, 2437

珮, 289, 1515

琉, 1213, 1283, 1284, 1285, 1958

瓵, 816

牲, 1825

畔, 42, 1512, 1513, 1522, 1768, 1869, 2675

留, 12, 218, 278, 343, 367, 600, 646, 697, 743, 1281, 1283, 1285, 1286, 1290, 1293, 1297, 1644, 2005, 2028, 2091, 2122, 2619, 2697, 2747, 2807, 3085, 3102, 3167

畛, 2931

畜, 278, 282, 379, 697, 1592, 1729, 1941, 1954, 2004, 2101, 2443, 2447, 2676, 2773, 2785, 3049, 3098, 3159

畝, 1436

畏, 187, 932, 1138, 1217

畠, 206

疰, 3095

疱, 48, 56, 1514, 2005, 3042

疲, 31, 66, 139, 151, 476, 551, 907, 1125, 1198, 1203, 1521, 1523, 1952, 2104, 2499, 2570, 2615, 2693

疷, 433, 2983

疸, 368, 1639

疹, 139, 908, 1657, 2847, 2926, 2931

疼, 908, 1094, 1464, 1523, 2063, 2104

疽, 290, 368, 1101, 1639, 2104

2777, 2785, 2877, 2906, 2926, 2964,
2971, 2988, 3059, 3117, 3118, 3131

礻乎, 1176, 1178

祐, 630, 2040, 2730

祐, 207, 219, 477, 630, 704, 822,
824, 1098, 1164, 1996, 2040, 2125,
2706, 2729, 2730, 2784, 2923, 3002,
3148

袟, 619, 3018

祓, 627

祕, 89, 232, 271, 1337, 1516,
1765, 1865, 1995, 2194, 2553, 2568,
2612, 2897, 3056, 3097, 3140

祖, 327, 369, 634, 1022, 1220,
1458, 1687, 1715, 1768, 1923, 2053,
2349, 3080, 3143, 3147, 3148, 3166,
3170

祇, 429, 432, 1372, 1576, 1996,
2981, 2982, 2983, 3148

袜, 1363, 1430

祚, 56, 415, 630, 1564, 2730,
2746, 2879, 3147, 3170

祛, 271, 1639, 1648, 1664

祜, 703, 822, 2730

祝, 847, 1069, 1478, 1979, 2011,
2013, 3057, 3096, 3097, 3170

神, 153, 167, 180, 202, 227, 228,
233, 242, 288, 309, 397, 417, 425, 522,
622, 630, 632, 633, 740, 743, 1000,
1056, 1059, 1070, 1080, 1118, 1181,
1217, 1223, 1268, 1291, 1306, 1334,
1658, 1669, 1684, 1815, 1819, 1825,
1826, 1847, 1870, 1877, 1974, 2079,

2145, 2165, 2247, 2316, 2341, 2353,
2393, 2434, 2462, 2505, 2668, 2730,
2752, 2937, 3004, 3022, 3046, 3065,
3075, 3154

祟, 261, 3138

祠, 298, 318, 386, 936, 973, 1148,
1339, 1826, 2010, 2012, 2025, 2403

祕, 91, 1382, 1995, 2247, 2568,
3043

秝, 1962

租, 327, 3143, 3148

秡, 19, 28, 148

秣, 1260, 1363, 1424, 1425, 1430

秤, 231, 243, 461, 1148, 1516,
1533, 1534, 1536

秥, 1483

秦, 102, 227, 611, 1054, 1123,
1145, 1455, 1579, 1615, 2045, 2046,
2663, 2928, 3143

秩, 3014, 3019, 3020

秖, 373, 433, 1576, 2981, 2983,
3000, 3004

秫, 1962, 2435

窄, 187, 1524, 2864, 2871, 2881

宭, 1428, 2515

窆, 101

窈, 1632, 2086, 2514, 2515, 2692

窊, 2133

窂, 1006

竛, 3094, 3097

竛, 1263, 1265, 1266

竝, 135, 136, 140, 692, 798, 975,
1223, 1551, 1740, 2606, 2615, 2889,

聆, 1615

耻, 255, 367

耽，367, 368, 634, 929, 1375, 1446, 1828, 1925, 2047, 2488, 2988

耿, 683

胭, 1163, 2472, 2496, 2500

胮, 1513

胯, 151, 1149, 1171, 1818, 2141

胱, 732, 2125

胲, 755, 1149, 2141

胳, 671

胵, 3020

胬, 2928

胸, 657, 957, 1438, 1662, 1820, 2385, 2426, 2427, 2472, 2494, 2512

胼, 1528

能，55, 83, 157, 173, 187, 190, 283, 288, 296, 308, 331, 381, 397, 406, 413, 420, 424, 455, 460, 487, 512, 525, 550, 559, 581, 597, 622, 644, 660, 685, 694, 712, 726, 770, 779, 834, 862, 894, 899, 909, 917, 930, 933, 1012, 1020, 1026, 1048, 1079, 1096, 1143,1151, 1157, 1188, 1197, 1229, 1237, 1279, 1282, 1291, 1307, 1313, 1368, 1396, 1403, 1447, 1453, 1460, 1463, 1466, 1468, 1486, 1492, 1552, 1584, 1607, 1621, 1623, 1625, 1644, 1652, 1668, 1678, 1681, 1690, 1703, 1707, 1753, 1760, 1779, 1795, 1831, 1845, 1847, 1853, 1869, 1885, 1889, 1942, 1977, 1987, 2002, 2020, 2028, 2037, 2042, 2046, 2055, 2072, 2087, 2090, 2125,

2157, 2195, 2221, 2235, 2247, 2259, 2289, 2334, 2340, 2376, 2388, 2397, 2398, 2428, 2430, 2438, 2444, 2477, 2499, 2559, 2588, 2631, 2662, 2665, 2678, 2689, 2702, 2710, 2737, 2752, 2761, 2777, 2824, 2862, 2868, 2873, 2906, 2910, 2915, 2940, 2951, 2956, 2971, 2988, 3007, 3021, 3064, 3106, 3131, 3161

脂, 600, 1139, 1482, 2042, 2568, 2909, 2944, 2968, 2983, 3001, 3004, 3056

脃, 331

脅, 2385, 2386

脆, 331, 332, 1130, 1481

脇, 217, 647, 1204, 1464, 1509, 2042, 2385, 2386

脈, 197, 1004, 1341, 1703, 1845

脊, 62, 518, 918, 973, 1580

臬, 1489, 2374

臭, 73, 259, 265, 865, 999, 1514, 1817, 1855, 1996, 2001, 2434, 3128

舀, 2514

舁, 20, 1105, 2746, 2755, 2765

舐, 253, 834, 1575, 1922, 1927, 2070, 2084, 2252

舩, 286, 2486

航, 287, 554, 767, 1146

舫, 287, 587, 592, 2492

般, 38, 130, 140, 145, 146, 256, 285, 286, 616, 705, 709, 1006, 1357, 1373, 1446, 1496, 1507, 1509, 1537, 1642, 1679, 1817, 1822, 2041, 2245,

衸, 2387

裒, 1761, 1975, 2381

袯, 2982

袿, 1639, 1694, 2151, 2450

衿, 1051, 1052

袁, 125, 2793, 2805

袂, 1363, 1478, 3014

覓, 107

訊, 263, 593, 819, 928, 1536, 1990, 2019, 2401, 2462, 2479, 2952, 2989, 3069

討, 555, 592, 927, 1858, 2061, 2462, 3067

訏, 818, 1018, 2472, 2880

訑, 204, 374

訒, 1688

訓, 263, 440, 448, 578, 1810, 1990, 2224, 2457, 2461, 2462, 2479, 2731

訕, 1777, 2462

訖, 91, 244, 296, 671, 787, 807, 818, 828, 927, 930, 933, 950, 1021, 1076, 1096, 1581, 1589, 1591, 1825, 1987, 2124, 2125, 2462, 2575, 2761, 2951, 3004, 3007, 3039

託, 200, 256, 296, 374, 502, 935, 1592, 1810, 1881, 1989, 2040, 2123, 2124, 2130, 2560, 2872, 2878, 2897

記, 55, 219, 220, 253, 271, 296, 416, 501, 581, 582, 594, 597, 613, 650, 706, 739, 775, 825, 828, 927, 930, 931, 932, 936, 960, 1064, 1127, 1129, 1219, 1295, 1304, 1307, 1312, 1402, 1459,

1515, 1553, 1584, 1591, 1643, 1809, 1879, 1887, 1959, 1984, 2016, 2037, 2124, 2130, 2220, 2328, 2331, 2414, 2461, 2462, 2476, 2630, 2641, 2905, 2988, 3011, 3031, 3063, 3104, 3161

豇, 993

豈, 186, 214, 261, 308, 330, 381, 455, 465, 597, 660, 783, 930, 1159, 1429, 1492, 1584, 1587, 1877, 1913, 2005, 2097, 2195, 2472, 2678, 2791, 2928, 2984, 3047

豹, 54, 201, 446, 697, 1196, 1354, 3116

豺, 201, 702, 814, 1196

豻, 662

財, 37, 42, 51, 55, 126, 171, 172, 173, 236, 320, 556, 584, 742, 857, 989, 990, 1109, 1605, 1633, 1637, 1817, 1844, 1852, 1867, 2071, 2209, 2273, 2327, 2337, 2390, 2437, 2557, 2629, 2847, 2865, 2873, 2881, 2925, 3082, 3101

貢, 688, 696, 741, 790, 1051, 2587, 2927, 2984

起, 55, 87, 124, 199, 218, 220, 230, 242, 267, 280, 284, 316, 323, 342, 350, 397, 406, 417, 460, 462, 512, 550, 560, 581, 599, 635, 650, 680, 712, 719, 747, 828, 894, 899, 930, 933, 950, 977, 1008, 1017, 1034, 1053, 1100, 1116, 1133, 1206, 1217, 1224, 1296, 1463, 1486, 1582, 1588, 1591, 1600, 1606, 1634, 1640, 1644, 1648, 1652, 1664,

2752, 3053

郢, 2674

郐, 1664, 2306

酌, 263, 284, 1132, 1200, 3116, 3117

配, 265, 551, 602, 933, 1471, 1515, 1584, 1763, 2403

酒, 400, 1093, 1220, 1737, 1738, 1865, 2299, 2369, 2663, 2665, 2702, 2956, 3153

釟, 386, 991

釗, 1230, 1286, 2902

釘, 345, 451, 458, 1760, 2324, 2926

釜, 632, 1050, 1516, 2665

針, 146, 222, 320, 452, 609, 928, 2089, 2385, 2467, 2926, 2931, 3112

閃, 1777

陏, 1608

陘, 2413

陛, 89, 91, 97, 846, 1016, 1838, 2386

陝, 1266, 2048, 2309, 2310

陜, 1777, 2310, 2384

陞, 27, 677, 1016, 1839, 1840, 3167

陟, 464, 1266, 1811, 3018

陡, 463

院, 129, 842, 858, 1085, 1992, 2138, 2498, 2668, 2798, 2807, 2808

陣, 215, 228, 866, 939, 1136, 1331, 2932

除, 1, 197, 199, 228, 273, 277,

401, 430, 439, 449, 482, 496, 556, 639, 769, 817, 938, 998, 1025, 1057, 1077, 1129, 1215, 1258, 1261, 1384, 1393, 1450, 1484, 1536, 1545, 1647, 1729, 1802, 1805, 1822, 1891, 1941, 2035, 2074, 2106, 2110, 2113, 2120, 2169, 2219, 2256, 2286, 2326, 2355, 2372, 2441, 2530, 2654, 2676, 2707, 2750, 2864, 2900, 3016, 3061, 3083, 3151

陷, 765, 2330

隻, 107, 137, 799, 881, 1976, 2983

隼, 911

雋, 1138, 2385

飢, 50, 509, 884, 889, 1053, 1297, 1675, 2663, 2665, 3111

飣, 458

馬, 239, 472, 646, 666, 899, 956, 1003, 1248, 1332, 1339, 1340, 1409, 1488, 1580, 2131, 2194, 2251, 2367, 2472, 2537, 2761, 2780, 2915

骨, 617, 628, 703, 705, 751, 827, 857, 1126, 1222, 1424, 1703, 1876, 1936, 1996, 2377, 2412, 2435, 2454, 2708

高, 31, 206, 260, 347, 472, 525, 646, 666, 667, 668, 671, 673, 684, 732, 735, 739, 768, 976, 1001, 1061, 1137, 1199, 1250, 1359, 1379, 1457, 1465, 1573, 1578, 1784, 1786, 1795, 2013, 2042, 2091, 2144, 2168, 2307, 2313, 2328, 2349, 2364, 2444, 2447, 2475, 2840, 3047

104, 107, 109, 373, 741, 958, 1188, 1296, 1308, 1313, 1517, 1526, 1527, 1664, 1767, 2058, 2559, 2818
偓, 2249
偕, 62, 66, 1014, 1016, 1139, 2385, 2386
偘, 1144
偙, 438
做, 2377
停, 46, 297, 407, 414, 623, 673, 800, 1092, 1511, 1516, 1589, 1964, 2091, 2092, 2604, 2605, 2997, 3087, 3094
偝, 62, 66, 2385
偟, 846
健, 341, 361, 796, 964, 975, 984, 987, 988, 991, 1018, 1055, 1334, 1603, 2496, 2630
偪, 73
偫, 3020
偱, 2431, 2458, 2459
側, 100, 187, 188, 259, 283, 315, 391, 932, 984, 1231, 1407, 1600, 1622, 1879, 2865, 2873, 3159
偵, 2930
偶, 406, 630, 879, 936, 1504, 2058, 2264, 2747, 2781
偸, 392, 400, 623, 995, 1018, 1308, 1674, 1962, 2105, 2747, 2748, 2749, 2754, 2784
偽, 2168, 2197, 2206
兜, 463, 470, 516, 517, 743, 847, 2424
冕, 1379, 2789, 2807
冔, 453
凰, 612, 845, 846, 1487
剪, 968, 971, 990, 1591
剬, 480, 1598, 2451, 3014
剮, 719
副, 629, 631, 637, 2012, 3014
勒, 142, 191, 257, 435, 1200, 1203, 1204, 1207, 1222, 1316, 1617, 1618, 1661, 3083
勔, 1370
動, 212, 257, 270, 307, 384, 403, 451, 460, 613, 834, 887, 966, 1017, 1018, 1054, 1150, 1165, 1198, 1203, 1215, 1250, 1282, 1307, 1463, 1616, 1661, 1662, 1844, 1910, 1962, 1979, 2096, 2104, 2454, 2456, 2457, 2512, 2677, 2775, 2900, 2934, 3042, 3082, 3105
勗, 1618, 2442
勘, 1143, 1999, 2326, 2930
務, 128, 468, 853, 1052, 1354, 1355, 1443, 1662, 1846, 2165, 2261, 2276, 2277, 2280, 2730, 2784, 2786
匐, 152, 628, 797
匙, 74, 1932, 2071
匾, 102, 1526
匿, 618, 1447, 1474, 1480, 1544, 1639, 1913, 2063, 2636
區, 73, 101, 1224, 1503, 1544, 1639, 1640, 2114
厠, 186, 187, 229, 337, 1011, 1535, 1998, 2350

圈, 2796

圉, 2191

圓, 1086, 1620, 1621

國, 1, 31, 55, 61, 81, 236, 285, 347, 370, 404, 485, 587, 608, 621, 629, 632, 692, 708, 742, 768, 777, 799, 808, 887, 1032, 1064, 1182, 1282, 1315, 1637, 1648, 1728, 1770, 1775, 1853, 1869, 1895, 1910, 2002, 2015, 2027, 2056, 2097, 2114, 2115, 2144, 2191, 2233, 2339, 2612, 2630, 2645, 2796, 2797, 2805, 2824, 2874, 3054, 3055, 3062, 3084, 3128

埏, 1776, 2048, 2092, 2486

堼, 2537

域, 237, 554, 744, 1544, 2774, 2785

埠, 168, 294, 484, 485, 635, 636

埤, 58, 93, 1523, 1524, 1530, 2206

焰, 1144, 2330

填, 2987

執, 31, 54, 56, 88, 101, 115, 129, 133, 184, 253, 314, 419, 584, 608, 695, 728, 739, 753, 819, 910, 913, 957, 995, 1003, 1010, 1015, 1024, 1085, 1098, 1161, 1284, 1377, 1473, 1518, 1535, 1546, 1587, 1590, 1626, 1646, 1678, 1765, 1814, 1886, 1924, 1932, 1962,1964, 1993, 2202, 2249, 2298, 2348, 2362, 2448, 2556, 2570, 2719, 2745, 2826, 2838, 2846, 2911, 2952, 2987, 2994, 3027, 3032, 3045, 3103,

3116, 3139, 3165

場, 215

培, 57, 63, 790, 1515

基, 885, 1061, 1100, 1104, 1442, 1566, 1578, 1658, 1829, 1956, 2042

埻, 1515

垔, 1476, 1477

堀, 706, 1128, 1129, 1157, 1165, 2066

堂, 214, 215, 381, 383, 445, 666, 692, 787, 1159, 1383, 1796, 1921, 2040, 2043, 2057, 2080, 2881, 2894, 3167

堅, 51, 708, 909, 947, 957, 958, 984, 1001, 1012, 1052, 1157, 1197, 1198, 1497, 1598, 1603, 1616, 1753, 1823, 1847, 1932, 1969, 1970, 2066, 2163, 2325, 2540, 2564, 2565, 2639, 2901, 3006, 3028, 3084

堆, 168, 294, 484, 485, 494, 635, 1864, 2114, 2120, 2634, 3084, 3111, 3115

堈, 665, 1665

堊, 504, 505, 1847, 2113

堕, 396, 494, 1122, 1608, 2464, 3112

堵, 461, 470, 2040, 2923

壺, 815, 2734

奞, 493

奢, 68, 245, 414, 493, 1062, 1455, 1576, 1801, 1802, 1804, 1805, 1807, 2917, 3017, 3099, 3136

婥, 1101

700, 777, 806, 812, 899, 993, 995, 996, 997, 1015, 1075, 1078, 1187, 1257, 1261, 1332, 1435, 1446, 1465, 1812, 1869, 1905, 1920, 1932, 1942, 1948, 1969, 2063, 2081, 2097, 2193, 2433, 2588, 2625, 2684, 2689, 2737, 2761, 2776, 2818, 2822, 2860, 2940, 3016, 3063, 3105, 3109, 3136, 3161, 3167

專, 49, 149, 224, 288, 427, 459, 817, 856, 863, 1056, 1782, 1904, 1936, 1953, 2629, 3103, 3104, 3107, 3134, 3154

尉, 632, 2218, 2219

屇, 1, 501

扉, 600

屠, 659, 2111, 2112, 2113, 2114

屢, 1121, 1205, 1293, 1332, 1334, 1965, 3103

崇, 187, 197, 260, 1071, 2013, 2043, 2542, 2876, 3137

崎, 46, 885, 1565, 1577, 2605, 2617, 3017

崐, 1181

崑, 1181

崒, 3147

崔, 330, 556, 729, 879, 1664

崚, 17, 2469

崖, 12, 17, 330, 433, 1129, 1138, 1160, 1251, 2248, 2251, 2437, 2469, 2470, 2471, 2490

崗, 664, 665

崘, 1307, 1308

崙, 1307, 1308, 1309, 1312, 2520

崛, 706, 1128, 1129, 1165, 1638

崟, 2657

崧, 762

崩, 62, 68, 72, 797, 1350, 1761, 2827, 3038

巢, 222

巢, 222, 290, 744, 749, 1148, 1164

帳, 206, 219, 240, 2250, 2675, 2892, 2893, 2899

帶, 164, 209, 278, 340, 365, 366, 439, 441, 1811, 1926, 2271, 2295, 2429, 2708, 3031

帷, 1321, 2170, 2184, 2190, 2191

常, 10, 69, 92, 102, 154, 164, 189, 206, 208, 216, 217, 234, 260, 365, 376, 393, 435, 436, 461, 482, 489, 510, 732, 794, 798, 817, 928, 1063, 1077, 1109, 1126, 1295, 1334, 1360, 1533, 1582, 1616, 1623, 1704, 1729, 1778, 1784, 1785, 1786, 1794, 1796, 1822, 1867, 1876, 1901, 1925, 1998, 2057, 2061, 2093, 2192, 2219, 2233, 2245, 2282, 2337, 2353, 2364, 2390, 2475, 2542, 2607, 2624, 2676, 2681, 2707, 2735, 2823, 2893, 2911, 2912, 2953, 3005, 3018, 3031, 3122, 3137, 3166

厝, 336

庵, 14, 1423, 2492

庶, 327, 476, 735, 908, 1148, 1302, 1389, 1599, 1968, 2337, 2678, 2791, 2908, 2924, 3119

康, 13, 133, 213, 239, 683, 735, 1145, 1146, 1492, 1830, 2680, 2791,

1885, 1899, 1905, 1909, 1941, 1959, 1968, 1976, 1980, 1983, 2014, 2035, 2110, 2111, 2113, 2152, 2192, 2213, 2220, 2245, 2256, 2301, 2355, 2400, 2405, 2429, 2448, 2558, 2569, 2622, 2697, 2702, 2707, 2726, 2736, 2760, 2790, 2817, 2850, 2906, 2936, 2950, 3039, 3046, 3049, 3083, 3115, 3128, 3141, 3142, 3144, 3160

徠, 1191

御, 86, 288, 1004, 1083, 1638, 1664, 1857, 1968, 2219, 2324, 2351, 2387, 2491, 2508, 2612, 2668, 2770, 2780, 2783, 2788, 3164

悆, 1487, 2775, 2784, 2787

貭, 3031

悉, 31, 60, 110, 162, 268, 293, 301, 358, 381, 408, 468, 506, 563, 645, 658, 677, 733, 810, 824, 843, 854, 856, 863, 901, 906, 908, 911, 984, 1013, 1059, 1117, 1160, 1162, 1190, 1225, 1281, 1371, 1472, 1546, 1552, 1560, 1635, 1677, 1734, 1740, 1777, 1781, 1810, 1828, 1851, 1886, 1916, 2000, 2002, 2009, 2017, 2024, 2030, 2046, 2161, 2199, 2206, 2213, 2261, 2284, 2286, 2288, 2292, 2304, 2319, 2356, 2373, 2393, 2401, 2442, 2516, 2576, 2609, 2627, 2666, 2679, 2793, 2832, 2869, 2918, 2975, 3012, 3051, 3132, 3136

悡, 2910

悠, 1932, 1957, 2433, 2669, 2692

患, 138, 301, 505, 581, 746, 751, 758, 759, 842, 844, 854, 969, 1125, 1166, 1254, 1335, 1371, 1423, 1830, 1850, 2104, 2202, 2216, 2289, 2294, 2301, 2355, 2391, 2543, 2749, 2806, 2824, 3073, 3144

悪, 59, 504, 508, 1459, 2515, 2543, 2775, 2806

悰, 326

悱, 600

悴, 63, 331, 332, 936, 2018, 2396, 3146

悵, 219, 292, 793, 2156, 2618, 2891, 2899

悗, 1232, 2073

悖, 63, 166, 332, 936

悼, 375, 393, 446, 447, 765, 2104, 2861, 2891

悽, 2285

悾, 1161

情, 18, 55, 171, 189, 330, 336, 455, 494, 495, 607, 680, 888, 1070, 1087, 1464, 1619, 1621, 1623, 1627, 1763, 1767, 1814, 1818, 1870, 1974, 1981, 2185, 2291, 2355, 2392, 2400, 2415, 2421, 2430, 2588, 2711, 2777, 2801, 2809, 2870, 2882, 3106, 3152

惆, 263, 3053

惇, 297, 2355

悵, 745, 749

惋, 200, 1162, 2137, 2138, 2789, 2807

惓, 1104, 1123, 1124, 1125, 1657,

644, 680, 807, 823, 843, 859, 927, 933, 1006, 1009, 1038, 1082, 1095, 1120, 1163, 1258, 1442, 1676, 1806, 1809, 1813, 1858, 1886, 1892, 1937, 1943, 1948, 1953, 2020, 2054, 2105, 2205, 2236, 2292, 2378, 2384, 2491, 2512, 2613, 2762, 2795, 2808, 2887, 2905, 2932, 3017, 3087, 3147

掉, 166, 297, 300, 393, 446, 447, 992, 1175, 1814, 2085, 2087, 2708, 2905, 3032, 3118

㧧, 57, 1506, 1514, 1548

㧖, 866

㩊, 918, 2604

㧺, 2060

掐, 3102

排, 66, 147, 597, 697, 719, 797, 1109, 1313, 1506, 1521, 2085, 2612, 3115

㨁, 1207, 1266, 2674

掖, 2385, 2448, 2521, 2539, 2541, 2622, 2994

掘, 3

掘, 294, 1103, 1126, 1128, 1129, 1131, 1165, 1520, 1568, 1638, 1640, 1975, 2040, 2250, 2272, 2486, 2932, 3115

掙, 262, 2937

掛, 289, 719, 740, 950, 1506, 2587, 3080

掞, 2931

掟, 2448

掠, 999, 1336, 1337

採, 101, 174, 175, 177, 178, 179, 185, 201, 368, 401, 993, 1015, 1102, 1548, 1702, 1973, 2054, 2512, 2704, 2871

探, 176, 185, 994, 1101, 1412, 1451, 1825, 2048, 2054, 2108, 2872

掤, 1517

接, 17, 164, 374, 1008, 1015, 1020, 1021, 1293, 1484, 1618, 1812, 1879, 2545, 2564, 2781, 2988, 3115, 3144

控, 432, 692, 1159, 1161, 1162, 1516

推, 4, 192, 292, 294, 295, 330, 331, 334, 432, 485, 649, 720, 727, 730, 937, 1181, 1461, 1506, 1607, 1660, 1806, 1933, 1977, 2120, 2170, 2185, 2471, 2612, 2681, 2739, 3003, 3029, 3044, 3111, 3113

掩, 16, 196, 369, 1252, 2473, 2474, 2491, 2492, 2495, 2666, 3003

措, 336, 1035, 1093, 2105, 2291, 2374, 3002

撤, 345

掬, 30, 176, 797, 1061, 1101, 1102, 1103, 1128, 2054

揭, 152, 215, 336, 389, 654, 774, 787, 791, 905, 935, 1014, 1023, 1024, 1491, 1575, 2066, 2494, 2506, 2540

掴, 721, 828, 1131

搔, 633, 1761, 1762, 2864

敍, 2442

教, 711, 1000, 1312, 2166, 2415,

曹, 185, 376, 422, 458, 740, 1774, 1900, 2860, 2862, 3057

曼, 199, 380, 588, 892, 1207, 1342, 1343, 1345, 1347, 1348, 1349, 1351, 1492, 2005, 2133, 2229, 2684, 3150

曾, 189, 684

望, 63, 414, 589, 610, 630, 727, 901, 931, 959, 1067, 1102, 1144, 1160, 1261, 1336, 1430, 1590, 1834, 1848, 1921, 1970, 1990, 2090, 2143, 2160, 2162, 2163, 2287, 2381, 2412, 2442, 2455, 2469, 2513, 2570, 2591, 2635, 2658, 2659, 2679, 3008, 3012, 3048, 3113

梏, 58

桯, 2089

桴, 28, 627, 1548

桜, 1727

桶, 1458, 2102, 2103, 2274, 2686

桷, 1003, 1129

桸, 2292

桹, 679

棟, 461, 969

梁, 123, 746, 1245, 1246, 1247, 1252, 1378, 1823, 1994, 2013, 2543

梃, 1776, 2092

梅, 852, 1093, 1360, 2883

梏, 1102

桲, 89, 91

梓, 3125, 3126

梔, 2983

梗, 683, 685, 1528, 2572, 2676

椑, 842, 844

梲, 2169

梛, 1499

條, 84, 431, 449, 450, 1304, 1521, 1790, 1957, 2059, 2064, 2086, 2087, 2376, 2431, 2459, 2541, 2752, 3121

梟, 245, 2252, 2374

梠, 1332

梡, 1173, 2139

梢, 220, 1797, 1994

梦, 1370

梧, 822, 2254, 2275, 3096

梨, 320, 1191, 1192, 1209, 1210, 1213, 1214, 1215, 1228, 1238, 1316, 1414, 1459, 2516, 2824, 2982

梡, 465, 2448

梭, 2024, 2795, 3104, 3139

梯, 199, 428, 799, 2064, 2075, 2648

械, 162, 237, 673, 2387

梱, 1182

梲, 3118

梵, 62, 70, 277, 463, 570, 583, 585, 586, 594, 606, 621, 710, 741, 814, 876, 937, 1057, 1077, 1081, 1259, 1450, 1469, 1517, 1532, 1540, 1678, 1699, 1885, 1973, 1984, 2078, 2140, 2283, 2317, 2498, 2565, 2651, 3058, 3062, 3140

棄, 114, 135, 136, 239, 255, 259, 308, 887, 1105, 1122, 1574, 1584, 1592, 1597, 1648, 1805, 1976, 2159, 2203, 2249, 2541, 2544, 2615, 2626,

淑, 466, 1955, 1958, 1962, 1964

淖, 767, 1493

淘, 2059, 2060, 2061, 2300, 2427

溯, 2924

淞, 2801

渱, 2085

淡, 374, 376, 2048, 2049, 2083

淣, 1477

淤, 85, 598, 1922, 2252, 2705, 2731, 2734, 2741

淥, 1301, 1302, 1335, 2801

淨, 32, 60, 139, 169, 202, 213, 225, 239, 249, 274, 288, 301, 341, 405, 424, 439, 447, 454, 559, 584, 621, 627, 644, 648, 657, 721, 732, 764, 769, 792, 818, 842, 864, 867, 941, 994, 998, 1008, 1024, 1056, 1058, 1069, 1075, 1077, 1083, 1085, 1093, 1140, 1205,1207, 1246, 1283, 1295, 1402, 1620, 1622, 1624, 1627, 1634, 1671, 1717, 1768, 1779, 1787, 1798, 1818, 1823, 1830, 1845, 1857, 1858, 1902, 2072, 2074, 2097, 2115, 2125, 2159, 2220, 2297, 2299, 2320, 2372, 2400, 2415, 2430, 2438, 2452, 2552, 2641, 2682, 2695, 2705, 2824, 2844, 2863, 2900, 2914, 2936, 2940, 2948, 2955, 3043, 3047, 3137, 3154

淩, 807, 1266, 1267

淪, 648, 1244, 1245, 1307, 1308, 1309, 1312, 2666

淫, 178, 446, 564, 740, 763, 1068, 1081, 1590, 2132, 2164, 2413, 2513,

2615, 2657, 2659, 2660, 2715, 2778

淬, 332, 1671, 2250

淮, 809, 832, 1175, 1706, 2204, 2470, 3113

深, 20, 50, 67, 144, 176, 225, 274, 297, 316, 374, 381, 406, 550, 561, 666, 735, 909, 939, 941, 1067, 1080, 1102, 1141, 1246, 1265, 1284, 1359, 1387, 1428, 1460, 1529, 1547, 1574, 1606, 1621, 1672, 1723, 1726, 1819, 1822, 1828, 1858, 1956, 1969, 1974, 1988, 1997, 2054, 2081, 2108, 2113, 2167, 2169, 2221, 2307, 2373, 2401, 2447, 2495, 2559, 2657, 2731, 2790, 2798, 2824, 2861, 3007, 3047, 3051

淳, 49, 283, 296, 297, 422, 627, 742, 800, 865, 1153, 1182, 1246, 1823, 1980, 2091, 2092

淴, 813, 1765

淵, 27, 448, 759, 991, 1194, 1504, 1728, 1825, 1972, 2085, 2244, 2490, 2790

混, 742, 866, 876, 1181, 1858

淸, 1622

淹, 1253, 1529, 2473, 2491

淺, 181, 488, 560, 971, 989, 1296, 1605, 1621, 1823, 1880

添, 1563, 2081, 2712

淛, 68

淝, 596, 599

清, 109, 157, 207, 242, 297, 301, 406, 483, 560, 622, 699, 797, 827, 869, 937, 1062, 1066, 1070, 1073, 1080,

1087, 1122, 1179, 1202, 1208, 1334, 1345, 1404, 1471, 1619, 1620, 1624, 1625, 1627, 1629, 1728, 1767, 1780, 1823, 1929, 1942, 2033, 2299, 2372, 2398, 2408, 2415, 2430, 2494, 2588, 2951, 3016, 3064, 3131, 3137

渴, 405, 508, 863, 884, 936, 1015, 1023, 1153, 1614, 1678, 2056, 2380, 2546, 2665, 3094, 3118

済, 936, 1578

涉, 165, 169, 225, 267, 351, 420, 771, 894, 1234, 1370, 1383, 1536, 1769, 1811, 1813, 2049, 2801, 3007, 3018

渓, 2291, 2294

渚, 375, 759, 799, 3081

焖, 459, 1089, 2101

焙, 613

烸, 847

烹, 1516

烽, 609

焉, 472, 810, 956, 1340, 1488, 1536, 1574, 1670, 2199, 2252, 2281, 2325, 2368, 2386, 2472, 2479, 2516, 2533, 2603, 2764, 2813, 2959, 2975

焊, 765

烾, 909

爽, 121, 199, 327, 955, 1590, 1851, 1976, 2287, 2684, 2825

牻, 1350, 1351

牽, 214, 285, 550, 885, 1335, 1513, 1593, 1597, 1934, 1942, 2033, 2308, 2407, 2413, 2662, 2848

犁, 683, 1210, 1213, 1214, 1216, 1229, 1263, 1869, 1994, 2882

猊, 832, 1477, 2862

猖, 206, 218, 2385

猗, 1100, 1589, 2560, 2562, 2564, 2604, 2605

猁, 3020

猛, 157, 258, 413, 468, 879, 985, 1056, 1125, 1149, 1197, 1354, 1370, 1403, 1497, 1590, 1973, 2391, 2537, 2684, 2702, 2734, 2827, 2874, 3096

猜, 171, 270, 887, 1196, 1620, 2219

猝, 328, 3156

率, 1124, 1334, 1597, 1765, 1968, 1975, 3147

珸, 1360

琪, 66

斑, 2092

現, 4, 56, 77, 110, 128, 162, 173, 201, 214, 313, 317, 342, 388, 408, 452, 472, 488, 517, 563, 626, 645, 656, 680, 727, 733, 737, 752, 829, 931, 952, 964, 980, 1049, 1059, 1060, 1084, 1190, 1218, 1251, 1532, 1571, 1586, 1624, 1626, 1630, 1649, 1723, 1734, 1777, 1825, 1834, 1854, 1881, 1892, 1896, 1923, 1946, 1970, 1972, 1981, 1990, 2020, 2122, 2125, 2136, 2142, 2167, 2319, 2325, 2329, 2330, 2331, 2336, 2370, 2393, 2409, 2425, 2434, 2439, 2444, 2494, 2495, 2576, 2592, 2616, 2649, 2679, 2853, 2904, 2925, 2997,

3009, 3051, 3069, 3163

琁, 2448

球, 1260

琅, 840, 1197, 2660

理, 70, 157, 203, 241, 280, 308, 397, 483, 559, 622, 737, 746, 836, 840, 867, 909, 1008, 1066, 1076, 1082, 1159, 1208, 1216, 1219, 1220, 1229, 1251, 1269, 1303, 1333, 1341, 1365, 1432, 1489, 1706, 1823, 1847, 1902, 1929, 1968, 1969, 1997, 2053, 2072, 2216, 2220, 2229, 2265, 2277, 2298, 2328, 2334, 2340, 2415, 2570, 2631, 2767, 2773, 3016, 3021, 3043, 3047, 3085, 3152

琊, 1197, 2469, 2471

琓, 2138

瓠, 822

瓶, 134, 444, 594, 712, 739, 1157, 1503, 1516, 1522, 1534, 1535, 1593, 2133, 2352, 2412, 2782, 2830, 2988

瓷, 299, 302, 583, 3122, 3136

甛, 2083

甜, 223, 304, 659, 760, 766, 832, 2082, 2083

產, 204, 1760, 1920, 2497

畢, 58, 74, 86, 89, 93, 141, 151, 185, 367, 517, 744, 781, 809, 1032, 1075, 1089, 1126, 1149, 1200, 1443, 1522, 1565, 1591, 1900, 1906, 1933, 2217, 2530, 2545, 2573, 2615, 2617, 2760, 2827, 2861, 2949, 2953, 3049

畤, 1873

略, 67, 218, 308, 316, 676, 691, 735, 746, 755, 779, 866, 1034, 1111, 1156, 1200, 1206, 1267, 1269, 1303, 1305, 1313, 1325, 1326, 1336, 1402, 1522, 1733, 1823, 1967, 1980, 1987, 2328, 2553, 2619, 2767, 3140

畦, 1577

暑, 67, 76, 1336, 1337, 1522

異, 10, 12, 57, 58, 91, 121, 128, 200, 365, 442, 491, 507, 519, 546, 571, 608, 677, 686, 695, 724, 747, 749, 792, 808, 836, 901, 940, 1035, 1059, 1081, 1113, 1170, 1216, 1218, 1249, 1252, 1337, 1338, 1361, 1387, 1532, 1572, 1594, 1622, 1767, 1782, 1851, 1878, 1881, 1903, 1917, 1947, 1956, 1998, 2051, 2063, 2099, 2105, 2122, 2125, 2200, 2204, 2215, 2218, 2224, 2254, 2261, 2288, 2298, 2305, 2348, 2425, 2447, 2462, 2538, 2560, 2568, 2584, 2600, 2614, 2617, 2628, 2633, 2640, 2715, 2750, 2753, 2764, 2778, 2782, 2822, 2827, 2834, 2846, 2961, 3069, 3104, 3106, 3109, 3145

疏, 32, 220, 228, 281, 284, 323, 327, 421, 437, 450, 713, 930, 933, 938, 1026, 1067, 1091, 1129, 1282, 1284, 1313, 1337, 1601, 1673, 1958, 1959, 1961, 1972, 1982, 1989, 2013, 2137, 2230, 2259, 2632, 2647, 2857, 2891, 2917, 3008, 3076, 3141, 3150

疵, 88, 298, 306, 315, 602, 794, 864

補, 153

票, 1232, 1529, 2863

祭, 179, 182, 273, 420, 611, 936, 939, 1057, 1455

离, 1209, 1215

稃, 1303

秸, 1015

移, 252, 255, 409, 468, 491, 496, 738, 785, 808, 888, 1230, 1517, 1593, 1622, 1773, 1920, 1952, 1979, 1996, 2120, 2529, 2568, 2613, 2740, 2748, 3121, 3135

株, 1430, 3059

稱, 767

舨, 3102

窐, 2060

窑, 2514

窒, 1921, 2305, 3020

窓, 290, 1253, 1608, 1959

窕, 2086, 2515

竟, 90, 454, 476, 711, 909, 976, 1058, 1069, 1072, 1075, 1084, 1087, 1089, 1172, 1195, 1201, 1344, 1410, 1591, 1902, 2159, 2205, 2302, 2313, 2516, 2531, 2552, 2574, 2619, 2625, 2635, 2652, 3047

章, 91, 186, 215, 240, 368, 427, 612, 748, 952, 1077, 1198, 1294, 1315, 1904, 1931, 1960, 2397, 2484, 2629, 2653, 2891, 2892, 2893, 2900, 2962, 3045, 3135, 3139

笙, 1840, 3167

笛, 430, 1928

答, 244, 672

笠, 1232, 3073

笥, 2011

符, 248, 332, 403, 619, 625, 628, 631, 632, 634, 787, 1115, 1552, 1600, 2353, 2512, 2708

笨, 72

筏, 554

笪, 341

第, 23, 135, 212, 270, 307, 343, 347, 416, 423, 434, 436, 438, 489, 511, 596, 617, 693, 709, 871, 897, 957, 1022, 1025, 1143, 1352, 1527, 1549, 1600, 1638, 1817, 1826, 1859, 1879, 1901, 1909, 1959, 2264, 2283, 2313, 2467, 2542, 2547, 2618, 2630, 2751, 2913, 2953

筌, 2465, 2864, 2870, 2871, 2879, 2880

筊, 1496

筍, 698, 2011

笳, 953, 3101

筒, 660, 662, 698

筇, 1631

粒, 1224, 1232, 1818

粔, 1117

粖, 1424, 1425, 1430, 3055

粗, 327, 328, 370, 1109, 2338, 3143, 3148

粘, 1482, 1483, 2886

紩, 3014, 3020

紬, 262, 1450, 1494, 2306, 2701, 3121

2141, 2293, 2306, 2385, 2511, 3144

脛, 97, 150, 283, 600, 1004, 1072, 1075, 1085, 2293, 3020

脡, 2092

肻, 295, 296, 957, 1069, 1162, 1232, 1360

脩, 67, 85, 207, 601, 623, 1472, 1806, 1813, 1854, 2086, 2399, 2409, 2431, 2433, 2439, 2459, 2462, 2512, 2692, 2714, 3044, 3069

脎, 2288

脱, 1982

脬, 48, 1514, 1719

脯, 153, 169, 601, 1549, 2937

脰, 465

脱, 48, 268, 274, 342, 407, 467, 472, 476, 484, 488, 493, 499, 600, 626, 649, 767, 931, 941, 1026, 1130, 1170, 1296, 1363, 1377, 1592, 1645, 1734, 1760, 1808, 1820, 1828, 1846, 1871, 1960, 1979, 1989, 2038, 2059, 2125, 2139, 2141, 2275, 2300, 2335, 2341, 2387, 2739, 2821, 2925, 2931, 2934, 3022, 3099, 3162

舂, 259, 295, 3110

舳, 286, 3074

舶, 148, 285, 286, 592, 1537

舷, 2322

舸, 674

船, 39, 148, 185, 285, 286, 508, 592, 767, 798, 1094, 1344, 1468, 1565, 1811, 1977, 2041, 2800, 2925, 2953, 3052

苴, 2388

荳, 464, 465, 1109

荵, 1689

荷, 13, 345, 619, 628, 774, 782, 787, 791, 825, 826, 1147, 1151, 1573, 2097, 2353, 2364, 2458, 2604, 2932

荻, 430, 1633

茶, 192, 418, 491, 691, 1446, 1803, 2039, 2108, 2113, 2129, 2878

茷, 1353

莁, 332, 1061

荊, 37, 125, 129, 772, 1600

莅, 825

莆, 206, 1550

莭, 1052, 3097

莊, 185, 480, 504, 627, 736, 881, 908, 1006, 1081, 1345, 1350, 1407, 1418, 1622, 1689, 1894, 2399, 2490, 2602, 2803, 2842, 2856, 2860, 3107, 3108, 3109, 3110

莎, 673, 1541, 1739, 1769, 1771, 2024, 2033

莒, 1104

莓, 1360

莖, 179, 199, 336, 424, 679, 796, 825, 826, 1061, 1763, 1925, 2540, 2798, 3148

莘, 826, 1822, 2397

莛, 2091

莜, 2702

莞, 722, 728, 732, 841, 2330

荟, 765, 777

莠, 2434, 2720

袍, 30, 54, 1514, 1827

袒, 373, 1305, 2052, 2053, 2227, 3148

祖, 3148

袖, 791, 1827, 2434, 2701

袚, 145

袜, 1424, 1430, 2133

衰, 741, 1761, 3019

袟, 1363, 1636, 3014, 3018, 3020

袤, 3020

袢, 1148

袠, 2251, 2380

袧, 2125

袨, 1575, 2450

袪, 472, 560, 1021, 1639, 1648, 1664, 2783

被, 64, 66, 67, 68, 77, 93, 94, 96, 141, 146, 202, 206, 270, 322, 485, 593, 600, 601, 625, 822, 849, 890, 971, 1015, 1023, 1095, 1306, 1357, 1515, 1518, 1522, 1545, 1575, 1671, 1796, 1826, 1906, 1941, 2192, 2254, 2301, 2388, 2501, 2537, 2707, 2775, 2817, 2887, 2895, 2964, 2968, 3018

規, 471, 717, 737, 739, 886, 1178, 1179, 1307, 1923, 2137, 2331, 2682, 2784, 2808

覓, 107, 626, 726, 977, 1076, 1144, 1530, 1627, 1634, 2513, 3030

觕, 1128

訛, 501, 503, 740, 1175, 1589, 1983, 2206

訝, 819, 2471, 2472

訟, 131, 1314, 1989, 2014, 2015, 2768, 2948, 3022

診, 1659

訴, 484, 2030, 2398

訣, 1127, 1129, 1363, 2641

訥, 1450, 1465

試, 1098, 1991, 2696, 2702

訪, 439, 587, 591, 592, 593, 926, 2061, 2622, 2905

設, 39, 87, 242, 277, 406, 440, 447, 550, 552, 644, 707, 713, 818, 823, 880, 886, 933, 1021, 1022, 1059, 1082, 1141, 1164, 1176, 1198, 1358, 1359, 1500, 1589, 1621, 1627, 1733, 1761, 1773, 1804, 1806, 1808, 1812, 1850, 1853, 1880, 1885, 1895, 1921, 1972, 1982, 1987, 1988, 2049, 2105, 2125, 2221, 2272, 2277, 2460, 2570, 2606, 2622, 2626, 2643, 3019, 3065, 3162

許, 37, 76, 126, 220, 235, 307, 404, 439, 463, 521, 593, 643, 656, 817, 822, 826, 897, 926, 932, 1004, 1018, 1151, 1182, 1231, 1311, 1533, 1536, 1658, 1799, 1809, 1942, 1984, 2027, 2049, 2072, 2090, 2202, 2220, 2270, 2273, 2353, 2400, 2407, 2462, 2472, 2622, 2731, 2751, 2880, 2948, 2955, 3063, 3101

豉, 255, 3018

豚, 2123, 3113

貥, 367

貧, 367, 636, 644, 719, 857, 1280, 1429, 1530, 1550, 1632, 1865, 2047,

2313, 2750, 2882, 3032

貨, 51, 366, 828, 875, 1263, 1354, 2870, 3120, 3121

販, 37, 584, 736

貪, 9, 53, 181, 225, 226, 246, 278, 367, 523, 609, 636, 741, 762, 783, 858, 914, 918, 1049, 1051, 1088, 1263, 1281, 1486, 1516, 1530, 1598, 1616, 1635, 1819, 1825, 1866, 1878, 1925, 2047, 2059, 2122, 2292, 2544, 2659, 2739, 2752, 2777

貫, 51, 289, 723, 725, 729, 731, 741, 769, 1205, 1812, 1876, 1895, 1923, 2141, 2325, 3098

責, 189, 217, 607, 696, 741, 846, 854, 888, 971, 992, 1002, 1061, 1077, 1340, 1342, 1588, 1619, 1625, 1628, 1972, 1992, 2033, 2244, 2304, 2484, 2810, 2836, 2857, 2864, 2870, 2871, 2882, 2928, 3045, 3116

貳, 1481

赦, 55, 593, 771, 1095, 1461, 1773, 1806, 1808, 1928, 1968

赧, 55, 1461, 1808

趂, 223

趙, 3122

趺, 30, 277, 448, 613, 615, 616, 943, 953

趼, 2486

趾, 218, 231, 938, 2999, 3002, 3004

趺, 30, 884, 1565, 1577, 1582, 2508

軌, 80, 367, 1828

躯, 1102, 1293, 1632, 1637, 1639, 1640, 1641, 1818, 1822, 2029, 2072, 3032

軗, 1958

軛, 503, 504, 673, 739, 1215, 1478

軟, 292, 480, 488, 618, 827, 1465, 1468, 1498, 1499, 1500, 1553, 1623, 1689, 1702, 1715, 1716, 1725, 1728, 1877, 2313, 2438, 2446, 2516, 2665, 3106

逋, 153, 1239, 2093

逍, 2372, 2373, 2863

逎, 1454, 1636, 2017

透, 752, 2087

逐, 318, 361, 366, 605, 758, 1054, 1154, 1454, 1480, 1982, 2017, 2204, 2219, 2651, 2731, 2805, 3073, 3092, 3111, 3112

途, 274, 342, 361, 399, 610, 928, 1074, 1371, 2111, 2113, 2114, 2513, 2748

逕, 190, 363, 751, 1065, 1073, 1074, 1173, 2122, 2486, 2513, 2731

逖, 2075, 2705

逗, 454, 465, 1055, 1614, 1927, 2014, 2127, 2513

這, 819, 1927, 2908, 2921, 2923

通, 35, 73, 109, 121, 159, 164, 259, 284, 288, 398, 407, 414, 459, 581, 680, 682, 735, 752, 757, 817, 851, 958, 998, 1018, 1051, 1054, 1056, 1067,

1113, 1159, 1202, 1223, 1284, 1314,
1323, 1404, 1527, 1590, 1619, 1637,
1701, 1702, 1815, 1827, 1833, 1846,
1848, 1916, 1927, 2093, 2098, 2103,
2104, 2122, 2196, 2203, 2323, 2330,
2373, 2433, 2567, 2572, 2575, 2613,
2626, 2684, 2797, 2805, 2841, 2843,
2863, 2908, 2987, 3022, 3145

逝, 328, 398, 483, 514, 950, 1054,
1921, 1926, 2311, 2704, 2809, 2909

逞, 243

速, 254, 328, 342, 361, 398, 514,
757, 900, 908, 1013, 1019, 1054, 1239,
1371, 1471, 1844, 1886, 1967, 2033,
2095, 2111, 2169, 2203, 2461, 2804,
2841, 3109

造, 101, 185, 186, 343, 363, 399,
427, 449, 456, 551, 565, 610, 668, 669,
686, 736, 753, 831, 895, 913, 959, 984,
1021, 1119, 1170, 1226, 1372, 1587,
1589, 1796, 1802, 1816, 1835, 1927,
1967, 2014, 2204, 2320, 2453, 2513,
2571, 2673, 2717, 2745, 2779, 2805,
2836, 2862, 2863, 3009, 3017, 3045,
3099, 3104, 3111, 3152, 3165

逡, 1665, 2461

逢, 100, 341, 610, 611, 1479,
1517, 1927, 2202, 2413, 2460, 2513,
2780, 2804, 2862, 2987

連, 1239

連, 104, 223, 341, 459, 885, 1050,
1053, 1066, 1193, 1239, 1240, 1604,
1902, 1966, 2203, 2702, 2804, 2840,

2860, 3047

部, 1, 49, 63, 86, 126, 165, 167,
183, 415, 439, 461, 485, 591, 602, 620,
671, 926, 936, 972, 975, 1006, 1063,
1123, 1137, 1183, 1196, 1304, 1311,
1332, 1334, 1437, 1458, 1495, 1527,
1531, 1548, 1573, 1630, 1663, 1798,
1855, 2501, 2521, 2667, 2750, 2800,
2807, 2900, 2912, 2988, 3020, 3046,
3049, 3061, 3137

鄣, 1137

郭, 236, 486, 742, 1183, 1980,
2522, 2949, 3142

郯, 1777, 2048, 2494

鄉, 1620, 1857, 2350, 2362, 2371,
2508, 3142

都, 167, 236, 458, 461, 463, 466,
467, 470, 472, 474, 489, 593, 725, 742,
929, 1007, 1061, 1115, 1130, 1137,
1183, 1203, 1215, 1393, 1492, 1575,
1583, 1651, 1663, 1665, 1855, 2271,
2285, 2289, 2323, 2380, 2505, 2521,
2772, 2923, 3032, 3062, 3140

酖, 327, 367, 1828, 2935

酙, 2930

野, 262, 707, 889, 1014, 1199,
1303, 1354, 1448, 1523, 1758, 1775,
1857, 1897, 1958, 2386, 2529, 2534,
2537, 2538, 2539, 2750

釣, 122, 447, 696, 967, 988, 1135,
1137, 1659

釤, 1760, 1776

釧, 289, 290

2671, 2747, 3050

鹵, 1300, 1301

鹿，229, 327, 476, 1048, 1301, 1304, 1305, 1339, 1954, 2107, 2118, 2366, 2500, 2504, 2889, 2908

麥, 68, 459, 465, 585, 1341, 1976

麻, 327, 815, 1260, 1339, 1355, 1372, 1414, 1521, 2141

黃, 256, 693, 749, 792, 845, 846, 958, 1050, 1380, 1429, 1578, 1619, 2042, 2047, 2457, 2507

黑, 15, 31, 57, 505, 672, 708, 743, 792, 845, 1050, 1205, 1335, 1350, 1370, 1431, 1432, 2101, 2209, 2402, 2455, 2457, 2618, 2749, 2862, 3047

㞩, 3096

耕, 683

粘, 706

辜, 702

菌, 1137

傫, 1472

儁, 1137, 1138

喠, 2473

喤, 1873, 2067, 2085, 3150

喇, 1446, 2527

噩, 508

嘮, 1207

喳, 3020

嗒, 2880

墇, 2206

孈, 1528

寯, 858, 1072, 2757, 2759, 2783

嵕, 2166

幠, 291

徯, 841

恆, 905

愕, 627, 2218

揞, 1389

搞, 2206

摮, 3116, 3139, 3141

摎, 3028

碁, 885

棐, 3149

棄, 1252

楂, 2040

棉, 19

棒, 152

椶, 1212, 1451, 1455, 1575

猗, 698

覎, 737

裎, 240

舩, 287, 508

蕊, 321

逿, 438

傀, 737, 1179

傅, 49, 148, 156, 287, 631, 632, 635, 638, 647, 648, 935, 2119, 2293, 3105

傍，45, 46, 99, 278, 781, 846, 1011, 1207, 1231, 1305, 1513, 1537, 1665, 1784, 1904, 1919, 2207, 2370, 2604, 2635, 2874

傎, 441

傮, 2057

傑, 182, 654, 1018, 1019, 1257, 1956

763, 770, 780, 862, 896, 906, 911, 954, 1022, 1026, 1059, 1070, 1080, 1087, 1169, 1172, 1245, 1334, 1345, 1361, 1382, 1387, 1397, 1430, 1434, 1495, 1496, 1541, 1549, 1552, 1569, 1574, 1601, 1669, 1672, 1689, 1754, 1778, 1782, 1783, 1784, 1788, 1802, 1804, 1824, 1832, 1847, 1877, 1895, 1914, 1921, 1926, 1937, 1958, 2056, 2095, 2111, 2185, 2196, 2253, 2259, 2290, 2293, 2298, 2302, 2304, 2308, 2318, 2325, 2334, 2341, 2350, 2401, 2408, 2430, 2478, 2509, 2516, 2544, 2545, 2554, 2616, 2619, 2626, 2631, 2636, 2647, 2652, 2711, 2727, 2738, 2767, 2804, 2820, 2824, 2904, 2917, 2940, 2957, 2989, 3022, 3065, 3083, 3099, 3131, 3162

喆, 2910

喇, 319, 1185, 1209, 1233, 1327

啫, 1016, 2565

喉, 799, 800, 1051, 1232, 2169, 2496, 3081, 3113

喋, 450

喎, 2134

喏, 339, 1445, 1499, 1677

嘟, 2773, 2775

喑, 2656

喘, 285, 289, 857, 957

喙, 857, 2799, 3059, 3118

喚, 20, 601, 812, 843, 844, 971, 994, 1005, 1132, 1164, 1395, 1498, 1589, 1942, 2054, 2169, 2318, 2377,

2378, 2445, 2502, 2766

喜, 301, 382, 608, 760, 770, 838, 843, 854, 856, 896, 954, 980, 1059, 1170, 1240, 1361, 1564, 1586, 1593, 1594, 1629, 1660, 1670, 1734, 1781, 1872, 1903, 1953, 1958, 2043, 2055, 2283, 2293, 2294, 2301, 2304, 2308, 2379, 2397, 2425, 2510, 2627, 2632, 2638, 2679, 2693, 2747, 2787, 2821, 2825, 2853, 2918, 2975, 3069, 3099

喝, 218, 774, 787, 790, 795, 1154, 2379, 2521

喞, 885, 897, 1196, 2995, 3020, 3031

喟, 206, 1179

嘷, 2207

喤, 846

喧, 865, 2445, 2636

喻, 77, 486, 523, 564, 1003, 1010, 1176, 1207, 1282, 1314, 1412, 1526, 1532, 1602, 1711, 1904, 1962, 2073, 2183, 2201, 2219, 2232, 2329, 2388, 2634, 2704, 2716, 2731, 2747, 2748, 2749, 2750, 2754, 2759, 2765, 2775, 2781, 2784, 2787, 2789, 2961, 3045, 3060, 3082, 3141, 3164

喪, 4, 185, 836, 890, 1480, 1499, 1622, 1761, 1974, 2001, 2142, 2161, 2218, 2351, 2557, 2860, 2870, 2940

喫, 244, 375, 449, 885, 1490, 1491, 1518, 1590

喬, 666, 1001, 1606

喩, 2496, 2499, 2846

768, 906, 1282, 1901, 2250, 2273, 2301, 2386, 2444, 2673, 2824

寐, 1261, 1363, 1375, 1409, 1619, 2278, 2644

寒, 5, 458, 460, 763, 764, 951, 1057, 1154, 1207, 1253, 1566, 1599, 1631, 1740, 1974, 1976, 2021, 2072, 2758, 3166

寓, 382, 2757, 2760, 2783

寔, 455, 1172, 1408, 1873, 1877, 2451

尊, 54, 185, 190, 207, 240, 270, 273, 334, 359, 388, 400, 415, 428, 435, 444, 494, 566, 624, 678, 741, 773, 858, 950, 958, 964, 1035, 1057, 1340, 1368, 1407, 1629, 1636, 1725, 1821, 1848, 1873, 1891, 1897, 1898, 1904, 2081, 2151, 2202, 2264, 2320, 2325, 2460, 2510, 2720, 2765, 2860, 2930, 2953, 3119, 3151, 3153, 3155

尋, 12, 101, 107, 239, 277, 318, 325, 361, 388, 399, 409, 426, 486, 612, 765, 901, 1635, 1710, 1719, 1820, 1846, 1872, 1998, 2010, 2120, 2237, 2298, 2459, 2460, 2573, 2679, 3074, 3103, 3111, 3132, 3154

尞, 1253

就, 44, 82, 114, 115, 263, 271, 296, 308, 322, 343, 367, 413, 424, 512, 521, 555, 634, 712, 726, 746, 806, 836, 899, 930, 932, 994, 1020, 1053, 1086, 1096, 1098, 1120, 1187, 1231, 1278, 1291, 1309, 1344, 1465, 1470, 1546,

1584, 1604, 1609, 1652, 1668, 1678, 1772, 1779, 1845, 1929, 1962, 1986, 2015, 2037, 2079, 2258, 2334, 2355, 2456, 2559, 2622, 2674, 2696, 2737, 2808, 2818, 2956, 2988, 3043, 3060, 3063, 3105, 3167

崳, 1308

崴, 2134

崿, 508

嵆, 2281

嵈, 844

崏, 1360

崿, 939, 1504, 2748

嵐, 608, 1192

巽, 2261, 2462, 2640

帽, 340, 1354

幀, 2371, 2947, 2953

幃, 2167, 2191

幄, 2250

幅, 569, 628, 629, 630, 1250, 2330

幾, 181, 293, 482, 873, 886, 887, 889, 918, 928, 931, 1566, 1574, 2318, 2574, 2603, 2630, 2824

廅, 1236

廁, 188, 2676

廂, 101, 1197, 1383, 2341, 2350, 2351, 3003

廊, 1197

廊, 742, 1183, 1196, 1197

弒, 554, 1203, 1773, 1924, 1926

弨, 91, 93, 734, 2707

弶, 1813

弾, 2048

彘, 3028

彭, 1517

徤, 985, 987, 988

假, 1809

徧, 66, 99, 107, 108, 1527, 2093, 2152, 2538, 2843

徨, 846

復, 4, 35, 63, 80, 93, 103, 121, 126, 156, 204, 212, 226, 235, 288, 316, 322, 343, 371, 380, 403, 413, 423, 435, 437, 460, 471, 490, 494, 511, 525, 552, 574, 592, 618, 621, 626, 630, 631, 638, 647, 650, 651, 684, 710, 756, 758, 776, 795, 803, 822, 871, 880, 897, 929, 1012, 1040, 1100, 1115, 1150, 1201, 1219, 1333, 1357, 1379, 1451, 1470, 1550, 1583, 1600, 1622, 1663, 1680, 1705, 1717, 1730, 1784, 1808, 1812, 1823, 1830, 1845, 1868, 1876, 1885, 1910, 1941, 1976, 2026, 2041, 2079, 2091, 2152, 2169, 2193, 2220, 2239, 2246, 2257, 2271, 2387, 2406, 2428, 2437, 2460, 2494, 2495, 2498, 2502, 2552, 2559, 2587, 2608, 2677, 2693, 2695, 2702, 2708, 2721, 2736, 2766, 2775, 2800, 2865, 2913, 2987, 3016, 3033, 3043, 3047, 3098, 3113, 3128, 3160, 3170

循, 110, 488, 499, 1261, 1310, 1981, 2431, 2433, 2458, 2459, 2461, 2462, 3137

悲, 58, 181, 237, 263, 300, 504,

509, 595, 772, 826, 859, 975, 1104, 1161, 1165, 1390, 1484, 1563, 1565, 1688, 1805, 1996, 2068, 2288, 2301, 2388, 2390, 2442, 2657, 2661, 2693, 3020, 3151, 3153

惪, 226

悶, 16, 93, 961, 1141, 1358, 1367, 1368, 1369, 1465, 1591, 2241, 2553

窓, 507, 2137, 2790

惑, 15, 183, 203, 205, 213, 465, 467, 482, 488, 505, 558, 618, 661, 679, 725, 751, 813, 844, 852, 856, 871, 875, 878, 1029, 1371, 1385, 1463, 1484, 1493, 1564, 1566, 1643, 1671, 1898, 1984, 1997, 2157, 2193, 2246, 2429, 2569, 2630, 2749, 2774

愐, 784, 788, 1968

惠, 60, 189, 279, 301, 347, 404, 413, 458, 505, 509, 732, 746, 758, 828, 854, 859, 863, 864, 869, 929, 958, 1245, 1248, 1336, 1484, 1581, 1765, 1996, 2027, 2185, 2289, 2301, 2552, 2624, 2727, 2838, 2914, 2923, 2927, 3021, 3103

惡, 1, 5, 31, 55, 80, 124, 186, 205, 229, 257, 262, 265, 273, 279, 301, 307, 320, 327, 332, 365, 403, 412, 467, 503, 504, 508, 524, 556, 650, 657, 722, 734, 739, 745, 750, 759, 792, 812, 834, 842, 853, 854, 859, 864, 876, 879, 895, 905, 924, 989, 1166, 1248,1303, 1309, 1363, 1381, 1390, 1393, 1423, 1473, 1499, 1500, 1502, 1545, 1566, 1637,

1651, 1671, 1688, 1765, 1778, 1829,
1830, 1876, 1894, 1901, 1996, 2004,
2021, 2104, 2108, 2137, 2158, 2193,
2217, 2220, 2249, 2257, 2289, 2324,
2355, 2390, 2402, 2403, 2406, 2452,
2472, 2503, 2515, 2543, 2573, 2607,
2624, 2651, 2661, 2677, 2749, 2751,
2766, 2780, 2844, 2851, 2876, 2939,
2954, 3011, 3033, 3038, 3046, 3084,
3098, 3140, 3148, 3151

惣, 910, 1464, 2274, 2362

惰, 494, 495, 496, 499, 793, 850,
1623, 2870

惱, 166, 229, 263, 277, 571, 600,
607, 699, 759, 794, 836, 852, 878, 894,
909, 1103, 1147, 1167, 1179, 1198,
1236, 1296, 1307, 1348, 1371, 1460,
1462, 1464, 1494, 1598, 1652, 1675,
1676, 1678, 1766, 1785, 1797, 1831,
1845, 1902, 1942, 1964, 2013, 2041,
2276, 2302, 2324, 2355, 2400, 2415,
2531, 2655, 2693, 2824, 2956, 3140

惲, 849, 2840

惶, 166, 837, 846, 1161, 2403,
2413

惇, 1631

惺, 846, 1133, 1303, 1619, 2403,
2413

惻, 187, 188, 292

惛, 865

愀, 1608

愄, 2166, 2218

愉, 2749, 2754

愊, 93

愞, 2446

愎, 93, 2696

愐, 1379, 3056

愒, 1593

愓, 2507

愔, 2292, 2656, 2669

愕, 166, 182, 508, 1240, 1348

愖, 229

愜, 813, 822, 1614, 1777, 2310

愂, 1498, 1726, 1727

愠, 2840

愡, 2013

慨, 189, 728, 794, 1142, 2138

戠, 366, 918, 1603, 2890

扉, 599, 960, 1777

捶, 192, 293, 294, 295, 494, 2512,
3032, 3110

掌, 215, 217, 382, 434, 516, 612,
616, 858, 863, 1572, 1597, 1626, 1657,
1785, 1793, 1796, 1797, 1904, 1935,
2057, 2107, 2545, 2893, 2907, 3003,
3146

掔, 1445, 1597

掣, 223, 224, 480, 1258, 1597,
1614, 2538, 3014, 3020, 3030

掾, 287, 2803, 2808

揀, 458, 461, 656, 968, 973, 992,
1243, 1812, 1959, 2871

損, 2020, 2930, 2937

揣, 968

揄, 972, 1284, 2748, 2749, 2784

揆, 972, 1179

1333, 1390, 1962, 2654

敔, 885, 918, 2472

斌, 130, 241, 2378, 2827

斐, 599, 600, 1515

斑, 38, 40, 2311

斳, 336

斯, 14, 221, 312, 318, 320, 483, 623, 979, 989, 1067, 1189, 1448, 1562, 1563, 1571, 1580, 1601, 1709, 1825, 1915, 1995, 1997, 1998, 2000, 2030, 2260, 2326, 2335, 2381, 2393, 2398, 2399, 2427, 2438, 2566, 3067, 3119

旐, 1283, 1285, 1580

晚, 56, 367, 468, 807, 1377, 1872, 2126, 2137, 2139, 2376, 2621

普, 52, 109, 135, 137, 140, 157, 166, 267, 301, 350, 381, 424, 560, 616, 644, 668, 677, 766, 1013, 1054, 1084, 1111, 1369, 1471, 1549, 1551, 1553, 1591, 1619, 1652, 1669, 1690, 1779, 1895, 1902, 1936, 2028, 2075, 2195, 2283, 2289, 2302, 2322, 2349, 2392, 2652, 2830, 2906, 2915, 3035, 3050, 3098, 3154

景, 133, 326, 683, 1071, 1072, 1073, 1082, 1251, 1268, 1964, 2674, 3028

晰, 1926

晱, 1777, 2494

晥, 728, 1480

晳, 2292

晴, 16, 18, 1063, 1070, 1621, 1624, 1625

晶, 1069

晷, 1436

晹, 2622

智, 39, 120, 203, 204, 221, 270, 321, 359, 382, 391, 399, 410, 415, 419, 421, 440, 443, 480, 547, 565, 598, 624, 630, 667, 682, 690, 748, 863, 913, 935, 938, 939, 983, 990, 1014, 1027, 1055, 1081, 1085, 1135, 1161, 1170, 1202, 1218, 1223, 1231, 1257, 1296, 1354, 1360, 1363, 1367, 1372, 1383, 1407, 1440, 1473, 1532, 1552, 1573, 1587, 1664, 1687, 1689, 1699, 1714, 1768, 1782, 1801, 1827, 1836, 1848, 1863, 1882, 1904, 1918, 1974, 1993, 2073, 2076, 2096, 2225, 2263, 2298, 2304, 2348, 2374, 2384, 2396, 2411, 2413, 2420, 2443, 2453, 2516, 2536, 2545, 2556, 2561, 2570, 2634, 2651, 2653, 2668, 2719, 2810, 2876, 2922, 2930, 2952, 2976, 2999, 3001, 3010, 3013, 3017, 3019, 3020, 3032, 3045, 3058, 3072, 3092, 3154

晻, 16

晓, 2376

暑, 1072, 1678, 1964, 1965, 3081

曾, 185, 189, 208, 216, 217, 376, 401, 684, 857, 1011, 1063, 1301, 1600, 1654, 1766, 1778, 1828, 1867, 2047, 2283, 2295, 2502, 2573, 2682, 2683, 2874, 2876, 2877, 3039, 3057, 3083, 3146

替, 224, 365, 854, 2075, 2088,

2564

欺, 157, 1562, 1563, 1574, 1615, 1725, 1999

歃, 284, 292, 812, 837, 1766, 2397, 2440, 2688

欽, 201, 585, 691, 838, 1242, 1543, 1776, 2398, 2399, 2660, 2665

款, 1173

殕, 633

殖, 1269, 1874, 2987, 2990

殘, 181, 236, 278, 363, 990, 1384, 1428, 1605, 1677, 1955, 2750, 2873

殼, 816, 1608

骰, 1761, 2512

毯, 941, 1350, 2053, 2084, 2887

毱, 187, 1101, 1103, 1128, 1636

毳, 332

湦, 293, 2132

淼, 1766

渙, 843, 844

減, 183, 237, 460, 661, 751, 873, 969, 994, 1159, 1385, 1648, 1662, 1797, 1823, 1843, 2020, 2165, 2249, 2322, 2559, 2874, 3171

澳, 1498, 1500, 1725

渝, 2105, 2278, 2748, 2749, 2754

淳, 2092

渠, 144, 247, 1107, 1641, 1823

渡, 5, 80, 141, 474, 477, 627, 941, 1694, 1721

渤, 147, 148, 149, 758

渥, 1477, 2250, 2470

渧, 430, 436, 440, 1622, 2068,

2118

溫, 1154, 1246, 1490, 1678, 1858, 1921, 1965, 2133, 2227, 2431, 2827, 2841, 2842

渫, 2387

測, 187, 188, 453, 1879, 2437, 2865

渭, 2218, 2685, 3120

港, 666, 2366

湷, 68

渲, 2450, 2495

渴, 3118

游, 627, 1285, 2705, 2910

渺, 1381, 1382

渾, 866

湃, 1535

湊, 187, 326, 611, 1615, 1651, 3143

滄, 180

湍, 284, 480, 1345, 1716, 1727, 2118

湎, 1379, 1409

湏, 857, 2369, 2488

湑, 2443

湔, 966

湕, 968

湖, 223, 702, 786, 815, 816, 1344

湘, 816, 2341, 2351

湛, 230, 374, 565, 816, 1143, 1335, 2049, 2890

湞, 2439

湟, 2903

漍, 2448

618, 635, 717, 807, 813, 905, 909, 937,
1021, 1049, 1066, 1096, 1116, 1130,
1176, 1230, 1256, 1258, 1284, 1326,
1369, 1387, 1404, 1431, 1432, 1471,
1483, 1492, 1586, 1601, 1667, 1671,
1678, 1687, 1707, 1772, 1780, 1787,
1798, 1841, 1843, 1845, 1853, 1914,
1943, 1967, 1987, 2017, 2029, 2046,
2072, 2090, 2153, 2168, 2169, 2195,
2247, 2259, 2289, 2302, 2312, 2408,
2415, 2474, 2498, 2499, 2524, 2570,
2588, 2616, 2678, 2692, 2697, 2711,
2756, 2791, 2801, 2809, 2824, 2838,
2840, 2852, 2901, 2906, 2916, 3015,
3019, 3039, 3050, 3065, 3085, 3109,
3141, 3161

燒, 258, 291, 1669, 1797, 2168,
2373, 2408

煮, 966, 2789, 3015, 3080, 3081

爲, 32, 71, 84, 88, 95, 110, 122,
128, 137, 159, 165, 191, 214, 233, 281,
301, 313, 317, 333, 344, 358, 373, 381,
393, 407, 426, 437, 472, 476, 486, 491,
506, 514, 562, 578, 589, 623, 645, 646,
667, 677, 680, 689, 695, 705, 714, 735,
738, 740, 780, 783, 785, 807, 813, 825,
834, 836, 848, 858, 874, 879, 894, 901,
909, 917, 935, 961, 995, 1009, 1013,
1021, 1031, 1049, 1056, 1059, 1080,
1091, 1098, 1102, 1108, 1141, 1152,
1190, 1223, 1225, 1281, 1294, 1296,
1314, 1340, 1397, 1404, 1411, 1435,
1454, 1467, 1486, 1488, 1536, 1552,

1571, 1601, 1635, 1645, 1656, 1670,
1685, 1689, 1710, 1718, 1723, 1734,
1764, 1780, 1791, 1810, 1820, 1834,
1864, 1872, 1916, 1930, 1933, 1936,
1946, 1965, 1967, 1976, 1977, 1981,
1990, 2008, 2030, 2095, 2098, 2104,
2160, 2183, 2190, 2191, 2192, 2203,
2206, 2207, 2214, 2218, 2222, 2248,
2252, 2260, 2268, 2290, 2314, 2329,
2341, 2367, 2393, 2401, 2409, 2425,
2437, 2445, 2460, 2472, 2479, 2498,
2510, 2532, 2555, 2560, 2576, 2591,
2609, 2613, 2616, 2617, 2620, 2626,
2649, 2679, 2690, 2698, 2706, 2713,
2723, 2733, 2739, 2753, 2762, 2768,
2778, 2793, 2802, 2809, 2813, 2818,
2825, 2831, 2839, 2853, 2859, 2869,
2918, 2958, 2975, 3003, 3008, 3036,
3044, 3051, 3099, 3103, 3124, 3132,
3135, 3145, 3150, 3154, 3162

牋, 966, 967, 1605, 2890

牌, 1506, 1513, 1523

掌, 244

犀, 254, 1418, 2292

犂, 1210, 1213, 1214

犇, 68

猋, 2499

猒, 2500

猢, 814

猥, 1180, 2166, 2206

猨, 799, 2796, 2798

猪, 277, 1259, 1493, 1523, 1842,
2112, 3061, 3072

十二畫

貓, 698, 1209, 1214, 1351, 1353, 1370, 2541, 2730, 3061

猱, 1462

猲, 2385

猴, 799, 880, 2796, 2798

猶, 67, 110, 136, 222, 233, 284, 382, 427, 468, 546, 567, 734, 755, 881, 888, 916, 1014, 1094, 1351, 1370, 1526, 1670, 1711, 1734, 1775, 1794, 1796, 1797, 1814, 1900, 1917, 2083, 2104, 2120, 2168, 2183, 2224, 2248, 2395, 2432, 2444, 2459, 2561, 2565, 2610, 2699, 2702, 2705, 2706, 2730, 2741, 3003, 3045, 3142

琕, 1530

琛, 182, 225, 1822, 2925

琢, 2663, 3118, 3156

琥, 817, 819

琦, 1148, 1574, 1577, 1589, 2605, 2925

琨, 866, 1181

琬, 2136, 2138, 2139

琮, 326, 3139

琯, 728

琰, 374, 615, 2485, 2494, 2498, 2499, 2501

琲, 66

琳, 1259, 1260, 1262, 3060

琴, 37, 189, 1616, 1765, 2033, 2375, 2937

琵, 1523, 1765

猨, 1727

甥, 1832, 1840

甦, 1586

番, 380, 567, 568, 569, 608, 1507, 1828

畫, 51, 100, 164, 177, 273, 720, 830, 832, 879, 1057, 1566, 1957, 2094, 2436, 2569, 2737, 3058

畯, 1138

疏, 228, 327, 461, 1958, 1959, 1960, 1961, 1970, 2013

痛, 9, 139, 246, 290, 908, 1101, 1119, 1159, 1170, 1523, 1946, 2103, 2105, 2517, 2609, 2678, 2680, 2701

痞, 613

痟, 2373, 2374, 2375

痠, 2615

痢, 1229, 1233

痤, 336, 3170

瘦, 121, 139, 262, 290, 298, 707, 836, 915, 1293, 1333, 1523, 1952, 2049, 2104, 2615, 2759

登, 5, 242, 420, 421, 428, 549, 603, 760, 936, 958, 1165, 1218, 1786, 1970, 2136, 2616, 2822, 2939, 2950

發, 27, 29, 80, 94, 120, 147, 225, 266, 270, 301, 333, 403, 420, 447, 454, 458, 482, 549, 551, 556, 573, 579, 590, 593, 596, 602, 639, 693, 709, 740, 769, 776, 837, 853, 1007, 1077, 1081, 1179, 1187, 1255, 1359, 1390, 1401, 1407, 1451, 1507, 1512, 1537, 1547, 1583, 1592, 1648, 1651, 1760, 1772, 1808, 1823, 1830, 1941, 1948, 1957, 1969,

1970, 1976, 1983, 2026, 2193, 2246,
2429, 2450, 2455, 2489, 2543, 2616,
2630, 2677, 2683, 2706, 2775, 2800,
2806, 2822, 2906, 2950, 2964, 3047,
3160

皓, 771, 1344, 1544

皴, 333, 841, 1138, 3059

盜, 395, 400, 493, 1164, 1196,
2616, 2658, 3119, 3136

睅, 841

睆, 841

睇, 320, 438

睍, 2335, 2336

睎, 2283, 2288, 2292, 2293

稍, 488, 1608, 1994, 2785, 2895

矬, 336, 480, 3170

短, 206, 322, 328, 336, 432, 465,
480, 571, 908, 1104, 1108, 1332, 1786,
2661, 2970, 3021, 3115

硤, 2310

碑, 223, 224

硬, 99, 683, 909, 1057, 2675

确, 1612, 1665

硯, 1546, 1994, 2498

祝, 1979

祴, 673

祷, 386, 389, 707, 1941, 3149

禄, 629, 1229, 1302, 1304

稀, 1053, 2283, 2285, 2288, 2292

稃, 627

稛, 2340

稈, 660, 661, 2772

程, 240, 1025, 1063

稍, 233, 630, 989, 1122, 1370,
1797, 2372, 3044

稅, 581, 647, 1979, 2351

竢, 2011, 3147

竣, 1138, 2808

童, 292, 435, 467, 1076, 1251,
1496, 1571, 1846, 2051, 2080, 2098,
2101, 2102, 2146, 2626, 2652, 2891,
2893, 3044, 3048, 3067, 3124

竦, 1233, 1959, 1960, 2013

筆, 86, 185, 422, 826, 845, 2504,
2629, 2905, 3004

筈, 1164, 1183

等, 11, 41, 42, 67, 70, 72, 76, 108,
124, 126, 135, 154, 171, 185, 199, 206,
212, 227, 238, 245, 248, 266, 278, 283,
287, 307, 343, 347, 364, 380, 383, 384,
388, 400, 403, 412, 422, 436, 439, 454,
470, 485, 517, 520, 556, 572, 583, 587,
590, 620, 625, 636, 658, 660, 693, 709,
723, 745, 809, 824, 826, 837, 859, 910,
1012, 1019, 1032, 1039, 1063, 1081,
1104, 1107, 1115, 1132, 1150, 1158,
1165, 1187, 1205, 1221, 1250, 1262,
1311, 1325, 1339, 1350, 1352, 1370,
1410, 1429, 1436, 1469, 1482, 1484,
1492, 1521, 1552, 1573, 1583, 1590,
1607, 1615, 1679, 1704, 1717, 1729,
1738, 1778, 1786, 1817, 1826, 1829,
1840, 1852, 1855, 1859, 1865, 1868,
1879, 1888, 1891, 1901, 1909, 1928,
1933, 1935, 1936, 1941, 1953, 1956,
1970, 1973, 1978, 1983, 2010, 2018,

絚, 682, 683, 840, 1494

絜, 1019, 1024

絞, 955, 999, 1004, 1006, 1089, 1258, 2233, 2310, 2378, 2639, 2800

絰, 1658

絡, 672, 678, 956, 1020, 1303, 1305, 1324, 1325, 1326, 2157, 3039

絢, 1100, 1135, 1641, 2461

絣, 72, 231, 1530, 1534

給, 363, 364, 611, 678, 689, 755, 896, 906, 931, 1020, 1051, 1308, 1326, 1550, 1594, 1805, 1932, 2040, 2220, 2406, 2509, 2608, 2828, 2955, 3039

結, 1021

絫, 1125

絮, 1024, 2443, 3101, 3126

絃, 655, 1984, 2103

経, 449, 648, 1852, 2986, 3032

絲, 177, 179, 680, 1309, 1995, 2000, 2305

絳, 609, 798, 998, 999, 1326

絶, 174, 247, 296, 298, 364, 413, 454, 482, 582, 664, 712, 751, 813, 932, 942, 1019, 1020, 1023, 1086, 1129, 1161, 1205, 1307, 1327, 1376, 1395, 1459, 1584, 1760, 1763, 1801, 1840, 1842, 1853, 1857, 1986, 2134, 2138, 2164, 2258, 2615, 2619, 2801, 2804, 3031, 3039, 3120, 3142

絣, 134, 1534, 1535, 1536

絫, 2071

絑, 1101, 1126

羨, 1361, 2336

翔, 19, 45, 257, 1994, 2352, 2353, 2355, 2388, 2622, 2758

翕, 1144, 2053, 2282, 2293, 2639

翎, 1267

臺, 449, 1353

聒, 742, 1183

肅, 414, 1345, 1528, 1534, 1579, 2375, 2379, 2685, 2881

脹, 217, 647, 2899

脽, 1976

脾, 58, 97, 276, 957, 1447, 1523, 2218, 2903

腂, 753, 832

腃, 1126

腅, 1777

腆, 49, 1494, 2085

腋, 150, 2521, 2540, 2541

腎, 2218

腑, 632, 1868

腓, 596, 600

腔, 97

腕, 647, 2126, 2138, 2139, 2141

腴, 2701, 2748

舄, 1665

舃, 2307, 2498

舒, 99, 244, 1141, 1178, 1339, 1958, 1970, 2442, 2537, 2889

舜, 1962, 1982, 2271

荆, 2923

莚, 2091, 2092, 2474, 2486

莽, 1351

莉, 319, 320, 1352

菀, 1368, 2138, 2806

2421, 2433, 2457, 2556, 2572, 2602,
2605, 2611, 2629, 2634, 2654, 2685,
2719, 2726, 2745, 2765, 2779, 2826,
2856, 2863, 2894, 2922, 3028, 3029,
3031, 3093, 3098, 3102, 3112, 3116,
3166

虗, 137, 2437

蚰, 1633, 1637

蛒, 1337

蛕, 2702

蛗, 1803

蛘, 2507

蛙, 701, 1390, 2134

蛛, 276, 3061

蛟, 1000, 1002, 2233

蛣, 1019

蛤, 755

蛭, 449

衆, 10, 28, 39, 68, 85, 107, 133,
164, 168, 178, 197, 215, 228, 240, 246,
260, 270, 278, 282, 314, 325, 328, 359,
361, 374, 388, 393, 410, 415, 427, 487,
492, 516, 524, 547, 565, 624, 651, 655,
670, 682, 690, 704, 748, 758, 836, 840,
858, 913, 938, 939, 952, 995, 1010,
1035, 1091, 1106, 1119, 1136, 1162,
1180, 1191, 1220, 1231, 1284, 1307,
1321, 1340, 1368, 1389, 1401, 1407,
1457, 1487, 1573, 1618, 1625, 1636,
1646, 1656, 1666, 1687, 1714, 1718,
1725, 1736, 1768, 1782, 1794, 1801,
1821, 1825, 1836, 1848, 1890,1894,
1918, 1935, 1947, 1960, 1972, 1979,

1982, 2010, 2032, 2081, 2111, 2118,
2135, 2141, 2148, 2218, 2249, 2263,
2274, 2286, 2298, 2320, 2368, 2371,
2396, 2426, 2432, 2448, 2454, 2494,
2510, 2530, 2545, 2558, 2561, 2604,
2611, 2634, 2651, 2655, 2680, 2683,
2691, 2719, 2790, 2793, 2808, 2823,
2826, 2903, 2922, 2963, 2980, 2989,
3038, 3040, 3041, 3042, 3045, 3048,
3049, 3052, 3059, 3072, 3080, 3134,
3139, 3151, 3152, 3154, 3168

衒, 1292

街, 796, 1016, 1331, 1642, 1968,
2366, 2407

袴, 1171

袵, 1051, 1694

袷, 1594

袿, 2657

裀, 2651

裁, 172, 173, 174, 234, 547, 968,
1023, 1028, 1729, 2629, 2847, 2848

裂, 1256, 1258, 1520, 1546, 2328,
2892

裝, 3107, 3108

裛, 749

覃, 368, 2048, 2051, 2052

視, 56, 197, 281, 407, 471, 671,
718, 727, 732, 737, 879, 979, 990,
1220, 1479, 1601, 1630, 1892, 1905,
1915, 1920, 1922, 2011, 2335, 2341,
2355, 2393, 2478, 2888, 2917, 3148

觇, 201

觚, 702, 703, 2467

買, 44, 504, 584, 956, 1341, 1342, 1354, 3028, 3152

貸, 362, 366, 547, 553, 875, 1354

貶, 1176, 1177, 2568

費, 93, 444, 602, 617, 740, 1218, 1512, 2273, 2276, 2689

貼, 2088

貽, 2042, 2568, 2901

貿, 148, 444, 791, 796, 843, 875, 960, 1188, 1263, 1341, 1342, 1354, 3031, 3121

賀, 775, 788, 790, 875, 943, 949, 956, 1341, 1414, 1638, 2047, 2385, 2856, 2858

賣, 68

趁, 230, 635, 1633

超, 220, 234, 266, 635, 750, 1156, 1257, 1582, 1651, 1798, 2085, 2086, 2192, 2428, 2519, 2821, 2903, 2906, 3150

越, 221, 254, 257, 277, 636, 753, 1449, 1587, 1654, 1699, 1918, 2089, 2204, 2219, 2309, 2458, 2815, 2821, 2823, 2849, 2907

跋, 23, 27, 29, 30, 145, 151, 492, 553, 554, 566, 601, 615, 628, 884, 990, 1302, 1421, 1518, 1537, 1577, 1954, 1959, 2127, 2130, 2131, 2166, 2897, 2964, 3109

趺, 448, 615

跎, 152, 2129, 2130, 2879

跏, 616, 648, 654, 944, 953, 999

跑, 1505, 1514, 1548

跰, 1085, 1179, 3080, 3096, 3097, 3101

跔, 1099

跕, 2088

跖, 616, 2994

跗, 615, 635, 636

跙, 341

跚, 1777

跛, 29, 141, 145, 146, 151, 495, 706, 1327, 1355, 1523, 1540, 1577

距, 17, 297, 1109, 1117, 1119, 1120, 3101

軡, 1267

軫, 739, 1727, 2889, 2931

軿, 797, 3106

輩, 1900

較, 29

軸, 290, 461, 1310, 1315, 2420, 3014, 3055, 3074

軻, 1148, 1315

軼, 1010, 2503, 2622

辜, 702, 703, 710, 1592, 1901, 2413

迨, 843, 1979

逮, 254, 341, 360, 401, 511, 756, 891, 983, 1239, 1371, 1479, 1630, 1651, 1829, 2065, 2093, 2121, 2202, 2804, 3073

週, 753, 3055

進, 100, 207, 242, 254, 341, 396, 621, 757, 828, 899, 910, 985, 998, 1053, 1054, 1055, 1058, 1069, 1137, 1143, 1228, 1480, 1606, 1616, 1618,

閟, 798

閆, 1728, 2042

閑, 92, 207, 222, 465, 724, 790, 937, 964, 974, 1087, 1118, 1142, 1182, 1367, 1465, 1467, 1663, 1825, 2237, 2261, 2323, 2324, 2326, 2458, 2649, 2690, 2823

閒, 1663, 2237, 2324

間, 11, 15, 100, 126, 204, 232, 400, 404, 466, 512, 558, 685, 711, 723, 743, 850, 899, 959, 973, 991, 1012, 1033, 1140, 1151, 1182, 1183, 1257, 1331, 1364, 1402, 1465, 1517, 1626, 1663, 1680, 1728, 1779, 1879, 1895, 2027, 2097, 2233, 2239, 2323, 2340, 2364, 2391, 2487, 2709, 2790, 2914, 2955, 3001, 3034, 3050, 3084, 3153

閔, 92, 1390, 1392, 1777, 2365

陲, 293, 294, 2132

陽, 26, 131, 215, 295, 384, 462, 1321, 1406, 1727, 2056, 2060, 2294, 2504, 2505, 2506, 2507, 2655, 2675, 2748, 3053

陿, 430, 2309, 2310

隃, 2326, 2749

隄, 429, 2065, 2330, 3002

隅, 589, 673, 1035, 1504, 2506, 2746, 2747, 2748, 2750, 2757, 2783

隆, 5, 428, 610, 939, 998, 1290, 1839, 2113, 2654, 2669, 2951, 3039

隈, 680, 1179, 2165, 2166, 2206

隊, 485, 2330, 2808, 3112

隋, 228, 494, 495, 497, 1304,

2057, 2376

隍, 846

階, 89, 91, 288, 298, 482, 1012, 1016, 1033, 1139, 1142, 1181, 2330, 2385, 2622, 3047

雁, 1306, 1488, 2368, 2386, 2498, 2671

雄, 302, 331, 485, 845, 1073, 1327, 2428, 2501, 2684, 3154

雅, 67, 686, 797, 1381, 1848, 1954, 2120, 2183, 2190, 2381, 2428, 2471, 2472, 2842, 2869, 2969, 3029, 3145

集, 135, 180, 238, 279, 288, 331, 335, 396, 439, 482, 493, 603, 746, 777, 834, 857, 892, 910, 915, 932, 1000, 1002, 1020, 1055, 1064, 1116, 1118, 1131, 1166, 1187, 1205, 1312, 1385, 1459, 1549, 1592, 1779, 1805, 1845, 1847, 1924, 1942, 1952, 1967, 1971, 2258, 2295, 2400, 2429, 2543, 2641, 2642, 2646, 2677, 2761, 2824, 2838, 2844, 2861, 2927, 2983, 2988, 3049, 3063, 3084, 3102, 3104, 3161

雇, 472, 710, 717

雺, 606

雲, 49, 54, 124, 282, 444, 564, 606, 609, 651, 692, 734, 800, 1051, 1113, 1160, 1165, 1198, 1203, 1240, 1250, 1268, 1307, 1848, 1921, 1979, 2051, 2057, 2280, 2311, 2336, 2437, 2454, 2759, 2836, 2838, 2839, 2841, 2880, 2881, 3037, 3057, 3135

薛, 959

疏, 938, 939, 1958, 1960, 1961, 1972

亂, 37, 303, 373, 460, 483, 712, 719, 852, 864, 878, 884, 932, 1174, 1196, 1306, 1495, 1719, 2001, 2072, 2104, 2159, 2380, 2674, 2693, 2752, 2838, 2845, 2847, 2948, 2956

亶, 1297, 2051, 2887

傪, 182

催, 330, 1659, 2120, 2681

傭, 1156, 2433, 2613, 2680, 2720

傲, 19, 20, 225, 593, 888, 2166, 2704, 2731

傳, 49, 102, 148, 153, 228, 248, 284, 287, 322, 361, 363, 401, 602, 631, 632, 634, 638, 647, 648, 781, 797, 910, 931, 1243, 1304, 1311, 1421, 1553, 1620, 1656, 1687, 1715, 1766, 1894, 1904, 1925, 1941, 1948, 2119, 2206, 2386, 2400, 2405, 2444, 2630, 2641, 2667, 2817, 3104, 3107

傴, 632, 1293, 1294, 1498, 1503, 2043, 2245, 2472, 2765

債, 217, 888, 942, 1036, 1180, 1263, 1628, 2033, 2444, 2871, 2881

傶, 1563

傷, 215, 217, 606, 644, 760, 1002, 1179, 1296, 1527, 1784, 1785, 1975, 2020, 2029, 2056, 2104, 2370, 2506, 2508, 2613, 2615, 2892

傺, 258

僅, 765

傾, 40, 187, 267, 392, 452, 488, 644, 717, 766, 994, 1269, 1578, 1622, 1623, 1626, 1671, 1958, 2397, 2438, 2459, 2508, 2573, 2665, 2840

僆, 477

僂, 1292, 1293, 1294, 1296, 2765

僄, 1529

僅, 174, 918, 1052, 1053, 1550

僈, 1347, 2737

僉, 763, 1598, 1599, 1658, 2320, 2496

僊, 638, 2316, 2320

鈴, 763, 764, 1345, 1355, 3140

剷, 204

剸, 3015

剹, 1771

剽, 1528

剾, 1162

剿, 1004

募, 1442, 1443, 1444, 2684

勠, 1303, 1304

勢, 351, 449, 616, 664, 769, 862, 941, 1130, 1251, 1586, 1590, 1618, 1678, 1759, 1806, 1846, 1853, 1887, 1896, 1924, 1989, 2229, 2640, 2712, 2917, 2989, 2994

勛, 938, 942

勤, 271, 390, 460, 461, 476, 483, 486, 495, 560, 726, 837, 843, 967, 1018, 1054, 1056, 1060, 1070, 1198, 1200, 1203, 1236, 1342, 1460, 1471, 1530, 1569, 1584, 1616, 1618, 1625, 1632, 1641, 1662, 1681, 1760, 1772,

塡, 2084

塢, 2252, 2270, 2277

塩, 967, 2490

塿, 1144, 2331

填, 444, 488, 607, 1515, 1543, 2050, 2082, 2084, 2307, 2935, 2987, 3030, 3032

奧, 20, 572, 2424, 2642, 2760, 2823, 2926

奬, 995, 996

媱, 178, 914, 1296, 2048, 2164, 2513, 2658, 2659, 2778

媲, 99, 1181, 1525

媵, 1846, 2063, 2676

媸, 244

嫛, 1507, 1540, 2021

媾, 700

媿, 1179, 1180, 2227

嫁, 637, 865, 1360, 1364, 3125

嫂, 1533, 1762

媸, 1408

嫈, 1408

嫉, 473, 759, 907, 914, 1598, 1850, 2614, 2659, 2776

嫌, 774, 852, 889, 958, 1464, 1599, 2324, 2659, 2986

嫐, 1464, 1489

寖, 1057, 1619

寠, 1493

寘, 741, 1408, 2084, 3030

寬, 130, 729, 735, 1076, 1172, 1178, 1407, 1429, 1631, 1942, 2444, 2625, 2730, 2806

寝, 1619

尯, 2326

尟, 1143, 1799, 2320, 2326, 2930

崊, 2112

嵠, 1564, 2292, 2293

嵩, 261, 666, 2013

嵬, 2117

嵯, 335, 336

幌, 847

幍, 2059

幹, 660, 661, 662, 663, 664, 1171

廬, 508, 1297, 2435, 2464

廉, 229, 958, 1024, 1240, 1241

廋, 683, 1953, 2759

廌, 991, 3030

彀, 706, 1497

彙, 858

徬, 1513

徭, 2513

微, 20, 26, 84, 225, 229, 242, 324, 390, 514, 616, 790, 807, 850, 989, 1005, 1009, 1070, 1141, 1160, 1204, 1345, 1383, 1387, 1412, 1423, 1523, 1528, 1601, 1799, 1825, 1828, 1916, 2085, 2166, 2167, 2168, 2185, 2205, 2303, 2307, 2319, 2393, 2479, 2489, 2496, 2555, 2777, 2797, 2912, 2937, 2958, 3150

想, 56, 128, 226, 275, 281, 301, 399, 426, 506, 510, 563, 598, 681, 714, 728, 854, 1014, 1059, 1098, 1117, 1157, 1162, 1336, 1398, 1486, 1489, 1494, 1624, 1635, 1764, 1806, 1820,

1881, 1974, 1990, 1997, 2030, 2161,
2163, 2190, 2286, 2290, 2335, 2341,
2355, 2362, 2393, 2409, 2417, 2507,
2509, 2533, 2560, 2627, 2635, 2638,
2679, 2809, 2949, 2959, 2989, 2990,
3012, 3082, 3141

惷, 297, 2808, 3110

惹, 301, 791, 1238, 1331, 1594,
1677, 1721, 2289

愁, 4, 59, 181, 263, 1161, 1165,
1227, 1371, 1463, 1667, 2217, 2693,
2938

慁, 414, 989, 1125, 1598, 1599,
2491, 2544

愈, 166, 200, 276, 762, 1487,
2020, 2680, 2748, 2755, 2775, 2782,
2784, 2785, 2787, 2788

愍, 4, 5, 60, 95, 301, 413, 506,
656, 712, 717, 1162, 1390, 1392, 1450,
1497, 1997, 2163, 2219, 2258, 2289,
2291, 2626, 2654, 2657, 3047

意, 10, 54, 63, 101, 226, 236, 240,
282, 382, 399, 409, 415, 440, 456, 467,
477, 507, 510, 564, 667, 686, 695, 827,
834, 854, 856, 858, 863, 901, 931, 935,
1076, 1083, 1085, 1088, 1091, 1134,
1160, 1172, 1190, 1202, 1218, 1223,
1226, 1252, 1336, 1337, 1383, 1461,
1487, 1561, 1572, 1588, 1614, 1689,
1711, 1765, 1782, 1802, 1808, 1821,
1835, 1878, 1881, 1890, 1903, 1917,
1927, 1930, 1947, 1960, 1991, 1996,
1998, 2009, 2031, 2039, 2090, 2101,

2165, 2183, 2200, 2204, 2215, 2218,
2224, 2231, 2261, 2269, 2286, 2303,
2304, 2336, 2348, 2350, 2362, 2394,
2410, 2445, 2447, 2473, 2480, 2494,
2516, 2541, 2545, 2560, 2567, 2584,
2600, 2603, 2610, 2612, 2620, 2624,
2633, 2635, 2638, 2653, 2666, 2679,
2693, 2715, 2770, 2810, 2826, 2834,
2870, 2891, 2900, 2919, 2961, 3001,
3009, 3017, 3070, 3079, 3103, 3133,
3138, 3151

愗, 1354

愚, 93, 246, 301, 507, 508, 752,
793, 843, 863, 879, 1059, 1252, 1487,
1947, 1998, 2095, 2272, 2325, 2337,
2437, 2621, 2629, 2749, 2750, 2753,
2781, 2826, 3048, 3103

愛, 5, 77, 120, 245, 278, 411, 467,
473, 552, 684, 724, 769, 794, 801, 843,
1032, 1081, 1311, 1484, 1530, 1582,
1587, 1603, 1629, 1642, 1671, 1719,
1725, 1778, 1874, 1935, 1936, 1937,
1953, 1965, 1980, 1982, 2025, 2047,
2103, 2164, 2245, 2301, 2624, 2658,
2692, 2706, 2775, 2799, 2823, 3046,
3127

感, 60, 182, 235, 241, 608, 660,
661, 683, 756, 766, 767, 833, 871, 876,
943, 969, 1367, 1368, 1384, 1562,
1564, 1843, 1863, 1879, 1941, 2165,
2321, 2677, 2901, 3128

愧, 166, 181, 721, 847, 852, 930,
1179, 1180, 1493, 1598, 1999, 2218,

2571, 2821
慺, 2013
愱, 914
愴, 284, 292, 1665
愵, 1481
㥶, 166, 2384, 2385, 2386
愷, 1142
慱, 49, 148, 149, 150, 151, 638, 648, 1540, 1766, 1919, 2119, 3103, 3104
愾, 2307
慄, 123, 1232, 1233, 1529, 2013
慆, 2059, 2498
慈, 5, 59, 89, 136, 300, 302, 321, 347, 411, 422, 504, 505, 509, 549, 556, 702, 758, 854, 859, 1240, 1245, 1390, 1616, 1677, 1729, 1778, 1891, 1901, 1968, 2192, 2301, 2502, 2624, 2630, 2806, 3005, 3011, 3020, 3049, 3119, 3120, 3134
慊, 889, 958, 1157, 1599, 2324
慌, 844, 845, 847, 1388
慍, 2841
戡, 1143, 1144
戢, 183, 910, 1017, 1143, 2499, 2564
戦, 269, 2890
搆, 232, 449, 699, 700, 706, 997, 1812, 2507, 2795
搇, 2932
搉, 330, 1660, 1665
搊, 30, 262, 3142
搋, 285, 438
搌, 1483
損, 131, 251, 488, 572, 601, 607, 644, 796, 833, 879, 971, 1070, 1122, 1144, 1204, 1387, 1547, 1676, 1773, 1785, 1806, 1851, 1953, 1955, 1981, 2017, 2020, 2030, 2434, 2616, 2617, 2620, 2840, 2872, 2909, 2930, 2937, 2953, 3003
摶, 148, 149, 150, 204, 284, 287, 446, 481, 648, 1719, 2119
搐, 278
搒, 45, 46
搓, 196, 199, 335
搔, 1762
搕, 1148, 1149
搖, 192, 293, 294, 461, 633, 844, 851, 909, 1520, 1529, 1725, 2309, 2512, 2513, 2568, 2659, 2695, 2932
搗, 386, 389
搘, 91, 2968, 2983, 2984
搙, 1498, 2932
搜, 328, 1520, 1953
搢, 1056, 1060
搣, 1384, 1386
搥, 168, 294, 295, 330, 484, 485, 2092, 2120, 3029, 3111
搦, 1499, 1736
搨, 2040, 2041
搩, 672, 1019, 2878, 2911
搬, 38
搭, 201, 339, 343, 2039, 2040, 2041
搯, 251, 480, 1506, 2059, 2105,

械, 966

橢, 1858, 2130, 2568

椹, 1694

榲, 2499

橡，287, 461, 928, 1129, 2800, 2808, 3117

椿, 295, 1131, 3109

楂, 2878

槁, 879

楊, 215, 1015, 1247, 1286, 2041, 2056, 2504, 2505, 2506, 2507, 2613

樏, 93, 1179

楓, 608, 609

楔, 2379, 2388

楗, 966, 985, 987, 988, 1604

榘, 1341

楙, 1354

楚, 277, 583, 814, 1370, 3016

楜, 815

楝, 974, 1243

楞, 706, 772, 1207, 1293, 1349

楠, 700, 1458

楡, 2105, 2748, 2749

楣, 1360

楨, 2926, 2930

楩, 683, 1528

楪, 450, 451, 2542

楫, 915, 2564

楬, 1024

業, 18, 32, 56, 85, 88, 124, 137, 179, 188, 214, 239, 282, 326, 358, 399, 415, 426, 486, 501, 507, 523, 551, 564, 598, 630, 672, 695, 714, 747, 757, 763, 766, 780, 825, 827, 829, 854, 909, 913, 952, 958, 1057, 1068, 1072, 1081, 1099, 1170, 1191, 1206, 1251, 1434, 1461, 1464, 1480, 1543, 1550, 1552, 1588, 1593, 1635, 1653, 1701, 1702, 1781, 1813, 1820, 1841, 1846, 1878, 1886, 1892, 1897, 1903, 1947, 2033, 2082, 2095, 2141, 2290, 2308, 2336, 2348, 2410, 2414, 2453, 2456, 2457, 2512, 2517, 2541, 2542, 2545, 2555, 2627, 2632, 2639, 2642, 2662, 2690, 2706, 2753, 2769, 2785, 2802, 2810, 2826, 2841, 2900, 2919, 2960, 3045, 3051, 3121, 3152, 3164

楯, 487, 488, 1360, 1994, 2433, 2459

楴, 434

極, 5, 13, 108, 156, 255, 404, 429, 432, 629, 653, 711, 762, 777, 806, 880, 892, 905, 906, 908, 971, 1007, 1053, 1082, 1106, 1118, 1125, 1130, 1251, 1253, 1287, 1308, 1344, 1453, 1470, 1483, 1566, 1591, 1616, 1652, 1668, 1812, 1928, 1942, 1961, 1971, 2292, 2339, 2380, 2414, 2436, 2452, 2502, 2559, 2569, 2737, 2800, 2804, 2851, 2938, 3001, 3140, 3150

楷, 89, 1139, 1142, 3003

榿, 1144, 1299, 2510, 2672

楺, 1704

楼, 1561

楽, 2823

概, 658, 1039, 1139, 1142, 1509

2774, 2801, 2822, 2906, 2908, 2948, 2956, 2971, 2995, 3021, 3085, 3161, 3167

潙, 2307

滑, 705, 827, 1725, 2218

滓, 230, 445, 1081, 2873, 2901, 3127

滔, 1239, 1327, 2331

煇, 2458

煆, 482

煇, 849

煉, 461, 1243, 1244

煌, 846, 847, 1505

煎, 140, 966, 968, 989, 990, 1600, 3081

熲, 1798

煏, 572

煑, 1965

煒, 849, 2207, 2545

熈, 954, 2292, 2293, 2566

煖, 313, 1498, 1500, 1678, 1716, 1725, 1726, 2227, 2446, 2473, 2808, 2872

煥, 220, 1498, 1499, 1716, 1725, 2227, 2473, 2874

煙, 1000, 1114, 1299, 2101, 2446, 2472, 2473, 2498, 2500, 2656

煜, 2450, 2773, 2783, 2784

煤, 1360

煥, 10, 842, 844, 1015

煦, 48, 2238, 2441, 2443, 2906

照, 18, 110, 197, 258, 343, 410, 443, 594, 627, 716, 728, 734, 849, 909,

983, 1145, 1406, 1552, 1646, 1670, 1724, 1775, 1801, 1814, 1873, 2042, 2073, 2293, 2336, 2426, 2443, 2494, 2498, 2518, 2585, 2611, 2675, 2691, 2869, 2888, 2901, 2902, 2905, 2906, 2976, 3009, 3083, 3096

煨, 848, 1219, 2168, 2206

煩, 20, 138, 166, 421, 450, 452, 488, 571, 572, 721, 852, 1000, 1002, 1150, 1166, 1268, 1463, 1464, 1680, 1797, 1974, 1980, 2015, 2020, 2026, 2327, 2414, 2437, 2693, 2948

煬, 215, 2292, 2507

煴, 2227, 2827

爺, 634, 1196, 2384, 2527, 2530

牒, 450, 2086

牒, 123, 221, 273, 449, 450, 451, 939, 966, 1025, 1337, 1401, 1491, 2086, 2389, 2429, 2546, 2751, 2950

犍, 964, 984, 985, 988, 989, 991, 1015, 1603

犎, 609

献, 2336

猒, 399, 2507, 2706, 2949

猾, 827

猿, 799, 1881, 2795, 2796, 2798

獅, 1856, 1857, 3153

瑀, 2760

瑄, 2445

瑇, 366

瑋, 2206

瑍, 844

瑕, 853, 864, 2311, 3044, 3051

睯, 866

睍, 1480, 2471

罦, 667

睫, 1021, 1062, 1360, 1774, 2121, 2800

睹, 462, 470, 471, 472, 494, 1868

矮, 4

硺, 3118

碁, 885, 1569, 1578

碃, 1593

碇, 99

碊, 181

碌, 1302, 2826

碍, 5, 400, 789

碎, 836, 1059, 1383, 1525, 1546, 1673, 2018, 2274, 2320, 3153, 3156

碑, 93, 1023

碓, 485, 1665, 2184, 2428

碗, 2139

祺, 1578

祿, 287, 629, 1302, 1304, 2214, 3147

愁, 2351

禀, 133, 1240, 1262, 1334, 1590, 2509, 3001, 3153

禁, 277, 572, 584, 606, 693, 1030, 1052, 1057, 1060, 1084, 1450, 1495, 1986, 2027, 2086, 2308, 2543, 2846, 2897, 2908, 3056, 3152

禅, 415

禽, 818, 857, 1488, 1616, 1618, 1759, 1954, 2537, 2759

稑, 1303

稳, 971, 1689, 2019

稕, 3115

稗, 37, 58, 93, 661, 1522

稙, 2990

稚, 294, 295, 331, 1121, 1461, 2183, 2471, 3029, 3032, 3112

稜, 1207, 1266, 1267, 1430

稟, 133, 1262, 1592

稠, 263, 264, 447, 2306

稡, 3147

窞, 375

窟, 692, 1128, 1129, 1165, 1302, 1631, 1638, 1920, 2251, 2451, 2514, 3020

窠, 222, 1148

窣, 1121, 1335, 1771, 3147

竪, 431, 572, 959, 1052, 1225, 1815, 1946, 1969, 1970, 1974, 2249, 2449, 2797

竫, 1077

策, 187

筠, 1135

筥, 1104

筦, 729

筲, 1528, 2102, 2103, 2690

筫, 3030

筭, 135

筬, 1857, 1925, 1927, 2250

筋, 1052, 3102

筰, 628

筲, 1608, 1994

筴, 954, 955

節, 167, 343, 396, 405, 437, 438,

579, 899, 939, 1004, 1022, 1029, 1312,
1600, 1985, 2229, 2868, 2895, 3002

糧, 1247, 1251, 2893

粱, 1247

粲, 180, 182

粳, 683, 1061, 1063, 1145, 2676

絛, 2059, 2086

絹, 164, 451, 1122, 1126, 1857,
2374, 3004

絺, 245, 439, 606, 2285, 2292,
3018

綩, 1130

綃, 1126, 2374

綆, 683

綉, 2434

絃, 798

綧, 3139

綏, 1015, 1727, 2103

經, 76, 135, 136, 167, 203, 239,
249, 279, 288, 296, 308, 343, 371, 397,
413, 416, 424, 437, 442, 449, 452, 454,
469, 480, 487, 525, 558, 570, 603, 621,
626, 644, 665, 678, 685, 692, 699, 711,
720, 743, 766, 798, 841, 862, 864, 892,
911, 935, 942, 958, 997, 1000, 1004,
1008, 1017, 1020, 1022, 1030, 1041,
1061, 1062, 1063, 1071, 1073, 1074,
1106, 1107, 1123, 1124, 1130, 1159,
1173, 1215, 1217, 1234, 1304, 1309,
1312, 1316, 1334, 1335, 1344, 1395,
1402, 1459, 1516, 1532, 1535, 1567,
1584, 1623, 1656, 1658, 1668, 1690,
1693, 1706, 1772, 1787, 1795, 1801,

1857, 1869, 1912, 1929, 1959, 1986,
1997, 2000, 2005, 2014, 2015, 2017,
2072, 2144, 2152, 2157, 2166, 2169,
2214, 2216, 2229, 2234, 2238, 2252,
2258, 2391, 2407, 2415, 2430, 2443,
2444, 2447, 2472, 2474, 2487, 2495,
2513, 2522, 2543, 2552, 2574, 2625,
2630, 2639, 2641, 2652, 2659, 2670,
2678, 2704, 2709, 2722, 2729, 2737,
2752, 2767, 2800, 2818, 2829, 2851,
2891, 2914, 2940, 2950, 2986, 3004,
3006, 3039, 3043, 3050, 3056, 3063,
3084, 3094, 3101, 3113, 3148, 3161

絳, 610, 998

罧, 1825

罨, 2491

罩, 1101, 1492

罪, 56, 276, 507, 524, 555, 581,
599, 703, 720, 748, 753, 758, 852, 879,
1035, 1170, 1252, 1321, 1461, 1499,
1598, 1782, 1821, 1838, 1867, 1882,
1904, 1982, 2010, 2349, 2396, 2530,
2537, 2545, 2694, 2720, 2765, 2780,
2901, 2923, 3046, 3049, 3052, 3072,
3151

置, 12, 14, 101, 137, 140, 236,
291, 524, 592, 719, 758, 879, 1101,
1119, 1252, 1340, 1341, 1353, 1380,
1442, 1573, 1588, 1888, 1965, 2106,
2118, 2202, 2263, 2437, 2445, 2567,
2666, 2745, 2855, 2878, 2925, 2930,
2986, 3010, 3019, 3028, 3030, 3092,
3100, 3151

署, 1964, 1965, 2917, 3099

群, 183, 350, 611, 817, 1136, 1137, 1418, 1525, 1639, 1665, 2292, 2354, 2426, 2504, 3050

羨, 317, 467, 1361, 1781, 2322, 2336, 2433, 2632, 2720, 3119

義, 85, 128, 163, 174, 184, 200, 203, 220, 236, 240, 242, 269, 282, 288, 325, 362, 427, 438, 440, 441, 515, 564, 605, 658, 715, 752, 825, 879, 887, 895, 928, 935, 958, 1010, 1027, 1031, 1068, 1108, 1124, 1134, 1148, 1160, 1170, 1202, 1218, 1226, 1230, 1257, 1353, 1361, 1368, 1387, 1399, 1472, 1526, 1587, 1591, 1605, 1685, 1765, 1782, 1792, 1821, 1835, 1841, 1846, 1852, 1857, 1872, 1878, 1881, 1893, 1897, 1903, 1930, 1947, 1960, 1982, 1991, 1998, 2073, 2095, 2112, 2135, 2204, 2215, 2231, 2248, 2291, 2294, 2298, 2348, 2395, 2399, 2480, 2510, 2535, 2545, 2560, 2566, 2567, 2570, 2572, 2600, 2603, 2610, 2620, 2628, 2629, 2636, 2641, 2643, 2649, 2690, 2725, 2770, 2802, 2826, 2834, 2849, 2919, 2923, 2928, 2961, 2964, 3001, 3022, 3037, 3124, 3135, 3151

翛, 2705

聖, 52, 262, 321, 351, 397, 414, 425, 669, 732, 858, 874, 959, 994, 1118, 1133, 1159, 1217, 1251, 1404, 1570, 1622, 1645, 1660, 1684, 1728, 1733, 1780, 1790, 1832, 1841, 1845, 1847, 1896, 1953, 2029, 2090, 2146, 2163, 2259, 2325, 2381, 2403, 2408, 2416, 2478, 2524, 2839, 2917, 2928, 2940, 2951, 2957, 3008, 3022, 3044, 3047, 3051, 3126, 3154, 3167

聘, 243, 691, 1533

肄, 1235, 1236, 2012, 2622

肆, 320, 438, 1051, 1235, 1334, 1664, 1989, 2008, 2011, 2622

腄, 295, 1607

腥, 1976, 2403, 2413

腦, 1075, 1463, 1464

腧, 1970

腨, 150, 285, 915, 1975, 3103

腩, 1458, 1461

腫, 139, 2073, 2102, 3042, 3046

腭, 508, 509

腮, 1740

腰, 62, 2293, 2511, 2516

腷, 93

腸, 216, 647, 1784, 1817, 2012, 2065, 2435, 2492, 2505, 2793

腹, 93, 216, 217, 404, 626, 629, 640, 647, 1333, 1341, 1359, 1364, 2041, 2106, 2138, 2218, 2640, 2899

舅, 1098, 1840, 2684

艇, 2092

莱, 179, 1191

菟, 2118

萩, 430, 1633

萬, 36, 168, 186, 369, 491, 584, 588, 604, 747, 894, 1018, 1091, 1223, 1340, 1345, 1346, 1347, 1426, 1443,

1596, 1685, 1862, 1946, 2008, 2140, 2268, 2314, 2409, 2416, 2555, 2635, 2849

蒯, 1797

蕚, 508

落, 274, 345, 376, 496, 551, 749, 866, 951, 956, 1200, 1238, 1263, 1324, 1325, 1326, 1668, 1733, 1761, 1823, 2001, 2773, 2785, 2824, 2842, 2852

㴖, 1350

萩, 2139

葅, 3143, 3148

葆, 50, 51

菉, 1352

葉, 2541

葉, 18, 114, 152, 179, 186, 188, 196, 222, 239, 366, 449, 450, 589, 624, 682, 747, 749, 825, 827, 1009, 1035, 1061, 1212, 1428, 1521, 1593, 1670, 1727, 1813, 1858, 1878, 2043, 2086, 2088, 2110, 2399, 2413, 2469, 2517, 2540, 2544, 2545, 2546, 2624, 2861, 2912, 2969, 3099, 3120, 3154

葍, 628

葙, 2341, 2350, 2351, 2641

葚, 1694, 2462

葛, 130, 673

葡, 73, 144, 153, 626, 1549, 1550, 2060

蓋, 696, 776, 1057, 2616

董, 459, 845, 2101, 2454, 2456, 2457, 3046

葥, 988

葦, 825, 826, 1352, 2168, 2206

葩, 826, 1505

蓟, 938, 940

葫, 1483

葬, 359, 827, 1098, 1761, 2860

蔥, 321

葳, 184, 2166

葵, 179, 192, 1179

葷, 865, 2455, 2457

葺, 886, 1592

蒂, 365, 439

虜, 1297, 1300, 1301, 1336, 1414

虞, 1324, 1603, 2749, 2750, 2771

號, 4, 19, 232, 424, 480, 587, 590, 744, 766, 768, 769, 772, 811, 1100, 1250, 1395, 1437, 1589, 1668, 1730, 1785, 2068, 2070, 2075, 2281, 2378, 2637, 2689, 2734, 2760, 2914, 3123, 3134

蛸, 1797

蛹, 2686

蛻, 829, 1989, 2126

蛾, 501, 502, 2233, 2605, 2673

蜀, 766, 1965, 2673, 3081, 3118

蜂, 96, 609, 792, 2233, 2775

蜆, 1478, 2498

蜇, 776, 1928, 2907

蜈, 2264

蜉, 628

蜊, 1214

蜋, 1197, 1487

蜎, 1717, 2446, 2790

衙, 2450, 2466

裌, 954

裏, 631, 746, 749, 750, 1061,
1125, 1216, 1217, 1218, 1466, 1527,
1787, 1902, 2349, 2436, 3034, 3038

褺, 48, 50

裖, 673

裔, 1587, 1784, 2624, 2669

裕, 699, 721, 1156, 2730, 2784

裘, 262, 1116, 1634, 1637, 1642,
1797, 3014

裙, 101, 1102, 1181, 1665

補, 147, 153, 175, 270, 277, 629,
631, 632, 638, 1157, 1344, 1547, 1549,
1550, 1553, 1797, 1826, 1967, 2760,
2990, 3112

裝, 473, 2233, 2860, 2891, 3108

裟, 1541, 1672, 1739, 1769, 1771,
1773, 2024, 3109

裡, 678, 1218

覴, 2087

觜, 3127

解, 12, 82, 90, 114, 126, 181, 202,
232, 267, 274, 279, 283, 292, 303, 405,
413, 475, 482, 512, 621, 648, 656, 664,
711, 815, 828, 841, 853, 899, 927, 951,
976, 994, 1012, 1022, 1024, 1029,
1033, 1055, 1065, 1078, 1127, 1148,
1187, 1200, 1201, 1215, 1228, 1255,
1386, 1395, 1402, 1470, 1523, 1558,
1779, 1823, 1845, 1856, 1869, 1879,
1929, 1985, 2015, 2027, 2054, 2072,
2125, 2134, 2194, 2220, 2275, 2297,
2313, 2320, 2340, 2376, 2387, 2388,

2407, 2441, 2452, 2476, 2495, 2522,
2559, 2569, 2625, 2751, 2800, 2803,
2818, 2900, 2971, 2988, 3021, 3034,
3153, 3161

觥, 1179

訾, 2789, 2881, 3121, 3126

詢, 733, 1635, 2460, 2461, 2462,
2546, 2623

詣, 47, 389, 390, 502, 636, 669,
859, 1021, 1098, 1252, 1472, 1628,
1806, 1881, 2061, 2154, 2224, 2276,
2366, 2386, 2546, 2622, 2641, 2643,
2686, 2769, 2853, 2983, 3001, 3003,
3009, 3017, 3069

試, 242, 502, 1038, 1627, 1880,
1898, 1925, 1989, 2387, 2685, 3162

詧, 196

詩, 469, 1313, 1857, 1870, 1905,
1961, 2007, 2061, 2767, 3065

詫, 200, 1983, 2124, 2127, 2130,
2877

詬, 700, 1500

詭, 204, 739, 740, 741, 1984,
2435

詮, 233, 1066, 1217, 1313, 1656,
1658, 1659, 1982, 2049, 2137, 2221,
2306, 2445, 2477, 2559, 2738, 2767,
2951, 3101

詰, 670, 706, 859, 915, 932, 1020,
1022, 2265, 2307, 2766

話, 700, 832, 1022, 1500, 2049,
2766

該, 259, 434, 468, 656, 735, 760,

797, 889, 1130, 1139, 1311, 1808, 1828, 1910, 1984, 2049, 2103, 2277, 2386, 2501, 2685, 2800

詳, 440, 695, 819, 928, 982, 1027, 1244, 1536, 1828, 1977, 1990, 2049, 2098, 2223, 2320, 2341, 2352, 2353, 2397, 2504, 2505, 2509, 2641, 2642, 2643, 2949, 2975, 3163

詵, 740, 1825, 1988

訕, 263, 264, 265, 485, 2461

詷, 2102

詹, 2501, 2886, 2888

詻, 1396, 1409, 1412, 1658, 2905, 3064

詿, 720

詳, 1530

誂, 2087

誄, 1204

誅, 276, 1204, 2388, 2503, 3061, 3147

誇, 47, 1171, 2049, 2250

誠, 86, 234, 236, 238, 241, 502, 587, 673, 871, 1028, 1036, 1069, 1081, 1237, 1384, 1450, 1616, 1623, 1627, 1762, 1843, 1876, 1879, 1925, 1983, 2166, 2325, 2390, 2472, 2630, 2672, 2774, 2950, 3005, 3011, 3061

豐, 609, 1218

登, 936

豢, 844

豦, 279

狠, 1157, 1354, 2415

貲, 233, 318, 939, 3120, 3121,

3126, 3127

賂, 37, 857, 1302

賃, 875, 1263, 2882, 3031

賄, 51, 173, 857

資, 54, 253, 318, 875, 890, 942, 1350, 1473, 1530, 1810, 1838, 1878, 2298, 2325, 2414, 2572, 2771, 2774, 2780, 3032, 3052, 3119, 3120, 3121, 3122, 3137

賈, 51, 444, 701, 717, 955, 1341, 1342, 1784

賊, 37, 173, 181, 237, 246, 400, 431, 494, 635, 647, 989, 990, 1018, 1031, 1376, 1482, 2873, 2921

賤, 181, 989, 990, 1631, 2873, 3006

趑, 914

趄, 254, 1640, 1651

趙, 257, 258

趑, 221, 2087

跟, 679, 682, 705

跡, 279, 389, 698, 887, 899, 928, 938, 990, 1055, 1336, 1702, 1959, 1961, 1985, 2071, 2790, 2804, 2914, 3005, 3063, 3139

跨, 30, 151, 340, 490, 493, 494, 495

跣, 741, 2326, 2727

跦, 1957

跧, 1658

跨, 1149, 1171

跪, 37, 54, 335, 566, 740, 741, 924, 939, 1119, 2164

跬, 276, 1179

路, 150, 151, 183, 397, 413, 416, 632, 671, 676, 705, 938, 954, 1261, 1268, 1297, 1302, 1303, 1305, 1317, 1324, 1325, 1326, 1337, 1565, 1762, 1959, 1961, 2041, 2111, 2133, 2366, 2407, 2430, 2767, 2777, 2915, 3034, 3115, 3121

踌, 253, 1587, 3005, 3017, 3028, 3097

跳, 446, 990, 2059, 2060, 2087, 2164, 2822

軾, 1924

較, 1006, 1010, 1128, 2102, 2378

輅, 739, 1238, 1302, 1305, 1309, 1982, 3161

輈, 3053, 3055

載, 174, 224, 240, 272, 362, 366, 477, 875, 1023, 1101, 1483, 1872, 1972, 2019, 2201, 2841, 2848, 2849, 2855

軽, 1623

辞, 300

辟, 96, 97, 98, 99, 152, 303, 1179, 1476, 1525, 1526, 1665, 1666, 2018, 3152

皋, 3152

農, 845, 1494

逼, 73, 89, 107, 635, 750, 949, 1342, 1370, 1544, 1598, 1883, 1926, 2093, 2499, 2840, 2864, 3073

逾, 516, 1611, 2017, 2700, 2744, 2747, 2748, 2753, 2754, 2782, 2784

遁, 96, 108, 395, 487, 489, 1055, 2084, 2094, 2571

遂, 101, 148, 361, 398, 747, 757, 874, 900, 909, 1342, 1368, 1454, 1480, 1571, 1664, 1915, 2014, 2019, 2095, 2236, 2379, 2460, 2513, 2647, 2662, 2712, 2762, 2781, 2805, 2839, 2863, 3073, 3111, 3112, 3132

遄, 2118

遆, 438, 2068

遇, 137, 399, 610, 624, 651, 748, 752, 757, 843, 983, 1050, 1068, 1218, 1336, 1342, 1347, 1504, 1592, 1927, 1998, 2122, 2237, 2325, 2414, 2603, 2716, 2750, 2780, 2783, 2860, 2987

遊, 19, 110, 176, 399, 465, 468, 516, 594, 625, 757, 909, 928, 1054, 1056, 1191, 1654, 1922, 2083, 2095, 2307, 2309, 2410, 2448, 2546, 2601, 2700, 2701, 2704, 2705, 2731, 2741, 2805, 2853, 2885, 2924, 3147

運, 73, 342, 361, 461, 728, 758, 866, 1136, 1239, 1240, 1587, 1825, 1897, 1998, 2096, 2204, 2781, 2836, 2839, 2840, 2989

遍, 35, 37, 73, 99, 101, 102, 107, 108, 115, 120, 164, 167, 259, 393, 438, 572, 579, 629, 750, 796, 850, 957, 1019, 1057, 1121, 1295, 1297, 1344, 1359, 1392, 1457, 1468, 1527, 1530, 1551, 1605, 1622, 1639, 1654, 1906, 1926, 1976, 2092, 2093, 2152, 2192, 2288, 2350, 2404, 2448, 2458, 2460,

1959, 1969, 2121, 2306, 2435, 2547,
2630, 2805, 2907, 3046

麂, 1478

黽, 1390

鼐, 453, 1838

鼓, 67, 104, 150, 152, 255, 460,
705, 706, 707, 1517, 1630, 1840, 1910,
1971, 2308, 2362, 2645

鼠, 517, 618, 1491, 1965, 2427

嘷, 2290

愲, 485

睽, 1022

餅, 585

十四畫

僰, 547, 1481

僽, 2000

剄, 420, 1286

嘟, 742

醫, 2380, 2564

嗻, 1614

墅, 2564

嫩, 1726

廱, 2681

獘, 994, 996, 2860

憒, 189, 1180, 1623, 2870, 2871

撥, 741

搗, 386, 1489

摶, 858, 864

粺, 1623

膉, 915

蔆, 1772, 2024

蒜, 1186

薦, 1482

蓋, 1193

馱, 254, 1888, 2130, 2131

僎, 3104

像, 46, 296, 426, 623, 645, 728,
952, 956, 998, 1117, 1206, 1291, 1368,
1571, 1764, 1767, 1899, 1921, 2306,
2347, 2362, 2367, 2370, 2412, 2560,
2572, 2782, 2787, 2802, 2863, 3051,
3109

僑, 701, 1002, 1606

僔, 3156

僕, 93, 165, 450, 631, 644, 765,
796, 807, 1052, 1156, 1548, 1550,
1551, 1885, 2058, 2102, 3131, 3143

僖, 2293, 2303

僗, 1198

僚, 227, 258, 1125, 1179, 1253,
1254

僝, 201

僞, 49, 502, 807, 829, 848, 1160,
1637, 1764, 2088, 2164, 2197, 2205,
2207, 2227, 2512, 2555, 2713, 3051

僠, 42, 568

僣, 1605, 1785, 2088

僤, 495, 2123

僥, 104, 1001, 1004, 1675, 2376,
2413

僦, 329, 1098

僧, 52, 104, 128, 136, 190, 207,
217, 265, 288, 397, 406, 414, 491, 517,
622, 644, 815, 857, 862, 956, 971,
1036, 1067, 1076, 1116, 1475, 1601,

3170

堀, 1503, 1504

塹, 181, 791, 887, 2388

塼, 149, 3103, 3104, 3107

塸, 1976

塾, 1964

塿, 1294

墁, 1347

墂, 123

境, 104, 108, 215, 229, 271, 416, 440, 559, 679, 711, 726, 795, 834, 836, 887, 976, 996, 1008, 1036, 1074, 1075, 1083, 1087, 1088, 1096, 1143, 1423, 1630, 1652, 1797, 1798, 1828, 1880, 1895, 1902, 1982, 1986, 2040, 2090, 2115, 2334, 2340, 2415, 2625, 2638, 2801, 2874, 2900

墇, 1085

墉, 2680

墊, 445, 1924

墋, 230

墌, 2994, 3002

墎, 742, 749, 1183

墓, 330, 885, 1339, 1370, 1442, 1443, 1444, 1562, 1740, 2276, 2899

墒, 2040

增, 85, 190, 200, 207, 258, 325, 410, 646, 795, 834, 836, 971, 990, 1016, 1070, 1083, 1085, 1191, 1230, 1388, 1487, 1607, 1625, 1674, 1676, 1767, 1785, 1835, 2040, 2050, 2225, 2276, 2570, 2617, 2639, 2717, 2869, 2874, 2876, 2877, 2931, 3023, 3139,

3141, 3154, 3155

壽, 207, 264, 265, 425, 467, 612, 862, 909, 954, 1059, 1118, 1199, 1230, 1411, 1486, 1561, 1727, 1946, 1952, 1953, 2019, 2059, 2168, 2302, 2460, 2632, 3040, 3103

夐, 2428

夢, 437, 442, 841, 977, 1133, 1136, 1305, 1346, 1347, 1368, 1370, 1388, 1478, 1707, 2241, 2278, 2543, 2839

夤, 2658, 2660

奩, 1241, 1243

奪, 392, 400, 493, 607, 910, 1023, 1098, 2125, 2202, 2460, 2864, 3103

奬, 994, 997, 2860

嫗, 1200, 1481, 1640

嫚, 1342, 1348

嫜, 2893

嫭, 1481

嫠, 1215

嫡, 431, 1927

嫩, 1195, 1468

嫫, 2669

嬾, 1468

寞, 1408, 1429, 1431

察, 190, 196, 260, 453, 549, 620, 936, 937, 938, 1253, 1373, 1615, 1633, 1770, 1822, 1828, 1922, 2404, 2676, 2735, 2793

寠, 1119, 1121

寡, 719, 764, 1407, 2001, 2444, 2730, 2848, 3030

854, 859, 939, 1028, 1063, 1084, 1107,
1118, 1120, 1132, 1137, 1153, 1221,
1344, 1348, 1401, 1469, 1497, 1607,
1620, 1667, 1677, 1766, 1778, 1826,
1829, 1844, 1852, 1855, 1888, 1891,
1928, 1968, 2089, 2101, 2192, 2213,
2256, 2273, 2400, 2406, 2414, 2441,
2443, 2457, 2492, 2542, 2572, 2616,
2624, 2635, 2644, 2666, 2688, 2760,
2800, 2806, 2808, 2823, 2874, 2910,
2927, 2950, 2953, 3018, 3020, 3039,
3049, 3140, 3153, 3159, 3160, 3170

徵, 225, 242, 243, 450, 481, 689,
850, 1095, 1321, 1461, 1632, 2167,
2413, 2634, 2730, 2826, 2930, 2937,
3029, 3139

徹, 66, 224, 225, 411, 908, 1077,
1737, 2059, 2166, 2169, 2244, 2496,
2912, 2937

愨, 1157, 2645

憖, 2938

㤨, 863, 2462

愼, 166, 226, 452, 888, 1053,
1112, 1531, 1624, 1785, 1981, 2084,
2438, 2928, 2931, 2935

愿, 2795, 2808, 2810

慇, 1392, 1618, 1665, 2219, 2654,
2657, 2808

態, 95, 1157, 1472, 2046, 2073,
2428, 2659, 2777

慓, 122, 123, 1233, 1528, 1529,
2013

慘, 180, 182, 185, 230, 1761,

2863

慚, 181, 197, 989, 1179, 1996,
2307, 2388, 2433, 2857, 2889

憧, 846, 2639, 2891, 2893, 2901

慟, 460, 2055, 2104

傲, 19, 20, 549

慢, 20, 47, 93, 226, 365, 657, 751,
853, 977, 1001, 1122, 1172, 1195,
1207, 1342, 1343, 1344, 1346, 1347,
1348, 1349, 1388, 1479, 1676, 1805,
2157, 2275, 2327, 2384, 2638, 2752,
2840, 2841, 2988

慣, 289, 729, 730

慥, 3109

慪, 1503

慯, 215, 1785

愽, 288, 2120

慳, 914, 958, 1262, 1263, 1460,
1598, 1969, 2291, 2415, 2876

慆, 1811, 1813

慷, 1146

慽, 1563

慘, 1253

截, 173, 174, 482, 836, 1023,
1130, 2849, 3117

搴, 1598

摎, 1001, 1089, 2233

捲, 259

摐, 321, 3142

摑, 672, 744

撻, 610

撇, 700

搽, 330

1507, 1509, 1511, 1541, 1630, 2887

榴, 2059

楅, 673

槙, 2930

槝, 1495

梾, 915

槼, 1247, 1994, 2034

構, 17, 232, 699, 700, 707, 796, 997, 1812, 2119

槌, 168, 294, 295, 485, 988, 2184, 3029, 3111

槍, 191, 290, 295, 1580

槎, 196

槐, 832, 833, 850

槱, 2443

槖, 68, 1506, 2131

歉, 971

歌, 671, 672, 683, 773, 782, 949, 954, 2054, 2660, 2776

歰, 1766

歷, 108, 202, 229, 256, 336, 476, 1216, 1234, 1236, 1237, 1259, 1333, 1337, 2407, 2464, 2553, 2678, 3140

殞, 131, 181, 1122, 1359, 1428, 2020, 2439, 2461, 2759, 2840

殟, 2133, 2227

毻, 1332, 2041

氳, 606, 1591, 2827

瘩, 2278

滌, 430, 1077, 2086, 2429

滎, 1200, 1701, 2672

滭, 122

滯, 366, 440, 853, 1699, 1825,

2075, 2901, 3031

滰, 999

滲, 941, 1260, 2861, 2862

滴, 430, 438, 827, 1093, 1927, 2068, 2122, 2651, 3028, 3031

滷, 1300, 1301

滿, 41, 50, 67, 109, 249, 259, 405, 413, 629, 650, 673, 732, 738, 847, 909, 941, 1079, 1096, 1111, 1130, 1236, 1248, 1283, 1295, 1310, 1343, 1344, 1346, 1347, 1367, 1402, 1432, 1466, 1527, 1550, 1671, 1779, 1812, 1818, 1831, 2075, 2104, 2194, 2221, 2235, 2328, 2334, 2634, 2684, 2710, 2737, 2759, 2797, 2809, 2843, 2906, 2932, 3140, 3144

漁, 1299, 1954, 2747, 2750

漂, 122, 124, 1233, 1528, 1529, 1555, 2049, 2473

漼, 2471

漆, 201, 1428, 1563, 1671, 3115

漉, 327, 430, 941, 1302, 1303, 1336, 1738

漊, 1295, 1540

漏, 5, 108, 280, 447, 460, 483, 486, 521, 559, 673, 738, 932, 960, 1025, 1058, 1205, 1213, 1227, 1248, 1283, 1295, 1296, 1298, 1333, 1344, 1402, 1476, 1481, 1494, 1527, 1554, 1624, 1811, 1887, 1986, 2095, 2104, 2194, 2247, 2258, 2684, 2777, 2801, 3041, 3063, 3118

漑, 658, 730, 929

漓, 1213, 1214, 1216
演, 131, 297, 421, 714, 736, 901, 1408, 1472, 1991, 2055, 2329, 2445, 2450, 2462, 2473, 2474, 2491, 2495, 2537, 2592, 2642, 2658, 2660, 2841, 2842
溥, 1553
漚, 1503, 1504, 1639, 2693, 2765
漠, 766, 1413, 1421, 1429, 1430, 1431
漢, 307, 587, 640, 765, 773, 775, 799, 973, 1054, 1078, 1246, 1259, 1287, 1290, 1315, 1373, 1429, 1430, 1459, 1578, 1767, 1795, 1965, 2011, 2048, 2281, 2292, 2642, 2750, 2766, 3072, 3073
漣, 1239, 1240
漮, 660
漨, 610
漩, 1854, 2448, 2449
漪, 1872, 2283, 2562, 2564
漫, 405, 1055, 1154, 1297, 1345, 1346, 1347, 1348, 1349, 1414, 1476, 1615, 2634
漬, 467, 888, 1180, 1342, 1622, 1728, 2882, 3096, 3137
漯, 1327, 1858
漱, 989, 1192, 1970, 2931
漲, 207, 2892, 2893, 2894
漳, 2049, 2891, 2893, 2900
漴, 261
漸, 49, 181, 255, 482, 488, 818, 873, 888, 989, 1179, 1271, 1344, 1671, 1725, 1779, 1823, 1869, 1887, 1970, 1972, 1973, 2001, 2012, 2027, 2166, 2219, 2308, 2559, 2616, 2748, 2857, 2874, 2889, 3105, 3117
漻, 1001
漼, 331, 730
漾, 2510
潅, 729, 730, 731, 822, 1738, 2389, 2785
潎, 225
叟, 1088, 2901, 2906
煻, 2058
煽, 1778
熥, 57, 3104
熀, 847
熁, 2386
熂, 2307
熅, 2227, 2841
熇, 667, 791
熈, 2293
熊, 1472, 1524, 2046, 2428
熏, 252, 282, 414, 460, 488, 792, 846, 865, 958, 1098, 1216, 1710, 2031, 2237, 2350, 2454, 2456, 2457, 2458, 2544, 2802, 2959, 3044, 3048
熒, 124, 1701, 2672, 2673
熖, 2847
熙, 2292
爾, 23, 80, 114, 135, 154, 238, 266, 423, 482, 511, 518, 520, 524, 603, 620, 670, 693, 709, 734, 1028, 1040, 1092, 1150, 1158, 1187, 1248, 1269, 1281, 1291, 1393, 1401, 1410, 1478,

1484, 1533, 1582, 1633, 1641, 1654, 1667, 1695, 1705, 1717, 1721, 1730, 1799,1803, 1830, 1868, 1885, 1891, 1910, 1996, 2026, 2078, 2084, 2094, 2169, 2257, 2391, 2531, 2587, 2607, 2708, 2732, 2734, 2736, 2746, 2749, 2751, 2828, 2849, 2902, 3160

膀, 45

獄, 17, 282, 419, 468, 692, 881, 1367, 1881, 2089, 2308, 2490, 2774, 2779, 2785

猦, 721

獷, 1085, 1087

獐, 1087, 2892

瑠, 1213, 1283, 1284, 1285

瑣, 254, 1771, 2033, 2034, 2935

瑤, 53, 564, 1181, 2513

瑪, 2270

瑪, 1339, 1340

瑶, 2059, 2305

瑭, 2058

瑰, 737, 738, 1547

瑱, 444, 445, 2084, 2085

瑳, 335, 3156

瑤, 2513, 2519

甂, 1503, 1593

甃, 2245, 3058

甄, 959, 1529, 2929, 2930

暘, 219

甍, 3103

疑, 12, 181, 246, 263, 325, 333, 393, 481, 552, 645, 757, 790, 834, 909, 982, 1021, 1068, 1130, 1162, 1173,

1206, 1235, 1236, 1281, 1302, 1370, 1371, 1408, 1461, 1479, 1492, 1586, 1602, 1635, 1773, 1792, 1917, 1930, 1991, 2016, 2055, 2071, 2167, 2208, 2237, 2311, 2567, 2569, 2571, 2572, 2592, 2628, 2632, 2638, 2778, 2802, 2975, 2989, 2997, 3152

瘇, 3042, 3046

瘉, 139, 2785

瘍, 2508

瘓, 1952

痕, 246, 2311

瘖, 246, 2653, 2657, 2669

癘, 199, 1499, 1514

皼, 707

盡, 12, 60, 90, 100, 108, 120, 136, 156, 229, 293, 320, 341, 380, 396, 424, 476, 552, 607, 657, 691, 751, 757, 787, 830, 843, 862, 880, 907, 909, 911, 930, 937, 976, 1023, 1041, 1055, 1057, 1061, 1075, 1078, 1166, 1199, 1251, 1386, 1470, 1619, 1631, 1643, 1700, 1779, 1829, 1830, 1912, 1929, 1942, 1953, 1957, 1969, 2001, 2085, 2104, 2142, 2194, 2258, 2289, 2297, 2302, 2388, 2391, 2436, 2449, 2464, 2588, 2616, 2678, 2749, 2751, 2851, 2904, 2927, 2936, 2995, 3006, 3039, 3050, 3058, 3084, 3140

監, 227, 764, 967, 992, 1192, 1196, 1261, 2139, 2292, 2487, 2490

睡, 14, 226, 293, 295, 494, 852, 1375, 1443, 1866, 1979, 2118, 2132,

2249

瑜, 2748

暇, 2311

暉, 742, 848

睽, 775, 799, 821, 825, 1326, 2428, 2828

睡, 2446

睼, 2085

睽, 1179

睪, 635, 667

睿, 1125, 1727, 1924, 2841

瞽, 1355, 2276

硾, 3112

碑, 458

碣, 935, 1023

碧, 93, 98, 1336, 2771

碩, 718, 1546, 1547, 1622, 1864, 1994, 2015, 2727

磓, 1146, 2926, 2930

磂, 1464

磁, 299, 302

褚, 2923, 3101

禋, 1220, 2657

禍, 271, 467, 629, 751, 759, 879, 1504, 2164, 2353, 2851, 3151

禎, 647, 2926, 2930

福, 55, 63, 67, 70, 102, 108, 153, 202, 232, 270, 403, 413, 467, 505, 628, 631, 636, 637, 640, 646, 647, 679, 688, 743, 745, 852, 879, 1107, 1150, 1219, 1222, 1311, 1606, 1778, 1826, 1853, 2012, 2264, 2338, 2406, 2443, 2501, 2509, 2543, 2552, 2624, 2702, 2730,

2862, 2872, 3021, 3043, 3049, 3062, 3151

禑, 1504, 2264

禓, 2507

褆, 2068, 2983, 2990

禘, 434, 438, 2066

稭, 1017

種, 10, 26, 36, 54, 121, 168, 203, 233, 240, 241, 277, 282, 292, 399, 419, 427, 438, 440, 461, 547, 565, 579, 630, 682, 728, 748, 888, 940, 950, 952, 964, 975, 983, 1022, 1027, 1068, 1085, 1101, 1108, 1148, 1207, 1218, 1219, 1231, 1247, 1367, 1388, 1461, 1473, 1532, 1587, 1623, 1646, 1654, 1660, 1670, 1687, 1714, 1759, 1782, 1807, 1814, 1827, 1836, 1848, 1857, 1873, 1878, 1882, 1886, 1891, 1897, 1904, 1932, 1972, 1974, 2010, 2032, 2050, 2052, 2073, 2101, 2154, 2165, 2191, 2225, 2238, 2298, 2336, 2349, 2420, 2424, 2432, 2456, 2457, 2500, 2545, 2556, 2561, 2573, 2634, 2636, 2705, 2719, 2745, 2803, 2826, 2838, 2844, 2846, 2901, 2922, 2923, 2930, 2952, 2963, 2980, 2989, 2990, 3028, 3038, 3040, 3041, 3042, 3048, 3052, 3072, 3092, 3107, 3125, 3136, 3139

稱, 124, 188, 231, 234, 243, 266, 283, 368, 401, 422, 468, 629, 668, 670, 671, 700, 772, 784, 887, 937, 943, 997, 1024, 1063, 1081, 1120, 1148, 1227, 1254, 1393, 1444, 1478, 1507, 1536,

1633, 1719, 1724, 1765, 1797, 1805, 1811, 1840, 1844, 1906, 1970, 2016, 2025, 2054, 2192, 2324, 2338, 2353, 2364, 2404, 2435, 2506, 2530, 2602, 2676, 2828, 2849, 2858, 2874, 2887, 2925, 2927, 2949, 3042

籥, 2747, 2750, 2754

竭, 320, 480, 774, 775, 787, 788, 935, 1015, 1016, 1023, 1024, 1078, 1154, 1210, 1575, 1603, 1614, 2364, 2379, 2380, 2545

端, 289, 439, 480, 511, 1023, 1077, 1142, 1311, 1344, 1533, 1663, 1727, 2101, 2613, 3002, 3043, 3062, 3107

㠯, 1213

筵, 997, 2091, 2474, 2486, 2487, 2808

箪, 1506

算, 94

箆, 94, 1506, 1521, 2309

箇, 521, 621, 675, 678, 707, 751, 760, 973, 1028, 1040, 1680, 2102, 2552, 2645, 2955

箋, 966, 967

箎, 819

箏, 1840, 2019, 2458, 2937

箒, 864, 1131, 1738, 1762, 2899, 3056

箔, 150

箕, 885, 1500, 1577, 1580, 2927

算, 114, 135, 186, 265, 425, 660, 927, 1141, 1255, 1495, 1607, 1734,

2450

箚, 2878

箜, 3006

箟, 36

管, 383, 722, 728, 729, 958, 959, 2139, 2169, 2193, 2673

箘, 152

箪, 368, 2462

箸, 1052, 1857, 1925, 2893, 2963, 3101, 3102

粹, 328, 332, 1928, 2019, 3126

糧, 2893

精, 15, 148, 171, 249, 257, 559, 659, 888, 916, 1055, 1062, 1069, 1073, 1078, 1085, 1146, 1247, 1485, 1567, 1617, 1619, 1620, 1624, 1625, 1627, 1719, 1797, 1845, 1929, 1956, 2165, 2407, 2660, 2684, 2771, 2807, 2871, 2886, 2940, 3105, 3150

粿, 745, 1323

綖, 610, 1842, 2336, 2487, 3051, 3142

綜, 1022, 1244, 1334, 2000, 2103, 2139, 3139

緄, 1235, 1258, 2984

綠, 1301, 1302, 1335, 2801

綢, 263, 264

綣, 1661

綦, 1578

綩, 655, 1130, 2137, 2138, 2139, 2841

綫, 606, 2336

綏, 1953

2690, 2706, 2713, 2725, 2740, 2797, 2823, 2832, 2888, 2958, 2975, 3022, 3036, 3150, 3163

肇, 96, 2904, 2907

腐, 632, 633, 2433

腿, 2121, 2494, 2511

膀, 45, 150

膂, 1332, 1333

膈, 673, 674

膊, 149, 150, 151, 625, 1975, 3056, 3103

臀, 1198

腈, 915

膏, 666, 667, 668, 705

臧, 184, 662, 1031, 1388, 2860

臺, 184, 229, 362, 421, 666, 815, 885, 1461, 1571, 1799, 1921, 2042, 2043, 2057, 2564, 2839, 3170

與, 20, 33, 107, 200, 276, 314, 320, 325, 382, 388, 409, 427, 442, 443, 477, 486, 492, 516, 517, 564, 578, 612, 635, 646, 657, 665, 669, 695, 715, 724, 730, 748, 750, 819, 856, 895, 902, 939, 995, 1027, 1035, 1050, 1083, 1093, 1106, 1113, 1117, 1119, 1134, 1153, 1198, 1226, 1281, 1284, 1454, 1468, 1473, 1487, 1572, 1581, 1587, 1597, 1602, 1646, 1650, 1670, 1673, 1711, 1735, 1793, 1796, 1807, 1852, 1854, 1867, 1872, 1886, 1917, 1947, 1952, 1991, 1998, 2010, 2014, 2017, 2032, 2033, 2100, 2147, 2154, 2164, 2200, 2253, 2262, 2366, 2387, 2425, 2433,

2453, 2473, 2516, 2585, 2601, 2611, 2617, 2621, 2650, 2663, 2700, 2716, 2726, 2744, 2746, 2753, 2755, 2756, 2759, 2760, 2765, 2770, 2782, 2784, 2787, 2789, 2834, 2906, 2921, 2928, 2961, 2965, 2975, 3019, 3070, 3125, 3164, 3168

舞, 366, 633, 1105, 1405, 1423, 1994, 2261, 2270, 2271, 2322

萠, 1507

蒐, 2118

蒔, 1870, 1874

蒙, 550, 650, 951, 1188, 1350, 1368, 1369, 1370, 1765, 2017, 2235, 2367, 2370, 2801, 3042

蒜, 375

蒟, 2772

蔓, 822, 879

蒭, 270, 276, 326, 492, 1632, 1765

蒯, 938, 940

蔽, 1507

蒱, 153, 628, 1549, 1550

蒲, 49, 153, 1345, 1549, 1550

蓂, 2305

蒸, 236, 359, 909, 1678, 2937, 3052

蒺, 914

蓊, 1736

蒼, 182, 183, 1665

蒿, 667, 668, 767, 1347

蓄, 278, 2443

蓆, 366, 2295, 2298

誚, 1608, 2372, 2387

語, 33, 47, 125, 242, 269, 300, 345, 390, 399, 459, 486, 503, 555, 564, 593, 624, 646, 669, 670, 671, 702, 715, 766, 772, 808, 824, 832, 859, 881, 928, 935, 936, 983, 992, 1010, 1021, 1023, 1038, 1068, 1129, 1163, 1175, 1250, 1303, 1304, 1314, 1412, 1437, 1500, 1587, 1628, 1659, 1842, 1904, 1982, 1991, 2015, 2032, 2049, 2154, 2201, 2224, 2237, 2244, 2276, 2277, 2278, 2280, 2336, 2348, 2379, 2395, 2480, 2545, 2546, 2568, 2623, 2629, 2634, 2644, 2653, 2685, 2753, 2759, 2765, 2815, 2834, 2859, 2905, 2921, 2949, 2952, 2961, 3045, 3070, 3091, 3101, 3119, 3122, 3139, 3152, 3164

誠, 205, 241, 257, 502, 621, 774, 874, 889, 1029, 1034, 1036, 1173, 1879, 1898, 1925, 1948, 2165, 2630, 3063

誣, 601, 1067, 1433, 1623, 1658, 1928, 2250, 2252, 2692, 2880

誤, 324, 598, 714, 1023, 1049, 1412, 1576, 1697, 1810, 1990, 2049, 2252, 2270, 2275, 2276, 2277, 2570, 2747

誥, 668, 670, 1022, 1311, 2622, 2766, 2905, 2948

誦, 44, 47, 153, 204, 233, 251, 263, 284, 312, 317, 322, 324, 389, 447, 469, 611, 713, 797, 991, 997, 1021, 1067, 1154, 1314, 1397, 1486, 1626,

1627, 1813, 1856, 1892, 1989, 2015, 2016, 2095, 2222, 2430, 2462, 2575, 2622, 2642, 2684, 2685, 2686, 2768, 2784, 2827, 2859, 2905, 2948, 3057, 3060, 3067

誨, 511, 758, 817, 852, 854, 858, 997, 1096, 1311, 2027, 2388, 2461, 3001, 3016

說, 727, 807, 1084, 1313, 1809, 1930, 1982, 2049, 2141, 2230, 2275, 2767, 2831, 2951, 2989

説, 47, 56, 71, 84, 115, 120, 128, 200, 214, 220, 228, 233, 239, 242, 268, 271, 281, 288, 303, 312, 317, 323, 344, 367, 398, 407, 417, 425, 440, 459, 469, 472, 501, 514, 550, 562, 581, 597, 601, 623, 644, 656, 685, 713, 727, 738, 740, 757, 776, 807, 819, 824, 826, 829, 852, 858, 859, 866, 874, 889, 900, 911, 927, 930, 932, 933, 952, 974, 979, 997, 1009, 1021, 1026, 1038, 1059, 1067, 1071, 1084, 1097, 1113, 1130, 1141, 1152, 1157, 1159, 1172, 1176, 1220, 1225, 1230, 1284, 1291, 1307, 1313, 1345, 1358, 1365,1370, 1391, 1397, 1404, 1412, 1464, 1471, 1515, 1570, 1581, 1586, 1592, 1627, 1630, 1645, 1658, 1670, 1734, 1773, 1809, 1813, 1819, 1825, 1828, 1833, 1846, 1848, 1853, 1856, 1858, 1871, 1880, 1892, 1903, 1915, 1927, 1928, 1930, 1946, 1960, 1964, 1967, 1968, 1972, 1977, 1979, 1982, 2014, 2015, 2038, 2049,

1098, 1126, 1188, 1247, 1262, 1306,
1552, 1569, 1578, 1580, 1840, 2013,
2097, 2136, 2318, 2453, 2489, 2624,
2626, 2774, 2869, 2880, 3014, 3021

猨, 1197

薤, 1269

壂, 1237

十五畫

健, 2041

儨, 468, 3059

儑, 1504

嘿, 915, 1774

嗒, 2040

嚘, 550

寪, 1606

幗, 276

憘, 2637

懂, 830, 879

撖, 3032

撌, 468, 2062

槃, 707

膔, 1342, 1367

蔆, 1267

蕡, 1626

蠢, 68

胹, 1148, 1594

豺, 246

僵, 995, 1548

價, 51, 63, 131, 717, 956, 1341,
1342, 2984

僻, 96, 98, 99, 429, 1026, 1116,
1525, 1526, 1535

優, 10

儀, 46, 177, 382, 415, 426, 450,
887, 1321, 1550, 1606, 1881, 2248,
2410, 2445, 2489, 2520, 2560, 2567,
2572, 2632, 2636, 2643, 2769, 2802,
2869

僬, 2386

儂, 1494

億, 63, 415, 624, 784, 1462, 1597,
1972, 2039, 2102, 2141, 2261, 2402,
2628, 2635, 2639, 2644, 2695, 3045,
3070, 3091

儅, 379, 383, 384, 2058

儌, 1072

儇, 836

儈, 1172

儉, 413, 956, 971, 972, 1307,
2105, 2326

儋, 368, 2488

儌, 888, 1005

潗, 1060

凜, 1262

劇, 279, 390, 460, 909, 1017,
1119, 1120, 1121

劈, 98, 152, 1520, 1525

劉, 1054, 1282, 1286, 1772, 2902

劊, 1172

劍, 146, 444, 696, 972, 988, 991,
1012, 1087, 1241, 1242, 1690, 1694

劌, 1997

勱, 1342

勳, 414, 2455, 2456, 2457

匲, 1240

寫, 704, 935, 1467, 1622, 1806, 1854, 1958, 2099, 2252, 2284, 2307, 2368, 2386, 2389, 2473, 2500, 2762, 2863

寬, 735, 1172

寮, 18, 51, 197, 719, 1253, 1255, 1608

層, 189, 190, 616, 857, 1766, 2874, 3046, 3156

履, 644, 647, 650, 717, 884, 1121, 1126, 1217, 1229, 1251, 1333, 1778, 1811, 2304, 2328, 2386, 2388, 2704, 2938, 2994

屧, 2388

嶔, 1615

嶕, 1002

嶝, 420, 428

嶠, 1606

嶢, 2514

幞, 626, 630, 631, 1548, 2351

幟, 258, 292, 1882, 1898, 3031

幡, 31, 146, 148, 260, 291, 567, 568, 569, 570, 628, 784, 864, 1509

幢, 51, 183, 259, 291, 452, 568, 569, 849, 1511, 1590, 1786, 2039, 2058, 2076, 2101, 2102, 2338, 2402, 2638, 2899, 2900, 3031, 3042, 3046, 3096

幣, 94, 95

廛, 202, 203, 1209

廝, 256, 2000

廟, 186, 336, 1197, 1382, 1383, 2350, 3054

廠, 218

廡, 2271

廢, 147, 229, 245, 365, 475, 549, 551, 602, 734, 1178, 1195, 1515, 1523, 1629, 1657, 2569

廣, 126, 156, 183, 206, 235, 265, 279, 327, 380, 413, 424, 475, 480, 490, 551, 572, 582, 591, 666, 683, 710, 732, 734, 751, 796, 797, 845, 847, 887, 1012, 1025, 1075, 1110, 1172, 1177, 1183, 1233, 1235, 1240, 1297, 1302, 1337, 1383, 1412, 1413, 1423, 1429, 1527, 1629, 1730, 1853, 1876, 1928, 1969, 2026, 2165, 2193, 2295, 2441, 2447, 2495, 2608, 2677, 2732, 2737, 2889, 2907, 3053, 3108

彈, 202, 368, 375, 1311, 1783, 2661, 2948

影, 72, 177, 734, 1072, 1252, 1517, 2071, 2285, 2329, 2371, 2413, 2500, 2506, 2628, 2674, 2675, 2785, 2892

徵, 2168

德, 403, 415, 505, 2635

慕, 57, 691, 694, 794, 1351, 1353, 1413, 1421, 1429, 1435, 1437, 1438, 1442, 1443, 1444, 2276, 2824

慭, 181, 255, 1179

慫, 572, 1390, 1391, 1392, 1688

慝, 506, 1480, 2061, 2063

慼, 1630, 1665, 2657

慧, 31, 51, 60, 121, 183, 279, 301, 321, 396, 404, 413, 454, 475, 505, 509,

558, 711, 797, 843, 854, 855, 857, 859, 876, 887, 1012, 1028, 1033, 1098, 1127, 1132, 1227, 1251, 1336, 1348, 1459, 1481, 1484, 1536, 1552, 1590, 1616, 1622, 1688, 1765, 1767, 1779, 1847, 1853, 1924, 1997, 2094, 2193, 2286, 2301, 2312, 2366, 2391, 2424, 2452, 2516, 2624, 2630, 2638, 2651, 2667, 2677, 2749, 2797, 2824, 2914, 2927, 2971, 3021, 3043, 3103

慫, 2013

慮, 109, 280, 735, 843, 1162, 1205, 1268, 1297, 1299, 1301, 1335, 1336, 1920, 1997, 2028, 2104, 2286, 2337, 2436, 2625, 2678

慰, 254, 813, 1000, 1132, 1391, 1771, 2218, 2219, 2626, 2665, 2666, 2841

慶, 5, 218, 229, 280, 476, 735, 1219, 1236, 1603, 1629, 1942, 2771

慼, 329, 661, 767, 878, 1164, 1562, 1563, 2499

慾, 1223, 2779, 2785, 3136

憂, 10, 21, 60, 263, 266, 477, 507, 572, 645, 682, 1170, 1179, 1464, 1487, 1503, 1629, 1676, 1719, 1761, 1947, 1975, 1976, 2043, 2068, 2291, 2303, 2315, 2617, 2692, 2695, 2715, 2881, 3106

憖, 259, 3110

勲, 2457

憇, 1593

慺, 2436

憋, 1517

憨, 95, 125

憍, 20, 93, 226, 666, 791, 832, 1001, 1002, 1005, 1051, 1099, 1348, 1598, 1606, 1641, 1801, 1829, 2291

憎, 190, 836, 915, 1125, 1349, 1768, 2048, 2292, 2875, 2876, 2877

憭, 258

憐, 4, 301, 1052, 1238, 1240, 1261, 1262, 1316, 1391, 2710

憤, 571, 607, 741, 864, 1180, 2693, 3050

憓, 856

憔, 702, 1000, 1002, 1607

憕, 420

憒, 292, 2292, 2293, 2294, 2303, 2304, 2638

憚, 202, 340, 375, 376, 1459, 2840

憒, 496

慄, 1233

憢, 1084

憣, 147, 567, 568, 569, 570, 796

憒, 20, 189, 607, 1180, 1623

憧, 259, 291, 732, 2102, 2638, 2893, 3042

憫, 1391, 1392, 1453, 1728, 2291

憬, 846, 1071, 1072, 1262

憮, 633, 2271

憯, 1605

毅, 276, 1001, 1023, 1303, 1304, 1772

戲, 13, 165, 727, 1178, 1881,

2307, 2440, 2753

揮, 1451

摩, 72, 142, 151, 229, 256, 424, 433, 476, 491, 550, 551, 735, 776, 849, 885, 1100, 1287, 1291, 1320, 1339, 1346, 1350, 1351, 1355, 1362, 1372, 1412, 1413, 1415, 1419, 1421, 1423, 1425, 1429, 1432, 1445, 1446, 1478, 1547, 1642, 1738, 1818, 1902, 2021, 2128, 2168, 2258, 2288, 2428, 2441, 2537, 2678, 2733, 2908, 3134

摯, 2989, 3032

摹, 1367, 1412, 1413, 1443

擊, 707, 885, 888, 942, 1073, 1082, 1312, 1840, 1924, 2057, 2306, 2307, 2955

撅, 1126, 1128, 1132

撈, 1197, 1198, 1254

擅, 2635

撑, 233

撐, 234

撒, 225, 1737, 1760

撓, 133, 771, 1353, 1462, 1463, 1607, 1675, 1676, 1677, 1798, 1954, 2845

撕, 729

撗, 222, 736, 796, 1177

撙, 2704

撚, 994, 1483

撛, 1391

撜, 420, 1761, 2938

撞, 262, 3110

撟, 1005

撣, 2054

撝, 202, 368, 375

撥, 29, 37, 39, 93, 147, 224, 283, 420, 549, 551, 552, 554, 886, 1039, 1179, 1515, 1548, 1761, 1811, 1843, 2105, 2475

撩, 1252, 1253, 1254, 1450

撫, 631, 633, 636, 915, 1776, 2270, 2271, 2878, 2994

播, 141, 146, 148, 151, 339, 568, 569, 796, 1544, 2521, 3042

撮, 55, 335, 844, 1101, 1120, 1642, 1811, 2054, 3028, 3115, 3146, 3150, 3156

撰, 913, 935, 1055, 1305, 1479, 1794, 1961, 1967, 2442, 2450, 2642, 2654, 2863, 3014, 3031, 3101, 3104, 3107, 3149

撲, 147, 149, 1506, 1548, 1550, 1553, 2543, 2615

撹, 1004

敵, 431, 660, 1215, 1224, 1487, 1545, 1662, 1808, 1969, 2076, 2890, 2900

敷, 19, 39, 164, 185, 375, 550, 616, 650, 828, 1004, 1007, 1139, 1309, 1545, 1548, 1552, 1553, 1661, 1724, 1760, 1924, 1970, 2026, 2249, 2313, 2512, 3103, 3170

數, 14, 56, 101, 122, 128, 158, 164, 167, 233, 281, 481, 550, 562, 616, 644, 707, 713, 853, 858, 909, 918, 927, 1000, 1009, 1018, 1059, 1067, 1082,

樘, 240, 2058

標, 122, 123, 124, 125, 175, 185, 321, 449, 595, 1120, 1139, 1195, 1233, 1255, 1336, 1413, 1529, 1783, 1855, 1891, 1928, 1973, 1995, 2051, 2054, 2087, 2327, 2337, 2657, 2878, 3140

櫨, 2878

樞, 91, 276, 909, 1162, 1637, 1961, 1974, 2520

樟, 2891

橢, 1342

模, 1139, 1412, 1413, 1421

樣, 472, 1070, 1302, 1813, 2510, 2938

樑, 2086

橫, 67, 700, 734, 735, 736, 796, 835, 847, 908, 999, 1069, 1173, 1283, 1342, 1412, 1413, 1659, 1812, 2205, 2990

樫, 967

樬, 2012

歎, 56, 184, 221, 446, 486, 623, 727, 766, 824, 837, 844, 958, 1021, 1082, 1173, 1361, 1460, 1563, 1618, 1662, 1853, 1989, 2045, 2054, 2105, 2308, 2328, 2379, 2397, 2503, 2506, 2660, 2675, 2777, 2789, 2818, 2859

歐, 1503, 1504, 1639, 1640, 2765

歔, 431, 2076

殢, 3031

殤, 1785

毅, 924, 2471, 2636

甄, 1332, 1333, 1961

氂, 1215, 1352, 1353

滕, 2063, 2064, 2293

漿, 223, 909, 994, 995, 997, 999, 1372, 2216

潁, 2675

潑, 550, 1515, 1537, 2059

潔, 1019, 1020, 1024, 1078, 1245, 1246, 1590, 1614, 1858, 2818, 2887, 2994

潘, 1507

潙, 737

潛, 1605

潜, 329, 989, 1060, 1605, 1658, 1823, 1921, 2075, 2088, 2385, 2859

潟, 2307, 2386

潠, 2021

潢, 846, 2142

潤, 188, 743, 991, 1080, 1196, 1245, 1392, 1690, 1716, 1726, 1728, 1832, 1972, 1982, 2097, 2488, 2647, 2790, 2872, 3050

潦, 1200, 1253, 1255, 2250

潧, 2876, 2931

潭, 375, 418, 2048, 2049, 2050

潭, 376, 866, 2048, 2049, 2051, 2083

潮, 222, 767, 815

潯, 2460

潰, 72, 737, 1180, 3137

潴, 3072

潼, 461, 2102

澁, 265, 374, 492, 813, 1154, 1464, 1765, 1766, 1769, 1858, 1921

糇, 800, 1069

糒, 1070

糭, 3141

糊, 815, 816

緘, 967, 969, 1385, 1843, 2322, 2785, 2931

線, 610, 1021, 1067, 1244, 1262, 1334, 1376, 1605, 1619, 1842, 2000, 2033, 2336, 2487, 2802, 3137

緛, 1716

緜, 1376

緝, 665, 886, 1126, 1592

緞, 3141

締, 439

緣, 121, 253, 409, 468, 748, 2348, 2650, 2803, 2818

緤, 1032, 1244, 2088, 2387, 2541

緫, 3141

編, 99, 107, 115, 1311, 1526, 1527, 2204, 2306, 2434

緩, 806, 841, 941, 1172, 1267, 1942, 1953, 2024, 2795, 2800

緬, 1379

綢, 1126

緯, 2207, 2208

緰, 2106, 2754

緱, 697, 2680

練, 228, 461, 648, 974, 992, 1193, 1194, 1243, 1244, 1671, 1856, 1959, 2905, 3105

緹, 1053, 2067, 2070

緻, 164, 203, 225, 296, 3032, 3100

緼, 2842

緾, 202

緣, 66, 85, 168, 174, 175, 177, 179, 236, 246, 253, 282, 284, 287, 314, 325, 365, 409, 415, 427, 440, 450, 468, 484, 486, 564, 589, 601, 624, 646, 649, 682, 716, 728, 738, 748, 780, 784, 808, 819, 841, 863, 895, 918, 952, 983, 1010, 1021, 1022, 1027, 1059, 1068, 1085, 1108, 1120, 1130, 1170, 1202, 1244, 1284, 1296, 1302, 1304, 1335, 1350, 1387, 1406, 1412, 1473, 1572, 1625, 1636, 1673, 1677, 1735, 1761, 1765, 1767, 1814, 1821, 1835, 1842, 1846, 1883, 1931, 1959, 1972, 1977, 1992, 2009, 2020, 2032, 2073, 2103, 2125, 2201, 2224, 2237, 2244, 2263, 2329, 2330, 2337, 2362, 2371, 2384, 2395, 2410, 2426, 2432, 2443, 2444, 2449, 2486, 2489, 2500, 2535, 2540, 2545, 2558, 2561, 2567, 2573, 2601, 2629, 2634, 2650, 2683, 2716, 2744, 2753, 2785, 2798, 2799, 2805, 2818, 2826, 2834, 2869, 2875, 2952, 2961, 2984, 2989, 3003, 3017, 3023, 3040, 3045, 3051, 3060, 3106, 3120, 3141, 3142, 3164

繩, 1842, 2157, 2604, 2674

緪, 683

罵, 472, 506, 1071, 1233, 1340, 1598, 2235, 2684, 2870, 3028, 3126

罷, 31, 77, 1523, 1524

罸, 465, 555, 2061

羮, 683

羯, 429, 502, 558, 774, 787, 792, 950, 1015, 1023, 1024, 1208, 1495, 1535, 1591, 1727, 1777

羺, 968, 971

翅, 258

翩, 1528

翫, 50, 671, 755, 1142, 2135, 2136, 2140, 2141, 2379, 2821

翬, 849

耦, 879, 1504

膒, 647

腸, 217, 219, 647, 1784, 2218, 2390

膁, 1513

膚, 616, 1297, 1351, 1700, 1704, 2511, 2680

膜, 424, 626, 1412, 1413, 1415, 1429, 1431, 2675, 2676

膝, 54, 97, 705, 1124, 1171, 1191, 1294, 1341, 1563, 1826, 1846, 2064, 2293, 2385, 2511, 2541

膊, 3103

膠, 1001, 1412, 1521, 1554, 1777

腰, 1293, 1294, 2765

舖, 1639

蔣, 628, 994, 996

蓬, 192, 609, 610, 1517, 1518, 1974

蓮, 341, 749, 757, 766, 825, 826, 924, 1053, 1239, 1335, 2349, 2737, 2841, 2923

蓰, 1774, 2301, 2304

蓴, 2119

蕱, 2641

蓻, 1103

蓽, 93

薆, 1267

麗, 1302

蔑, 1012, 1370, 1388, 2108

蔓, 673, 1346, 1347, 1348, 1351, 1370, 2013, 2443

蓿, 73, 152, 617, 628, 1549, 1550

蔕, 365, 439

蔗, 328, 2264, 2908, 2924

蓼, 1825

蔚, 2219, 2789

蔞, 1293

蔟, 329

蔡, 179, 192, 1179, 1615

蔞, 1541

薦, 389, 1482, 1488, 1489

薦, 1482

蔬, 1959, 1960, 1961

蔭, 658, 1740, 2068, 2653, 2655, 2656, 2669, 2826, 2842, 3051

蔲, 1164

蔵, 183

蔽, 92, 94, 95, 125, 218, 915, 993, 1055, 1760, 2639

虩, 744

蚪, 1148

蝎, 19, 284, 1024, 1928, 2380

蝱, 2446, 2790

蝗, 796, 845, 846, 847

蝘, 2496

蟓, 2799

蜎, 827

蝠, 630

頧, 488, 2386

蝦, 2309

蜓, 2070

蝮, 609, 630, 647, 1351, 2795

蟒, 366

蝴, 815, 816

蝶, 1803

蝸, 1647

蠅, 847, 1842, 2673, 3070

螂, 1197

衝, 259, 796, 1457, 2012, 2324

褅, 438

複, 631, 640, 647, 651

褊, 99, 102, 108, 1526

褋, 449, 450, 451, 2087, 2800

褌, 202, 1181

褒, 48, 2434

褐, 276, 653, 789, 791, 1014, 1024, 1354

褒, 48, 50, 628, 1629, 1974, 2434

褓, 50, 54

覡, 1777

覩, 390, 433, 435, 462, 470, 472, 473, 474, 725, 916, 975, 1060, 1077, 1132, 1144, 1309, 1630, 1729, 1891, 1922, 2084, 2331, 2376, 2970

觭, 1589

誕, 322, 374, 822, 1783, 1808, 2322, 2474, 2880

誰, 204, 293, 611, 783, 824, 832, 880, 1023, 1117, 1175, 1291, 1313, 1460, 1607, 1627, 1734, 1833, 1962, 1976, 1977, 1989, 2015, 2120, 2169, 2185, 2221, 2260, 2438, 2478, 2739, 2767, 2845, 2880, 2917, 3048, 3066, 3113

課, 447, 1157, 2220, 3063

諞, 1640

誶, 2019, 2462

調, 2152, 2156, 2158, 2242

誹, 47, 80, 557, 596, 601, 853, 1173, 1506, 1777, 2461, 2659

誼, 838, 1239, 2445, 2457, 2495, 2567, 2633, 2636, 2644, 3048

誾, 16

調, 204, 222, 263, 264, 300, 331, 393, 445, 446, 447, 459, 775, 784, 960, 989, 998, 1109, 1135, 1348, 1702, 1979, 1983, 2014, 2016, 2071, 2085, 2086, 2157, 2220, 2338, 2475, 2688, 2704, 3053, 3062

諂, 204, 374, 1175, 2014, 2059, 2219, 2497, 2766, 2879

談, 47, 120, 144, 374, 418, 469, 484, 656, 832, 997, 1021, 1129, 1190, 1314, 1421, 1777, 1810, 1811, 1989, 2049, 2052, 2055, 2130, 2277, 2478, 2512, 2768, 2935, 2952, 3067

請, 242, 460, 469, 560, 776, 818, 823, 843, 862, 927, 997, 1022, 1056, 1070, 1080, 1083, 1127, 1157, 1411, 1581, 1608, 1620, 1621, 1624, 1626, 1662, 1675, 1696, 1809, 1880, 1926,

1977, 1987, 2014, 2017, 2037, 2195,
2219, 2221, 2353, 2388, 2575, 2622,
2638, 2668, 2672, 2752, 2767, 2859,
2882, 2923, 2948, 2995, 3064, 3122,
3149

諫, 459, 1983, 3062

諍, 47, 376, 440, 459, 819, 1060,
1071, 1073, 1081, 1083, 1087, 1175,
1315, 1334, 1536, 1793, 1881, 1904,
1992, 2015, 2355, 2495, 2623, 2642,
2644, 2680, 2891, 2901, 2936, 2948,
3023, 3071, 3152

譜, 2871

諏, 1101, 3142

譽, 1598, 1599

諒, 1245, 1250, 1252

論, 47, 83, 108, 139, 167, 200,
204, 219, 221, 271, 303, 323, 397, 417,
437, 440, 442, 455, 476, 480, 503, 525,
559, 604, 629, 644, 699, 726, 783, 807,
818, 823, 859, 899, 927, 932, 936, 974,
997, 1066, 1107, 1120, 1123, 1124,
1304, 1308, 1309, 1311, 1334, 1337,
1365, 1386, 1402, 1411, 1412, 1433,
1471, 1527, 1532, 1584, 1591, 1599,
1617, 1627, 1655, 1658, 1804, 1812,
1856, 1859, 1877, 1880, 1902, 1929,
1960, 1986, 2011, 2014, 2015, 2017,
2028, 2049, 2194, 2220, 2229, 2240,
2310, 2365, 2400, 2438, 2477, 2543,
2588, 2631, 2641, 2643, 2737, 2749,
2752, 2754, 2767, 2781, 2787, 2818,
2829, 2845, 2862, 2891, 2915, 2948,

2951, 3016, 3043, 3063, 3106, 3161

譖, 832

諛, 992, 1314, 1816, 2748, 2754,
2787

諸, 4, 15, 26, 28, 46, 47, 56, 85,
135, 139, 153, 164, 173, 194, 204, 215,
242, 246, 265, 270, 272, 276, 277, 282,
314, 322, 337, 359, 391, 399, 410, 415,
427, 440, 441, 448, 468, 469, 477, 484,
492, 507, 565, 566, 598, 624, 630, 646,
655, 679, 704, 706, 716, 728, 753, 763,
787, 819, 824, 830, 836, 864, 881, 888,
895, 908, 913, 916, 928, 931, 935, 940,
983, 997, 998, 1003, 1014, 1021, 1023,
1031, 1038, 1069, 1098, 1117, 1121,
1129, 1143, 1145, 1161, 1170, 1172,
1175, 1200, 1216, 1231, 1252, 1256,
1281, 1291, 1296, 1310, 1315, 1345,
1367, 1401, 1412, 1473, 1500, 1573,
1597, 1622, 1625, 1628, 1629, 1646,
1666, 1670, 1687, 1714, 1718, 1736,
1740, 1759, 1782, 1796, 1810, 1827,
1836, 1842, 1846, 1848, 1854, 1858,
1863, 1873, 1882, 1897, 1918, 1947,
1953, 1957, 1958, 1960, 1974, 1977,
1979, 1982, 1993, 2002, 2019, 2032,
2039, 2049, 2081, 2100, 2126, 2168,
2202, 2225, 2244, 2249, 2264, 2269,
2276, 2284, 2298, 2316, 2336, 2384,
2386, 2402, 2403, 2411, 2432, 2439,
2442, 2443, 2444, 2445, 2485, 2494,
2510, 2537, 2545, 2546, 2556, 2561,
2602, 2617, 2621, 2623, 2624, 2644,

踼, 2065

蹐, 150, 1325

跨, 1577, 2605

趀, 329

踪, 3139

躶, 1323

軏, 1478

輙, 298, 660, 794, 905, 1623, 1646, 1654, 2858, 2869, 2911, 2912, 3107

輛, 1694

輻, 3122

輝, 848, 849, 2207, 2518, 2519

輞, 631, 1310, 2158

輟, 225, 298, 493, 2910, 3112

輥, 742

輦, 67, 224, 667, 1105, 1241, 1303, 1483, 2788, 2841

輩, 62, 67, 74, 185, 223, 278, 422, 595, 672, 826, 1011, 1136, 1483, 1900, 2110, 2192, 2624, 2891

輪, 114, 183, 223, 292, 424, 452, 559, 631, 648, 657, 664, 680, 994, 1008, 1207, 1217, 1222, 1267, 1283, 1294, 1302, 1307, 1308, 1309, 1312, 1317, 1373, 1529, 1623, 1787, 1961, 1986, 2050, 2191, 2412, 2430, 2915, 3055, 3105

遨, 19, 223, 999

適, 101, 109, 219, 381, 390, 430, 431, 752, 785, 881, 998, 1784, 1796, 1851, 1874, 1926, 1930, 1981, 2070, 2095, 2513, 2626, 2678, 2781, 2880,

2912, 2923

遭, 185, 958, 1134, 1239, 1342, 2204, 2781, 2860, 2861, 2863

遮, 16, 97, 110, 125, 230, 276, 328, 343, 361, 463, 477, 753, 774, 908, 928, 938, 975, 1031, 1299, 1302, 1304, 1413, 1418, 1480, 1641, 1770, 1804, 1808, 1927, 1967, 1969, 2091, 2105, 2204, 2680, 2805, 2886, 2901, 2907, 2921, 2923, 2924, 3152

遜, 487, 489

遴, 438

遷, 130, 700, 757, 1595, 1597, 1598, 1658, 1664, 2316, 2318, 2731

鄧, 146, 420, 428, 1286, 1469, 2521, 2858

鄭, 742, 2858, 2949, 3154

鄩, 2858

鄙, 167, 1780, 1782

鄰, 1261

鄱, 569, 1507

鄲, 2890

醃, 2473

醋, 1515

醇, 296, 297

醆, 374, 2049

醉, 952, 1027, 1094, 1205, 1376, 2018, 2664, 3153

醋, 329, 2325, 3171

錄, 146

銷, 2034, 2373, 2374, 2377, 2450, 3106

銼, 336

餔, 153, 165, 169, 1549

餘, 42, 134, 146, 169, 173, 174, 215, 272, 275, 282, 318, 427, 450, 509, 523, 546, 586, 605, 615, 646, 784, 808, 819, 858, 931, 939, 998, 1014, 1027, 1050, 1051, 1068, 1099, 1267, 1290, 1314, 1411, 1473, 1526, 1563, 1602, 1656, 1666, 1673, 1676, 1686, 1728, 1735, 1759, 1767, 1793, 1801, 1804, 1814, 1825, 1846, 1863, 1867, 1925, 1947, 1956, 1966, 1972, 2012, 2024, 2039, 2048, 2081, 2089, 2112, 2135, 2183, 2200, 2224, 2269, 2306, 2315, 2348, 2420, 2441, 2545, 2558, 2561, 2568, 2621, 2655, 2660, 2663, 2665, 2680, 2716, 2734, 2744, 2748, 2750, 2754, 2757, 2765, 2778, 2802, 2921, 2961, 3045, 3070, 3138

犛, 700

馹, 663

馶, 253, 1640, 1641, 2402

駁, 151, 1544

駏, 1107

駐, 1640, 1641, 3081, 3093, 3097, 3102

駕, 1496

駒, 696, 1099, 1102

駕, 791, 955, 956, 1070, 1082, 1309, 1339, 1505, 2311, 2539

駘, 2042, 2043

駚, 1131, 1886, 1888, 2504, 2510

駛, 254, 351, 908, 1131, 1138, 1172, 1885, 1888

駝, 254, 956, 1544, 2127, 2129, 2131

馳, 2131

馴, 2008, 2012, 2130

髻, 2086

髮, 95, 481, 556, 566, 940, 1181, 1259, 1343, 1352, 1379, 2106, 2440, 3139

髯, 2488

髦, 2076

髮, 95, 566

髹, 593, 2440

鬧, 1367, 1465, 2323

魃, 30, 245, 2511

魄, 817, 866, 1544, 1547, 1827

魅, 30, 389, 707, 740, 1179, 1250, 1363, 1423, 2273

鮊, 2305

魯, 185, 190, 255, 429, 1296, 1297, 1301, 1303, 1696, 2652, 2747

鴡, 1103

鳩, 284, 367, 1236, 1828, 2935

鴈, 2368, 2500, 2679

鴉, 2374, 2464

鷗, 1504

麁, 327

麨, 19, 134, 223

麬, 68, 223, 1654

麵, 1380

麨, 223

麵, 1380, 1640

麾, 848, 849, 1414

黎, 521, 1192, 1210, 1213, 1214,

導, 388, 395, 400, 2475

噶, 146

嚔, 1740

圜, 840, 2797

墻, 569

墼, 887, 1475, 2858

墾, 1157

壁, 96, 98, 152, 415, 445, 1521, 1525, 1526, 1855

壇, 995, 996, 2490

甕, 121, 294, 608, 2245, 2681

壇, 215, 373, 398, 836, 1159, 1310, 1726, 1783, 2042, 2048, 2050, 2051, 2129, 2370, 2472, 2875, 3036

壗, 1262

壞, 832, 833, 834, 1084, 1385, 1545, 1674, 2876

壤, 836

奮, 493, 607, 666, 766, 800, 910, 1098, 1616, 2461, 2506, 2934

嬐, 2320

嬖, 1490, 1526

嬴, 1204, 2673

學, 12, 58, 61, 214, 239, 333, 399, 409, 426, 437, 515, 550, 635, 728, 747, 772, 909, 952, 1027, 1031, 1081, 1105, 1133, 1147, 1296, 1487, 1571, 1635, 1764, 1767, 1828, 1903, 1916, 1936, 2090, 2142, 2237, 2298, 2377, 2394, 2409, 2431, 2434, 2451, 2544, 2714, 2764, 2825, 2942, 3069, 3124, 3135, 3154, 3163

寰, 124, 756, 840, 1407

導, 154, 386, 392, 393, 400, 423, 474, 485, 487, 827, 993, 1936, 1953, 2084, 2096, 2823, 3153, 3155

嶪, 2545

嶮, 1245, 1308, 2326, 2327

嶰, 1027

嶲, 2293

廨, 1027, 2450

廩, 133, 368, 1262

廪, 1262

彊, 993, 995, 996

彝, 2460

徽, 888, 1005, 1642

憊, 66, 68

憑, 610, 862, 1534, 1536, 2386

愁, 2669

憁, 2669

憙, 854, 2303, 2304

憨, 1390

憩, 1594, 2286, 2449

憲, 53, 2337

憶, 63, 85, 263, 292, 834, 1085, 1263, 1349, 1464, 1625, 1646, 1888, 2190, 2215, 2276, 2362, 2502, 2605, 2612, 2617, 2628, 2635, 2638, 2640, 2658, 2679, 2821, 3045

憒, 1462, 1463, 1494

憺, 232, 292, 368, 374, 376, 1505, 2048, 2083

憾, 369, 661, 763, 766, 767, 793

憨, 888

憍, 2227

憒, 836

2290, 2376, 2494

暺, 2446

疉, 1251

檥, 2994

樵, 1000, 1002, 1606, 2277, 3119

樸, 631, 1548, 1551, 1553

樹, 122, 124, 125, 186, 333, 389,
414, 486, 584, 609, 631, 720, 723, 747,
749, 869, 959, 1034, 1103, 1118, 1194,
1260, 1269, 1286, 1294, 1351, 1370,
1437, 1499, 1819, 1878, 1906, 1970,
1972, 1973, 1976, 2050, 2067, 2350,
2387, 2507, 2517, 2541, 2712, 2739,
2848, 2930, 2969, 3036, 3044, 3055,
3060, 3066, 3096, 3170

樺, 832

橀, 1180

樽, 2885, 3156

橃, 29, 146, 552, 554, 1536

橈, 1353, 1675

橋, 480, 630, 666, 1002, 1005,
1606, 1614

槀, 2131

橑, 2040

橕, 2058

樣, 2058

橘, 1103

橙, 243, 420, 421, 428, 2938,
2950

橛, 1126, 1131, 1975, 2510, 2932,
3096

機, 123, 185, 229, 349, 555, 661,
679, 746, 883, 885, 886, 889, 918, 976,

1120, 1479, 1573, 1660, 1812, 1845,
1879, 1948, 1973, 1979, 2063, 2072,
2166, 2272, 2391, 2572, 2630, 2800,
3140

橵, 788

橦, 292, 2102, 3110

橧, 2877

橪, 1673

橫, 1412

橱, 2434

歔, 60, 2440, 2665

歖, 1516

欻, 284, 813, 2440, 3116

歟, 1811, 2282

歷, 1236, 1237, 1580, 3034

殯, 1180

殣, 2219, 2564, 2840

殫, 367, 368

潞, 1305, 1337, 1960

澟, 1262

澠, 1181, 1842

澡, 180, 185, 186, 382, 1442,
2081, 2300, 2861, 2862, 2863, 2864

澣, 764, 766, 842, 1477

澤, 421, 494, 849, 1081, 1728,
1931, 1972, 2114, 2505, 2520, 2638,
2642, 2872, 2881, 3127

澥, 2388

澮, 863

澰, 1244

澱, 444, 445

澳, 20

憾, 369, 661

癆, 124, 1528

瘲, 3141

瘳, 262, 1254, 2784

瘴, 2901

癈, 332, 2882

瘦, 1293, 1295, 1296, 2207, 2278

癧, 200, 1291, 2655, 2657, 2658, 2669

皠, 667

盬, 729, 730, 731, 1335, 1368, 1978, 2137, 2760

盧, 51, 280, 617, 1237, 1294, 1296, 1297, 1298, 1299, 1300, 1316, 1327, 1336, 1414, 1936, 2436, 2440, 2749

瞖, 2565, 2637, 2640

瞙, 1431, 2676

瞋, 1982

瞞, 1342, 1343, 1367, 1422

瞟, 1529

瞢, 190, 1350, 1369, 2877

磚, 153, 3103, 3104

磣, 182, 230, 2863

磧, 1593

磨, 229, 899, 1004, 1136, 1339, 1356, 1362, 1372, 1413, 1415, 1418, 1424, 2678

礶, 331

磬, 706, 755, 825, 1509, 1629, 1630, 1631, 1841, 2289

禦, 2780, 2783, 2788

稺, 940

穄, 1145

穆, 1438, 1443, 1444, 1759

穄, 1777

穈, 1372

穌, 1163

積, 176, 206, 232, 711, 862, 887, 888, 898, 910, 937, 938, 942, 1069, 1593, 1624, 1648, 1797, 2020, 2291, 2414, 2444, 3043, 3137

穎, 1089, 1206, 2329, 2675

穩, 2238, 2665

窶, 1119, 1121, 1333

窹, 2276, 2280

窺, 737, 1178, 1631

窠, 222, 1149

築, 188, 494, 913, 1245, 1440, 3102

簀, 3032

簁, 800

篙, 667

篤, 423, 472, 956, 1339, 1340, 1489, 2400, 2683, 3098

篲, 445

篦, 97

篩, 1022, 1774, 1856

篼, 819

篶, 1291

簝, 3149

糊, 2387

糒, 68

糖, 384, 1146, 2058

糢, 2893

縈, 1701, 2033, 2670, 2674

縉, 1056, 1060

1935, 3159

辬，111, 115, 120, 401, 1479, 1633, 2617, 2862, 3159

辨, 37, 43, 44, 102, 110, 115, 116, 120, 134, 135, 136, 302, 449, 520, 775, 875, 941, 1024, 1032, 1096, 1104, 1132, 1311, 1401, 1433, 1495, 1507, 1526, 1565, 1590, 1592, 1928, 1953, 1976, 1983, 2049, 2134, 2254, 2327, 2398, 2429, 2606, 2688, 3104, 3113

遲，253, 254, 907, 1479, 2121, 2184, 2202, 2205, 2320, 3073

遵，110, 388, 428, 1637, 2298, 3103, 3154, 3155

遷, 101, 342, 1123, 1178, 1546, 1675, 1676, 1677, 1798, 2514, 2705, 2804, 2843, 2863

選, 176, 197, 2449, 2863, 2908, 3104

遺, 73, 186, 399, 602, 719, 741, 1010, 1099, 1180, 1480, 1821, 1886, 2183, 2199, 2203, 2205, 2479, 2568, 2571, 2863, 2975, 3111

遼, 1252, 1253, 1254, 1675, 2017, 2203, 2908

鄴, 2544, 2545, 2675

鄳, 1172

醍, 2070, 2413

醎, 659, 848, 2325, 2490

醐, 816, 2070

醒, 1133, 2276, 2403, 2413, 3153

鋋, 2092

鋸, 145, 1105, 1121

鋼, 664, 666, 2102, 2157

鋛, 1309, 1311

錂, 1268

錸, 1959, 2801

錍, 94, 1409, 1433, 1506, 1521

錐, 336, 730, 2926, 3110, 3112, 3115

錯, 2041

錕, 1521

錙, 290, 3121

錞, 297, 487

錟, 2498

錠, 421, 454, 458, 2091

錡, 1574, 2605

錢, 146, 173, 181, 487, 524, 956, 990, 1050, 1087, 1267, 1605, 1606, 1675, 2088, 2105, 2349, 2823

錦, 146, 1052, 1102, 1333, 1376, 1665, 2984

錧, 729, 1958

錫, 320, 2056, 2294, 2508

錬, 1243, 1244, 1798, 3105

錮, 706, 708, 717, 1103, 2097

錯, 66, 336, 337, 915, 1035, 1139, 1412, 1849, 1925, 2018, 2277, 2291, 2871, 3149

録, 146, 183, 450, 636, 892, 911, 932, 1008, 1066, 1123, 1231, 1301, 1302, 1304, 1306, 1409, 1812, 1864, 1958, 2086, 2277, 2306, 2641, 2660, 2752, 2801, 3061, 3104

錺, 337, 590

錴, 631

1645, 1761, 1790, 1820, 1841, 1937, 1975, 2016, 2051, 2063, 2068, 2071, 2091, 2105, 2106, 2329, 2341, 2369, 2393, 2439, 2441, 2490, 2605, 2675, 2756, 2809, 2869, 3003, 3036, 3056, 3145, 3150

頍, 2573

頙, 2093

頯, 2923

潁, 1531, 2675

頡, 816

頷, 502, 760, 766, 1268, 1615

頸, 452, 502, 1072, 1085, 2107, 2369, 2511, 2808, 3170

頹, 488, 2121

頻, 488, 509, 737, 1157, 1192, 1205, 1206, 1522, 1531, 1980, 2574, 2675

頼, 320, 323, 960, 1015, 1185, 1191, 1192, 1206, 1210, 1215, 1316, 1409, 1761, 1895, 2107, 2674, 2710, 2808, 2824

頬, 392, 488, 583, 651, 2121, 2434, 2488, 2675

餐, 180, 181, 182, 298, 1864, 2019, 2059, 2089

餚, 1784, 2512, 2514, 3113

餛, 866

餝, 590, 1925

餟, 3113

餅, 134, 585

餡, 169

餧, 1465, 1867, 2219, 2227, 2569

館, 725, 729

餺, 72, 150

騈, 994, 1528

騕, 1700

駧, 461

駁, 150, 656, 755, 760, 2012, 2138, 3147

駮, 38, 150, 760, 1004

駱, 253, 956, 1200, 2126, 2127

骸, 705, 755, 760, 2041, 2072

骱, 1171

骼, 674, 1204

髭, 566, 567, 1353, 2467, 3122

髻, 332, 566, 723, 896, 939, 940, 1020, 1028, 1343, 2308, 2309, 2950, 3140

頤, 488, 1333, 2076, 2439

鮀, 2129

鮐, 2043

駕, 955

雞, 257

鳭, 1023, 1236

鴛, 875

鴝, 1641, 1642, 2671

鴞, 2375

鷗, 245, 1089, 2464

鳾, 370, 376

鵰, 376

鴣, 2277

鳶, 975, 1306, 2503, 2504

鴨, 2464

塵, 328, 477, 3081

麩, 1654

嶬, 2666

懞, 1368, 1370

幬, 276

彌, 39, 67, 123, 146, 232, 424, 512, 521, 797, 930, 1203, 1257, 1320, 1365, 1371, 1376, 1383, 1388, 1409, 1478, 1522, 1823, 2085, 2327, 2662, 2737, 2777, 2785, 2892, 2925

徽, 261, 849, 2166, 2937

懃, 333, 460, 483, 486, 1008, 1056, 1070, 1198, 1391, 1617, 1618, 1662, 1823, 2195, 2457, 2657, 3141

懇, 930, 1157, 1354

應, 56, 85, 88, 107, 137, 144, 163, 215, 219, 230, 246, 272, 282, 321, 373, 382, 409, 415, 427, 433, 477, 516, 589, 598, 602, 605, 686, 695, 715, 728, 736, 744, 757, 780, 795, 819, 880, 895, 908, 931, 941, 949, 1014, 1054, 1068, 1099, 1108, 1143, 1145, 1153,1176, 1226, 1230, 1234, 1236, 1239, 1261, 1399, 1418, 1421, 1472, 1535, 1579, 1618, 1670, 1689, 1734, 1782, 1835, 1878, 1900, 1917, 1947, 1982, 1998, 2031, 2046, 2090, 2154, 2163, 2200, 2204, 2224, 2237, 2272, 2291, 2348, 2362, 2371, 2376, 2388, 2410, 2432, 2439, 2480, 2499, 2500, 2556, 2558, 2567, 2585, 2600, 2610, 2628, 2634, 2639, 2640, 2649, 2668, 2670, 2671, 2676, 2681, 2715, 2741, 2764, 2778, 2781, 2793, 2826, 2834, 2853, 2938, 2942, 2952, 2961, 2985, 3012, 3048, 3074,

3108, 3138, 3164, 3171

懋, 1353, 1355, 2692

憶, 2666

懞, 1368, 1369

懦, 844, 1500, 1715, 1719, 1725, 1736

戲, 165, 727, 852, 990, 1178, 1298, 1886, 2303, 2308, 2337, 2437, 2769, 2802, 3019

戴, 173, 345, 365, 366, 368, 608, 661, 723, 918, 1828, 2508, 2848, 2849

擊, 224, 888, 942, 2032, 2308

擎, 224, 244, 937, 1015, 1071, 1105, 1418, 1625, 1700, 1934, 2894

擘, 35, 96, 97, 146, 147, 152, 1505, 1520, 1525, 1671

攔, 102

擠, 941

擡, 1597, 2042, 2043, 2635

擢, 131, 331, 447, 1135, 2905, 3118, 3119

擣, 248, 264, 386, 389, 391, 1965, 2043, 3102

擦, 1450

擩, 284, 1719

擬, 12, 28, 65, 277, 417, 671, 887, 1120, 1326, 1479, 1492, 1496, 1576, 2570, 2638, 2730, 2767

攜, 368, 744, 800, 822, 880, 1135, 3115

擯, 130, 131, 329, 1980, 2020

斁, 2500, 2640

斂, 697, 972, 973, 991, 1241,

1196, 1261, 1307, 1811, 2841

濬, 225, 941, 1605, 1727, 2462

濮, 1551

濯, 601, 730, 2388, 2873, 2891, 3118, 3119

濱, 130, 1408, 3121

瀔, 707

澗, 1183

營, 382, 723, 729, 1198, 1552, 1636, 1701, 1804, 1887, 2122, 2673

燠, 20, 21, 844, 2788

燥, 57, 182, 230, 791, 1797, 2862, 2863, 2864

燦, 182

燧, 909, 2019

燉, 487

煅, 1336

燭, 284, 421, 468, 1114, 1186, 1966, 3052, 3074, 3082

燮, 1976

燧, 10

爵, 1132, 1135, 2789

牆, 62, 291, 1298, 1299, 2680, 2792

犠, 2294, 2572, 2632

獮, 2327

獯, 2458

獰, 880, 1492

獲, 331, 360, 404, 550, 643, 799, 806, 809, 822, 823, 830, 832, 873, 879, 881, 897, 907, 976, 1135, 1413, 1626, 1660, 1885, 1942, 2337, 2366, 2641, 2677, 2681, 2702, 2760, 2858, 3018,

3058, 3063

璨, 182, 938

瑢, 382, 383, 1325

環, 738, 756, 833, 835, 840, 844, 1677, 2351, 2451

甋, 2877

癀, 847

療, 139, 262, 274, 483, 1252, 1254, 2509, 2516, 3016

癃, 1290, 1291

癇, 2326

癈, 245, 365, 550, 551, 602, 673, 1254, 1515, 2205, 2509, 2907

皤, 1422, 1541, 1544

盪, 383, 384, 1548

瞤, 1982

瞶, 2305

瞙, 1551

瞪, 242, 428, 2887

瞬, 10, 857, 1409, 1465, 1822, 1982, 2450

瞰, 764, 1145, 2489

瞳, 260, 2101, 2102

瞋, 741, 1180

矯, 480, 740, 1001, 1002, 1005, 1606, 2159, 2380

矰, 2877

磧, 968, 1641, 2018

磴, 422, 428, 431

磷, 368

磺, 847

磽, 230, 1675

礁, 994, 1002

纖, 2320

繡, 1053, 2434

罄, 1509, 1629, 1630, 1631, 1841

罅, 2316

闋, 319, 555, 941, 1389

翳, 94, 651, 864, 1368, 2473, 2521, 2564, 2565, 2617, 2637, 2639, 2656, 2666, 2673, 2900

翼, 258, 1267, 1969, 2224, 2450, 2600, 2621, 2622, 2640, 2758

糠, 1294

聯, 1239, 1241, 3113

聰, 290, 321, 411, 1138, 1154, 1842, 2089, 3140

聲, 3, 6, 42, 71, 214, 233, 280, 309, 397, 455, 504, 519, 578, 592, 700, 703, 707, 812, 843, 886, 894, 1009, 1026, 1034, 1038, 1087, 1105, 1118, 1141, 1163, 1326, 1397, 1524, 1526, 1579, 1589, 1590, 1601, 1621, 1629, 1630, 1631, 1644, 1649, 1754, 1760, 1763,1804, 1819, 1825, 1832, 1840, 1870, 1902, 1914, 1958, 2090, 2135, 2229, 2235, 2241, 2328, 2350, 2362, 2399, 2416, 2443, 2478, 2532, 2554, 2631, 2652, 2662, 2767, 2777, 2824, 2894, 2957, 3036, 3044, 3135

聳, 261, 323, 1959, 2013

聴, 321, 2236

膺, 296, 2428, 2670, 2679

膽, 226, 369, 1177, 1783, 2887, 2889

膾, 857, 1172, 1179

膿, 1494, 2750, 2899

臂, 96, 97, 151, 152, 957, 1333, 1520, 1525, 1526, 1785, 1933, 2368, 2670, 2807, 2900, 3056

臃, 2681

臆, 415, 2293, 2428, 2612, 2636, 2639, 2640, 2670

臊, 674, 1185, 1186

臉, 972, 973, 1242

臊, 1761, 1825

臨, 380, 413, 899, 967, 1116, 1260, 1261, 1264, 1410, 1491, 1721, 1929, 2326, 2327, 2430, 2776, 2887

舉, 1104, 1507, 1869, 2761

艚, 185

艱, 967, 1157, 1459, 2489

蕷, 2787

薀, 184

薁, 20

薄, 46, 49, 148, 150, 151, 154, 169, 287, 365, 383, 422, 586, 647, 993, 996, 1256, 1505, 1537, 1549, 1553, 1829, 2606, 2615, 2841, 3104

薅, 767, 771

薇, 2168

薊, 938, 940

薑, 995, 996, 1298, 2848

薔, 2353

薘, 1149

薗, 839, 1260, 2796, 2803, 2806

薛, 96, 98, 1740, 2451

薜, 95, 98, 1738, 2451, 2654

薝, 1170, 2886, 2888

膌, 351, 1848, 2064, 2532

賰, 650, 2877

賽, 1740

趨, 254, 1069, 1584, 1640, 1653, 2773

蹇, 972, 973, 975, 990, 992

蹈, 329, 389, 421, 684, 916, 990, 1302, 2041, 2330, 2686, 2754

蹉, 199, 335, 336, 1016, 1801, 2024

蹊, 1564, 2293

蹋, 389, 832, 2041

蹍, 2889

蹟, 441, 442

蹐, 297, 916

輾, 446, 1483, 2889, 3106

輿, 516, 695, 895, 1105, 1483, 1625, 2425, 2601, 2746, 2755, 2765, 2789

轂, 511, 703, 742, 1010, 2755

轄, 866, 2311, 2312

轅, 504, 1924, 2803

遽, 280, 438, 1119, 1120, 1121, 1122, 2702, 2801

避, 96, 98, 254, 487, 924, 1215, 1524, 1525, 1526, 1535, 2091, 2121, 2310, 2666, 2907

邀, 888, 1005, 2376, 2512, 2516

邁, 751, 1149, 1236, 1342, 2141, 2781, 2842, 3149

邂, 2388

還, 100, 104, 360, 574, 580, 581, 610, 640, 685, 738, 751, 755, 840, 842,

850, 897, 969, 1012, 1033, 1088, 1187, 1205, 1322, 1340, 1371, 1479, 1598, 1663, 1717, 1823, 1911, 2014, 2041, 2121, 2134, 2202, 2257, 2289, 2364, 2406, 2444, 2449, 2460, 2513, 2543, 2566, 2574, 2677, 2760, 2804, 2840, 2862, 3018, 3047, 3084, 3151

鄹, 3142

醢, 2294

醜, 265, 505, 769, 1936, 1952, 2294

醖, 2841

醬, 995, 999, 2490

錘, 192, 295, 796, 3111

錕, 2065

鍊, 1243

鍐, 1357, 3139, 3140

鍑, 650, 881

鍕, 1136, 1137

錫, 2508

鍛, 481, 2311

鍜, 482, 2373

鍤, 192

鍦, 2450

鍪, 1433

鍮, 2102, 2105, 2754

鍱, 1326, 1491, 2541, 2546

鍵, 295, 985, 987, 989, 991, 1522

鍼, 509, 991, 2089, 2926, 2931

鍾, 1087, 2012, 2102, 3040, 3041, 3045, 3048

鎡, 299, 3122

闇, 15, 18, 245, 466, 517, 673,

鵂, 2433

鶵, 223, 245, 799, 2465

麋, 229, 1302, 1360, 1372, 1415, 2893

麯, 1380, 1640, 1641

黏, 816, 2886

黜, 282, 283, 1432, 2071

黝, 2565

點, 283, 443, 444, 469, 1431, 1432, 2087, 2312, 2537, 2882, 2887, 2932, 3105

鼾, 760, 811

齋, 179, 492, 612, 936, 939, 941, 943, 1031, 1579, 1581, 1594, 2880

齔, 230

侖, 2520

礉, 1737

穚, 246

臉, 600, 1514

瞶, 2573

十八畫

嚩, 1121

懍, 2827

曞, 1564

檞, 122, 123, 124, 125

薐, 1346

螢, 1647

覰, 230, 231, 724

儱, 1232, 1292

叢, 326, 914, 1118, 1361, 1368, 1600, 1761, 2542

嚙, 449

嚕, 189, 722, 1296, 1298, 1301, 1303, 1316, 1327, 1359

嘎, 4, 2694

齒, 255, 1490, 1491

噐, 2660

曠, 735, 797, 1177, 2495

嚓, 1214, 1215

囊, 36, 37, 366, 608, 616, 750, 815, 1219, 1334, 1450, 1461, 1674

嚮, 219, 2363, 2366, 2371, 2519

壘, 451, 650, 1204, 1205

壙, 995, 1177, 1183

屩, 647, 1126, 1333

彝, 2573

魘, 2500, 2501

懟, 486, 853, 1616, 2806

蕙, 1345, 1367

爆, 57

懮, 2696

憒, 1388

懴, 244

舉, 4, 20, 131, 181, 197, 267, 343, 424, 493, 609, 611, 712, 778, 837, 885, 911, 994, 1103, 1104, 1118, 1120, 1133, 1386, 1402, 1434, 1507, 1526, 1584, 1589, 1592, 1656, 1721, 1920, 1929, 2209, 2424, 2449, 2452, 2508, 2531, 2543, 2559, 2709, 2746, 2752, 2755, 2761, 2788, 2936, 2956, 3003, 3115, 3138

擲, 255, 331, 345, 1548, 1982, 2085, 2106, 2111, 2521, 2872, 2880, 2994, 3032, 3100

瀉, 1664, 1665, 1806, 2386, 2389

瀑, 57, 1072, 1284, 1553, 1555

燸, 452, 1498, 1716, 1798, 2446, 2473

爃, 791

燻, 2456, 2457, 2458

燼, 1058, 1061, 1298, 1299, 3058

燾, 398, 400, 1953, 2059

燿, 849, 1114, 2518, 2520

爀, 791

獵, 678, 698, 880, 1186, 1259, 1325, 1674, 1954

獮, 1462

獷, 736, 796, 847, 1176, 1177, 1178, 2206

璧, 93, 96, 97, 98, 152, 1525

璵, 2755

瑞, 1727

甓, 887

甕, 571, 1516, 1535, 2244, 2245, 2670, 2681

疅, 996

癒, 1306, 2784

癖, 98, 246, 1525, 1526

疽, 1204

癘, 139, 1192, 1234, 1235, 1236

癥, 1005, 2514

曖, 1498

瞻, 37, 205, 226, 367, 368, 369, 375, 376, 477, 1126, 1145, 1154, 1239, 1378, 1673, 1783, 2490, 2883, 2886, 2887, 2888, 2889, 3082

瞼, 973, 1242

瞽, 706, 707

壨, 2907

瞿, 431, 1002, 1100, 1122, 1404, 1637, 1641, 1804, 3119

礎, 277

礒, 1252

礓, 405, 995, 996

礔, 1520

礕, 1520

禮, 37, 65, 292, 303, 570, 622, 629, 735, 828, 932, 956, 1030, 1082, 1116, 1161, 1217, 1219, 1220, 1236, 1278, 1307, 1333, 1457, 1579, 1630, 1776, 1785, 1827, 1923, 2001, 2011, 2072, 2247, 2298, 2328, 2588, 2625, 2652, 2682, 2824, 2845, 2877, 2878, 2915, 2956, 2971, 3028, 3050, 3075, 3097, 3101, 3138, 3148

穉, 3032

穡, 776

穢, 55, 232, 273, 327, 386, 608, 864, 967, 1385, 1855, 1869, 1879, 2018, 2166, 2308, 2311, 2313, 2572, 3043, 3118

穰, 1673

竄, 330

竅, 650, 790, 1608, 1632, 3050

簿, 151

簜, 384

簞, 367, 368, 445, 1506, 2379

簡, 190, 199, 375, 461, 918, 960, 967, 968, 973, 1176, 1193, 1566, 1600, 1967, 2102, 2114, 2228, 2234, 2240,

238, 241, 258, 422, 473, 661, 765, 824, 845, 1023, 1032, 1118, 1123, 1149, 1171, 1304, 1334, 1341, 1344, 1353, 1362, 1364, 1373, 1384, 1600, 1605, 1667, 1740, 1843, 1879, 1928, 1973, 2018, 2085, 2164, 2273, 2489, 2490, 2492, 2516, 2542, 2629, 2666, 2676, 2841, 2860, 2862, 2912, 2930, 2988, 3033, 3107

蔬, 1381, 2522

蟟, 1254

蟠, 569, 572, 699, 1509, 1511

蟣, 918, 2605

蟥, 847

蟧, 1199

蟦, 1002

蟮, 1783

蟲, 185, 260, 261, 480, 707, 1367, 1487, 1647, 2607, 2707, 3041, 3046, 3049

蠋, 276, 3061

蠁, 2362

襆, 626, 630, 631, 1553

襈, 3104

襋, 673

襌, 202, 203

褋, 2846

襪, 151

覆, 108, 164, 169, 187, 238, 279, 288, 618, 630, 635, 637, 640, 648, 650, 651, 756, 790, 806, 1295, 1305, 1333, 1384, 1552, 1619, 1694, 1753, 1876, 1891, 2073, 2280, 2311, 2337, 2491,

2934

覲, 471, 726, 976, 1053, 1060, 1203, 1617, 1630, 1923, 2334, 2930

観, 1996

觴, 703, 1785

譽, 1071, 1143, 1629, 1630, 1841

謨, 766, 1357, 1412, 1413, 1417, 1421, 1429, 1430, 1431, 1433, 1443, 2258, 2858

譬, 1351

謪, 2912

謫, 438, 1132, 2065, 2911, 2912

謬, 127, 1383, 1412, 1694, 2277

謳, 1503, 1504

詔, 2298, 2299

讄, 3119

謹, 380, 613, 973, 997, 1052, 1053, 1599, 1616, 1880, 2514, 2950, 3063, 3097

諄, 2454

謾, 889, 1343, 1348, 1349

豐, 420, 609, 1250, 1344, 1494, 2424, 3073

贖, 226, 2573

贅, 1844, 3110

甕, 2857

蹕, 832

蹙, 329, 1561, 1563

蹈, 329

蹟, 928, 938, 942, 3032

蹠, 329, 938, 1620, 2542, 2994

蹤, 325, 938, 1303, 2304, 3139, 3142

752, 787, 792, 824, 880, 894, 959,
1116, 1249, 1306, 1527, 1637, 1934,
1975, 2341, 2983, 3032, 3047, 3115,
3141

雈, 730

雛, 277

雜, 44, 72, 115, 129, 163, 173,
184, 332, 564, 913, 964, 988, 1081,
1098, 1209, 1213, 1291, 1323, 1461,
1532, 1552, 1631, 1857, 1867, 1977,
2120, 2205, 2337, 2348, 2399, 2428,
2568, 2680, 2717, 2844, 2877, 2880,
3037, 3045

雕, 2680, 2681

雞, 889, 941, 1316, 1459, 2520,
2844, 3153

離, 76, 87, 157, 202, 246, 253,
267, 274, 283, 380, 431, 446, 460, 466,
476, 483, 485, 486, 521, 551, 569, 597,
644, 721, 726, 751, 774, 823, 836, 843,
1008, 1030, 1038, 1056, 1058, 1066,
1102, 1130, 1188, 1203, 1209, 1212,
1213, 1214, 1215, 1217, 1229, 1238,
1278, 1316, 1323, 1386, 1410, 1459,
1470, 1512, 1593, 1600, 1648, 1760,
1772, 1805, 1880, 1895, 1976, 1986,
2066, 2072, 2125, 2167, 2169, 2194,
2258, 2328, 2334, 2400, 2415, 2428,
2433, 2499, 2522, 2568, 2588, 2619,
2631, 2681, 2710, 2737, 2776, 2801,
2804, 2842, 2843, 2844, 2892, 2908,
2915, 3043, 3063, 3152

靁, 1282, 1290

鞣, 1702

鞠, 1102

鞭, 99, 2245, 2676

鞮, 430, 2065

韙, 2071, 2206

題, 124, 718, 1653, 1915, 2067,
2071, 2328, 2570, 2609, 2675, 2784,
2842, 2958, 3005

額, 502, 509, 717, 866, 1004,
1149, 1205, 1269, 1464, 1547, 2071,
2106, 2369, 2440, 2488

顏, 1149, 1192, 2137, 2488, 2809,
2842

顯, 1149, 1608

顳, 3103, 3104

顔, 718, 766, 884, 1149, 1543,
1547, 1631, 1764, 1841, 2107, 2348,
2371, 2413, 2479, 2488, 2490, 2809,
2825

顚, 2327

颺, 740, 1528, 2505, 2506, 2508

饕, 180, 2089, 2665

餬, 2058

餽, 1181

餾, 1286

馥, 94, 151, 651

騅, 838

騍, 738

騎, 239, 597, 922, 937, 956, 1574,
1580, 1589, 2604

騏, 1261, 1580

駴, 2501, 2502

虁, 2693

孄, 495, 1194, 1195, 1468

嬿, 2501

寶, 50, 445, 875, 1577, 1874, 3121

寵, 262, 1292

龐, 1291, 1292

懧, 1349, 2327, 2445

廬, 1098, 1293, 1297, 1298, 1299, 1920

懲, 95, 243, 1157, 2166, 2937, 3015

憎, 764, 1369, 1370, 1375

懶, 1192, 1194, 1195, 2388, 2391

懷, 4, 54, 213, 237, 241, 294, 404, 413, 607, 661, 691, 721, 738, 749, 756, 794, 800, 833, 834, 835, 840, 843, 851, 854, 910, 1122, 1161, 1171, 1194, 1262, 1348, 1624, 1688, 1830, 1976, 2169, 2184, 2391, 2414, 2638, 2709, 2874, 3075

攀, 28, 41, 1105, 1507, 2442, 2789, 2795

攉, 330, 866, 1122

攊, 1236, 1237

攋, 1192

攎, 996, 1298

攏, 1292

曝, 57, 1554, 1564, 1738, 1774, 2058

曠, 735, 736, 1176, 1177, 2447, 2537, 2786

櫌, 922, 1676, 2696

櫎, 847

欂, 330, 3149

櫨, 1336, 1962

櫚, 1332

櫝, 468, 469

歠, 285, 298, 1865

瀕, 131

瀘, 1298, 1304

瀚, 487, 764, 766, 767

瀛, 1204, 2674

瀝, 1234, 1237

瀧, 1291, 1292

瀨, 1192, 1970

瀫, 707

瀨, 1192, 1194, 1970, 2040, 2771

瀘, 569

爆, 57, 1514

爇, 606, 1678, 1736

爍, 57, 145, 1196, 1237, 1238, 1994

爔, 121, 2390

牘, 468, 942

犢, 468, 2062, 2444

獸, 201, 260, 278, 698, 814, 1135, 1302, 1488, 1574, 1616, 1936, 1937, 1947, 1954, 2274, 2367, 2785, 2890

獷, 1298

獺, 2040, 3020

璽, 931, 973, 2305

璨, 1212, 1213, 1238

瓊, 52, 1632

瓣, 44, 2667

甖, 2670

490, 521, 622, 646, 655, 743, 757, 766,
799, 826, 937, 941, 950, 951, 1126,
1129, 1159, 1185, 1192, 1193, 1197,
1198, 1208, 1212, 1214, 1216, 1229,
1235, 1237, 1239, 1240, 1261, 1291,
1294, 1297, 1298, 1308, 1315, 1321,
1322, 1323, 1324, 1327, 1347, 1365,
1373, 1414, 1423, 1445, 1446, 1455,
1460, 1474, 1540, 1546, 1584, 1738,
1767, 1965, 2005, 2021, 2128, 2145,
2204, 2235, 2386, 2490, 2518, 2522,
2539, 2553, 2646, 2680, 2695, 2752,
2801, 3028, 3123, 3150, 3152

羆, 31, 1524, 2428

羶, 1024, 1777

羸, 202, 303, 637, 1174, 1203,
1315, 1321, 1323, 2167, 2652, 2672,
2674

羹, 683, 881, 1361

臕, 1182

臘, 674, 1185, 1186, 1259, 1767,
2370, 2758

疊, 2402

䐈, 915

艷, 826, 2498, 2499, 2501, 2502

薮, 326, 1972

藕, 916, 1504

藜, 1211, 1215

藝, 450, 767, 1103, 1157, 1388,
1736, 1964, 2623, 2640, 2641, 2834,
2838

藤, 1846, 2063, 2064, 2086, 2293

藥, 186, 239, 332, 426, 467, 747,

749, 826, 1057, 1338, 1604, 1701,
1727, 2141, 2439, 2513, 2516, 2539,
2541, 2544, 2565, 2735, 2825, 3154

藩, 567, 569

藪, 550, 969, 1293, 1298, 1972,
2747

藷, 3072

蟷, 382, 383

蟹, 2389

蠆, 202, 1783

蟻, 502, 918, 1367, 2605, 2633

蠃, 1323

蟾, 1616

蠅, 1842, 2674

蠢, 199, 1233, 1237, 2380

蠍, 2446, 2790

蠋, 1965, 2380

蠍, 1928, 2380, 2907

襖, 19

襜, 201, 2488

襞, 98, 152, 1520, 1524

襟, 834, 1051, 1052, 1057, 1655,
2878

覇, 31

覈, 650, 790, 1608, 1614, 1631,
2298

覬, 1321

覷, 1654

譖, 222, 223

譁, 827, 832

證, 12, 39, 240, 243, 314, 325,
410, 420, 421, 440, 448, 484, 551, 824,
881, 935, 983, 992, 995, 1068, 1098,

975, 993, 1055, 1057, 1083, 1180,
1220, 1250, 1269, 1335, 1362, 1379,
1487, 1526, 1606, 1667, 1762, 1817,
1906, 1970, 2025, 2192, 2315, 2460,
2530, 2573, 2621, 2624, 2780, 2799,
2807, 2811, 2823, 2953, 3033

鏼, 1773

鑲, 2033, 2034, 2546, 2861

鏂, 1504

鏃, 882, 2451, 3147

鑄, 3102

鑕, 2451

鏇, 337, 2448, 2450, 3148

鏑, 431

鑱, 1760

鑢, 1305

鏗, 1157

鏘, 1158

鏙, 331

鏜, 2058

鏈, 204

鏡, 150, 421, 445, 726, 732, 992,
1084, 1085, 1087, 1099, 1605, 1621,
1675, 1702, 1727, 2370, 2660, 2906,
3040, 3041, 3096

鏤, 331, 1294, 1295, 1296, 1334

鏨, 2858

鏵, 2316

闌, 1178, 1923

關, 92, 110, 126, 204, 316, 674,
722, 723, 769, 960, 1028, 1139, 1182,
1364, 1392, 1526, 1662, 1663, 1665,
2113, 2233, 2238, 2323, 2406, 2487,

2618, 2677, 2689, 3053

隴, 1292

難, 12, 13, 18, 55, 157, 265, 298,
370, 483, 486, 503, 591, 599, 644, 649,
751, 757, 787, 837, 878, 879, 889, 927,
961, 967, 968, 1026, 1066, 1122, 1167,
1194, 1216, 1304, 1320, 1365, 1386,
1408, 1429, 1447, 1451, 1458, 1471,
1473, 1544, 1546, 1547, 1574, 1617,
1668, 1807, 1845, 1902, 1929, 1972,
1976, 2048, 2054, 2055, 2056, 2120,
2157, 2185, 2212, 2221, 2241, 2330,
2378, 2381, 2398, 2460, 2509, 2570,
2571, 2613, 2614, 2626, 2631, 2710,
2804, 2824, 2830, 2845, 2846, 2940,
3021, 3043, 3113

霧, 1305, 1355, 1614, 2276, 2280

霆, 2660

靡, 600, 602, 933, 1234, 1361,
1372, 1415, 2258, 2295, 2678, 3032

鞴, 37, 68, 1506

鞵, 2386

韜, 389, 630, 2059, 2841

韝, 697

韞, 2841, 2842

韻, 448, 551, 1207, 1292, 1798,
2653, 2685, 2841, 2842

顋, 1792

顗, 484, 1143, 2605, 2805

願, 77, 121, 133, 168, 215, 226,
329, 382, 409, 441, 453, 472, 502, 546,
551, 564, 718, 728, 737, 881, 902,
1014, 1068, 1095, 1098, 1192, 1207,

艦, 1144

蕉, 1606

塵, 1236

藹, 4, 1186, 2545

藺, 1263

藻, 185, 459, 2862

藾, 1186

藿, 431, 879, 881, 882, 3119

蘗, 1053, 1061, 1727, 2541

蘅, 796

蘆, 229, 1297, 1298, 1300

蘇, 301, 550, 916, 940, 1237, 1460, 1504, 1719, 1739, 1937, 1960, 2275, 2430, 2439, 2517, 2747, 3060, 3172

蘊, 230, 301, 345, 384, 608, 1130, 1193, 1336, 1349, 2201, 2227, 2263, 2495, 2655, 2716, 2841, 3051

蘋, 1206

蘍, 2456

蘢, 1292

蠆, 2838

蠓, 1370, 1388

蠕, 1716, 1726

蠖, 881

襤, 1194

襦, 973, 1716

襯, 2464, 2500

覺, 5, 51, 239, 397, 413, 460, 509, 559, 622, 726, 741, 746, 862, 930, 977, 998, 1003, 1008, 1076, 1084, 1088, 1105, 1128, 1132, 1140, 1159, 1172, 1176, 1195, 1201, 1222, 1251, 1376,

1485, 1507, 1568, 1579, 1588, 1664, 1784, 1847, 1876, 1880, 1912, 1982, 2027, 2240, 2258, 2275, 2278, 2302, 2325, 2378, 2424, 2452, 2625, 2709, 2737, 2761, 2798, 2808, 2839, 2951, 2971, 3154

觸, 73, 283, 329, 434, 460, 467, 520, 632, 636, 657, 684, 724, 802, 827, 943, 1002, 1025, 1123, 1132, 1136, 1306, 1457, 1565, 1766, 1785, 1817, 1879, 1901, 1941, 2071, 2295, 2400, 2446, 2775, 2800, 2844, 2848, 2906, 3046, 3074, 3082, 3104, 3118

譟, 2864

譖, 379, 383, 384

譣, 2326

警, 472, 1070, 1072, 1073, 1082, 1084, 1625, 1926, 2932

譫, 205, 2887

譬, 83, 96, 97, 232, 344, 368, 450, 644, 1073, 1520, 1524, 1525, 1526, 1666, 1707, 1899, 1926, 2018, 2219, 2662, 2702, 2781, 2845, 2859, 3064

譯, 269, 440, 477, 570, 819, 824, 863, 913, 935, 997, 1068, 1081, 1124, 1129, 1304, 1314, 1758, 1881, 1931, 1937, 2031, 2224, 2231, 2355, 2502, 2538, 2614, 2621, 2622, 2623, 2641, 2644, 2645, 2770, 2872, 3104

議, 242, 284, 345, 440, 502, 819, 824, 830, 853, 889, 928, 992, 997, 1204, 1220, 1252, 1314, 1563, 1659, 1881, 1926, 1991, 1998, 2190, 2224,

2248, 2355, 2567, 2572, 2633, 2636,
2642, 2644, 2770, 2783, 2802, 2919,
3051, 3055, 3070

讓, 440

贍, 369, 1095, 1783, 2888

贏, 1204, 2672, 2673, 2674

躁, 185, 230, 1247, 1761, 1959,
1961, 2461, 2614, 2863

躄, 98, 152, 391, 1132, 1325,
1524, 1525, 1526

躉, 96, 98, 1520, 1525, 1526,
1561

轎, 3122

轗, 1144

輾, 2803

辮, 44, 99, 111, 115

釀, 297, 1495

醴, 1093, 1220, 1495

釋, 56, 114, 120, 124, 191, 202,
220, 233, 255, 268, 271, 312, 344, 351,
367, 425, 440, 450, 469, 481, 483, 494,
508, 604, 623, 692, 713, 727, 858, 900,
933, 952, 969, 979, 1009, 1026, 1059,
1070, 1087, 1095, 1123, 1127, 1129,
1179, 1206, 1247, 1313, 1397, 1404,
1431, 1460, 1512, 1525, 1586, 1633,
1649, 1662, 1684, 1702, 1802, 1806,
1813, 1827, 1841, 1856, 1862, 1880,
1892, 1927, 1928, 1943, 1960, 1972,
1989, 2038, 2080, 2095, 2111, 2214,
2229, 2241, 2247, 2275, 2284, 2328,
2393, 2408, 2442, 2532, 2540, 2559,
2603, 2620, 2626, 2632, 2638, 2641,

2662, 2703, 2723, 2739, 2752, 2777,
2831, 2863, 2871, 2958, 2989, 3000,
3003, 3036, 3044, 3060, 3073, 3095

鐺, 2877

鏷, 2935

鐃, 1462, 1675, 1727, 2088

鑛, 3149

鐦, 3122

鐏, 3149, 3156

鐐, 1255, 2085

鏃, 487

鐘, 259, 295, 495, 984, 3040,
3041

鐙, 420, 428, 1142, 2937, 2950

鐋, 2856

鐵, 2088

鋼, 1178

鐯, 337

闞, 764, 1178

闠, 841, 864

闡, 204, 465, 678, 723, 959, 1193,
1517, 1526, 1540, 2041, 2205, 2233,
2487, 2796, 2821, 2878

霰, 2337

鞸, 97

韝, 37, 68, 697, 1506, 2168

顠, 1342

飂, 1290

飅, 1529

飄, 124, 649, 1528, 1529, 2514,
2930

饋, 1181, 1465

饌, 1783, 1784, 2217, 2512, 3107

饍, 1305, 1780, 1783, 1784, 3107

饑, 509, 884, 889

饒, 50, 690, 1230, 1269, 1462, 1471, 1675, 1677, 1798, 1964, 2424, 2752, 2874

馨, 4, 1841, 2350, 2399

騫, 763, 973, 975, 1599

騰, 331, 369, 1259, 1840, 1846, 1848, 2059, 2063, 2064, 2196, 2293, 2445

騲, 186

騸, 3059

騷, 1762

髆, 150, 151, 1975, 2071

髻, 2441

鬠, 2441, 2932

鬪, 92, 204, 395, 465, 466, 555, 960, 994, 1292, 1662, 2233, 2487, 2890

鯤, 2071

鯹, 2403

鮋, 2095

鰓, 1740

鰕, 2309

鶩, 1099, 1633

鵬, 817

鵠, 2071

鶚, 509

鶡, 792, 2464

鶷, 772

鶩, 628, 1071, 2280

鹹, 975

霞, 955

齈, 1372, 1478, 1808

麵, 68, 1380, 1641

黐, 1214, 1215, 1238

黨, 217, 368, 379, 383, 1332, 1965, 2058, 2640, 3049

酢, 16, 790, 1132, 2846, 2873

齗, 246, 1852

齟, 1106, 2880

齠, 230, 1967, 2086

齡, 1235, 1268, 1659

齡, 1235, 1268

龔, 2496

藾, 888, 915

儺, 1238

二十一畫

囕, 764, 1192, 1195

躇, 1370, 1715, 2278

攉, 1659

攉, 1103

癩, 2121

穬, 1146

蘸, 3119

儷, 1236, 1238

儸, 1322

儺, 1499

孿, 1306, 1335

踲, 2660

囉, 836

囀, 1292, 1423, 3107

屬, 164, 281, 381, 562, 757, 1101, 1102, 1125, 1231, 1234, 1326, 1333, 1504, 1639, 1813, 1833, 1965, 1981,

1231, 1677, 1695, 1878, 1899, 1964,
2081, 2224, 2329, 2443, 2649, 2714,
2802, 2805, 2859, 2875, 3149

纎, 231, 2089

纏, 202, 203, 443, 648, 1063

屬, 1665, 1848, 2292

贏, 1315

蘗, 152, 501, 502, 671, 1024,
1490, 1491, 1738, 2541

蘗, 95, 152, 1192, 1490, 1491,
1738

蘘, 1673, 1674

蘚, 2327

蕨, 1243

蔞, 2670

蘘, 1360

蘭, 231, 367, 823, 960, 974, 1193,
1194, 1196, 1239, 1243, 1263, 1316,
1323, 1459, 1507, 1623, 2796, 2803,
2822

蘯, 384

蓋, 776, 1928, 2380

蟻, 1388

蠟, 1186

蠟, 1186

蠡, 857

蠢, 259

蠣, 1237

襪, 1431, 2133, 2134

覿, 726, 1321

覽, 175, 726, 729, 862, 977, 992,
1193, 1195, 1969, 1986

譴, 1372, 1606, 2203, 2911

護, 28, 47, 246, 248, 279, 316,
404, 432, 468, 475, 502, 550, 636, 643,
650, 711, 730, 806, 812, 817, 820, 822,
838, 880, 881, 882, 941, 992, 997,
1007, 1053, 1175, 1227, 1303, 1357,
1421, 1459, 1484, 1528, 1566, 1599,
1627, 1660, 1675, 1805, 1809, 1812,
1879, 1923, 1976, 1984, 2016, 2027,
2046, 2049, 2115, 2217, 2219, 2220,
2277, 2310, 2385, 2400, 2489, 2642,
2645, 2656, 2671, 2681, 2731, 2758,
2760, 2776, 2795, 2858, 2950, 3049,
3063, 3119, 3160

譸, 263, 3053, 3055, 3059

譺, 13, 447

譽, 233, 322, 689, 1106, 1134,
1992, 2056, 2453, 2756, 2765, 2785,
2788

贐, 1061

贒, 2325

贓, 184, 1302, 1482, 2874

躊, 265

躋, 889, 940, 941

躍, 297, 838, 2398, 2518, 2520,
2688, 2827, 2846, 3118

躚, 1582

轎, 517

轟, 1106, 1483, 2746, 2788

轞, 992

轟, 797, 1516

辯, 23, 37, 44, 97, 102, 111, 115,
136, 302, 331, 401, 439, 1024, 1389,
1421, 1446, 1468, 1599, 1928, 1983,

889, 1306, 1664, 2671

鵑, 2520

鶓, 2500

鶺, 245, 672, 889, 2520

鶂, 2501

鷄, 889, 927, 2287, 2520, 3029

鵬, 2071

麝, 1808, 1814, 1864

羉, 2692, 2892, 2893

黗, 2936

黯, 18, 2936

聾, 1524

齎, 889, 1187, 1191, 1341, 1342, 1461, 1578, 2032, 2489, 2587, 2870, 2880, 3115, 3121

齟, 201

齧, 244, 910, 1490, 1491, 1662, 1664, 2308

齩, 2515

瀟, 659, 1507

霙, 2436

饊, 972

黏, 2886

懽, 231

曬, 1011

灞, 31

二十二畫

儻, 214, 217, 381, 383, 384, 874, 1785, 1796, 2058, 2809

儼, 1598, 2489, 2496

覉, 205

囉, 1237, 1238, 1305, 1738, 1774

囈, 2640, 2644

囉, 3, 320, 490, 508, 730, 774, 1185, 1208, 1237, 1297, 1298, 1301, 1318, 1323, 1324, 1327, 1331, 1422, 1445, 1446, 1450, 1462, 1499, 1738, 2305, 2877

囊, 1020, 1461, 2131

囋, 329

圝, 1306

變, 121

孿, 1306

巒, 1306, 2625

巓, 441, 452

彎, 2662

懿, 706, 1509, 1841, 2644, 3122

攞, 147, 887, 1303, 1317, 1323, 1324, 1331, 1422, 1446, 2235, 2312, 2508, 2681

攤, 246

攢, 2048

攦, 1238

攝, 1813, 1814

權, 18, 280, 331, 476, 727, 823, 836, 837, 879, 880, 1034, 1123, 1124, 1165, 1396, 1606, 1607, 1657, 1659, 1660, 1662, 1739, 2120, 2169, 2430, 2678, 2681, 3044

歡, 248, 404, 558, 661, 725, 769, 795, 833, 836, 837, 838, 1215, 1616, 1629, 1630, 1661, 1857, 2054, 2301, 2391, 2397, 2587, 2660, 2665, 2760, 2776, 2808, 2827, 3082

罎, 1642

灑, 622, 730, 941, 1093, 1237, 1238, 1304, 1321, 1586, 1737, 1738, 1766, 1769, 1774, 2086, 2259, 2300, 2861, 2872, 3137

灘, 2048, 3055

瓘, 730, 731

瓤, 1674

疊, 449, 450, 1204, 1205, 1811, 2389, 2402, 2542, 2887

癬, 2450

瘻, 2670, 2675

癮, 2667

皭, 1011

禳, 1673, 1674, 2351, 2510

礿, 2827

穰, 1673, 1674

穭, 1121

籧, 3119

籐, 2064

籙, 916, 1304, 1306

籚, 1298, 1300

籟, 1192

籠, 1144, 1183, 1291, 1292

糴, 430, 2087

纑, 1297, 1334

纆, 202, 203, 229, 648, 750, 1019, 1063, 1074, 1178, 2307, 2454, 2793, 2798, 2800, 2900, 3042

罏, 1299, 1300

羁, 890

聽, 205, 255, 321, 357, 381, 407, 414, 440, 506, 594, 834, 1009, 1118, 1141, 1144, 1218, 1241, 1261, 1266,

1404, 1472, 1624, 1848, 1946, 2030, 2089, 2236, 2381, 2401, 2431, 2626, 2638, 2678, 2712, 2777, 2841, 2888, 3087, 3141, 3170

聾, 1181, 1291, 1292, 2258, 2471

臟, 184, 2860

蠱, 480, 2131

襯, 230, 231

襴, 1192

襲, 1098, 2298, 2299, 3048

覯, 726, 916

讀, 465, 467, 468, 610, 942, 997, 1053, 1304, 1364, 1618, 1627, 1857, 1879, 1983, 2016, 2049, 2444, 2461, 2766, 2856, 2858, 2870, 2954

讁, 2871, 2912

讚, 34, 68, 205, 233, 469, 624, 689, 728, 766, 824, 992, 997, 1016, 1421, 1550, 1605, 1628, 1842, 1881, 1992, 2016, 2054, 2056, 2076, 2225, 2386, 2462, 2745, 2770, 2842, 2857, 2858, 2874, 2934, 3071, 3149

贖, 1964, 2444, 2877

躓, 1259

躑, 2994, 3032

躓, 489, 2670, 3032, 3113

躙, 277

轡, 444, 1516, 2624

轢, 1238, 1812, 3105

鑄, 2060, 3102

鑊, 416, 650, 730, 823, 881, 1135, 2088, 3112, 3140

鑌, 130, 131

鑑, 967, 992, 1144, 1158, 1196, 1300

鑒, 481, 967, 992, 1195, 1197, 2673, 2674, 2861, 2950

鑓, 3111

霽, 942, 2280

靎, 1341

霜, 1355

轞, 991

轠, 996

顑, 766

顫, 205, 2890

颺, 1765, 1766

饕, 385, 2059, 2752

驢, 1332, 2437

驎, 1261, 1262

驕, 1001, 1002, 1005

鬚, 132, 453, 566, 567, 723, 940, 1142, 1343, 2074, 2076, 2107, 2206, 2439, 2440, 2932, 3122

鷃, 2789

鰺, 1825

鰻, 1262

鷔, 125

鷟, 3032

鶴, 731

鸚, 845

鷦, 2757

顯, 2932

齻, 298

龔, 691, 2299

龕, 693, 1144

二十三畫

曮, 2490

欒, 187, 1334

籤, 3107

嚇, 2337, 2496, 2846

巖, 184, 441, 1299, 2013, 2470, 2485, 2489, 2490

巘, 2336, 2337, 2490, 2496, 2846

巚, 2496

戀, 5, 121, 301, 1245, 1306, 1312, 1335, 1443, 1671, 1942, 1997, 2678, 2807, 3011

懾, 1122

攣, 98, 224, 841, 1245, 1306

攪, 1005, 1132, 1195, 1196

攫, 880, 1004, 1103, 1131, 1135

曬, 1237, 1238, 1555, 1738, 1773, 1774, 1856, 3119

欏, 1323, 1324

欐, 2911

欒, 1306, 2388, 2824

孌, 1306

玁, 2327

玃, 1135

癰, 331, 1494, 2681

竊, 518, 689, 790, 1612, 1614, 1632

籤, 1240

蘭, 974, 1194

籤, 1599

籯, 2517, 2520, 2827

蘻, 1491

纓, 1344, 2670, 2671, 2674, 2758

纔, 171, 172, 173, 174, 204, 928, 1063, 1676, 1679, 1822, 1926, 2573, 2848, 2865, 3142

纕, 2352

纖, 2320

蘸, 2891

蘿, 1191, 1317, 1322, 1323

虁, 1179

蠰, 1461, 1673, 1675

蠱, 260, 262, 707, 710, 2050, 2537, 3016

蠲, 283, 1123

蠳, 2671

羈, 890

讕, 205, 376, 2059

變, 5, 102, 108, 120, 245, 278, 306, 329, 473, 520, 549, 572, 579, 827, 843, 859, 890, 1006, 1028, 1081, 1109, 1158, 1220, 1245, 1306, 1334, 1364, 1423, 1516, 1527, 1545, 1598, 1629, 1876, 1906, 1941, 1974, 2024, 2093, 2316, 2390, 2489, 2617, 2676, 2799, 2803, 3031, 3042, 3104, 3143

讋, 1814, 2912

讌, 1810, 2497, 2500, 2502

讎, 120, 262, 263, 265, 277, 1458, 1976

讐, 262, 263, 265, 2806

贊, 2451

躘, 1292

邏, 1317, 1322, 1323, 1324, 1331, 2662

邐, 1220, 2165

醮, 2497, 2502

鑯, 3032

鑽, 330, 337, 631, 882, 1139, 1443, 2034, 2856, 2860, 3149

鑛, 124, 458, 736, 1176, 1177, 1178, 1353, 1484, 2374

鑞, 1185, 1186

鑠, 320, 623, 1200, 1994, 1995

鑢, 1300, 1336

鑱, 124, 1305

鬳, 2546

顯, 88, 114, 120, 124, 242, 344, 373, 481, 484, 488, 570, 667, 686, 714, 718, 727, 901, 931, 974, 980, 1027, 1098, 1149, 1178, 1206, 1225, 1268, 1269, 1305, 1337, 1405, 1438, 1472, 1531, 1649, 1653, 1813, 1858, 1892, 1930, 1981, 1990, 2016, 2055, 2071, 2073, 2090, 2107, 2261, 2327, 2335, 2409, 2412, 2425, 2431, 2439, 2449, 2488, 2495, 2502, 2524, 2642, 2649, 2666, 2674, 2778, 2782, 2809, 2892, 2952, 2959, 3048

壓, 2501, 2502

驗, 114, 254, 362, 414, 972, 973, 992, 1261, 1314, 1487, 1641, 2090, 2326, 2501, 3102

驚, 271, 760, 954, 956, 1070, 1073, 1082, 1162, 1407, 1625, 1772, 2064, 2280, 2397

驛, 1699, 2642, 2645, 2725

髑, 283, 468, 1147

髓, 601, 705, 1413, 2034, 2073

二十四畫及以上

2808, 2914, 2950, 2970, 2995, 3006,
3033, 3062, 3160

讄, 838, 843

躐, 389, 673, 1491, 1812, 2041

爨, 451, 959, 2402

鑄, 151

鐵, 956, 968

鑰, 1311, 2034, 2517, 2520, 2827

鑱, 201, 203, 204

顱, 1300

饟, 1675

觸, 1182

鬚, 1259, 1352

貚, 2379

龕, 125, 130, 737, 2131, 2133

鼀, 737, 2131

毟, 451

矚, 369, 472, 1333, 1784, 1966,
2888, 3074, 3082

籫, 2827

讚, 672, 2056

躧, 2304, 2305

釀, 1487

鑴, 730, 731, 882, 1593

鑷, 1491, 1812

鑶, 329, 1268

鸞, 2299

驢, 1297, 1300, 1332, 2131

驕, 2064

驥, 943, 1261, 2640

髏, 1300

黶, 443, 2496, 2500, 2546

纜, 1195

鱸, 2086

蠋, 3075

讕, 383, 2058

豔, 2073, 2501

釅, 2502

鑼, 1198, 1323

鑽, 330, 2843, 2860, 3149

鑾, 1306

鱻, 1300

黷, 468, 469, 470

戀, 259, 441, 3110

欐, 1268

豓, 2498, 2501, 2502

鑿, 942, 992, 1994, 2861, 3170

鑱, 1491

钁, 882, 1135, 2088

驤, 836, 838

鸚, 2671

麟, 1061

齎, 2605

爨, 329, 330

讟, 469, 470

鑷, 3075

驪, 1216, 1236, 1302

鬱, 2218

鸛, 731, 792

鸛, 1641, 1642

鱺, 1236

鸝, 1818

鸞, 1245, 1306, 2671

羴, 1267

蠱, 2321

钁, 327, 328, 1302